Friedrich Ani

Totsein verjährt nicht

ROMAN

Paul Zsolnay Verlag

2 3 4 5 13 12 11 10 09

ISBN 978-3-552-05470-7

Satz: Eva Kaltenbrunner-Dorfinger, Wien
Druck und Bindung: GGP Media GmbH, Pößneck
Printed in Germany

Nicht alle werden geboren,
welche doch sterben.

Friedrich Nietzsche

Prolog

Am 8. April vor sechs Jahren winkt die Schülerin Scarlett Peters auf der Berger-Kreuz-Straße im Münchner Stadtteil Ramersdorf einem Busfahrer.

Sie trägt eine schwarze Windjacke und einen pinkfarbenen Schulranzen mit gelben Streifen. Es ist Montag, 12.50 Uhr. Die Sonne scheint. Von der Stelle, an der Scarlett innehält, um etwas zu tun, das sie noch nie vergessen hat – der Busfahrer sieht die Neunjährige fast täglich auf ihrem Heimweg von der Schule –, nämlich mit hoch erhobenem Arm und lachendem Gesichtsausdruck zu winken, bis zur Wohnung in der Lukasstraße sind es keine fünf Minuten.

In dieser Zeit muss etwas geschehen sein, für das es keine Zeugen, keine stichhaltigen Beweise gibt.

Natürlich meldeten sich bald Personen, deren Aussagen den Verlauf der Ermittlungen beeinflussten und die Urteilsbegründung mit prägten. Das gerichtsverwertbare Material, das zwei Sonderkommissionen innerhalb von eineinhalb Jahren zusammentrugen, basierte auf Belegen, die als Fakten und damit Beweise für etwas tatsächlich Geschehenes gewertet wurden.

Drei Jahre, nachdem Kurt Hochfellner, Angestellter eines für die Stadt tätigen Busunternehmens, die Grundschülerin Scarlett Peters zum letzten Mal gesehen hatte, wurde ein vierundzwanzigjähriger, geistig zurückgebliebener Mann aus Ramersdorf wegen Mordes zu lebenslanger Haft verurteilt. Er hatte ein Geständnis abgelegt, das er kurz darauf zwar widerrief, das jedoch nach der Beurteilung eines psychiatrischen Sachverständigen »tatsächlichen Handlungen« entsprochen habe.

Seine Strafe verbüßt Jonathan Krumbholz, genannt Jockel, im Isar-Amper-Klinikum in Haar. Hier war er früher schon einmal vorübergehend untergebracht. Angeblich hatte er mehrere Kinder im Alter zwischen fünf und zwölf Jahren sexuell belästigt, sich vor ihnen entblößt und zu masturbieren versucht. Allerdings hatten die Eltern auf eine Anzeige verzichtet, so dass die Behörden keine Möglichkeit sahen, Jockel dauerhaft in die Psychiatrie einweisen zu lassen. Nach eigener Aussage habe er auch Scarlett bedrängt, und zwar vier Tage vor ihrem Verschwinden.

Sie sei, sagte er zu Hauptkommissar Micha Schell von der Sonderkommission II, zu ihm gekommen, weil sie Playstation spielen wollte. Er habe dann die Tür seines Zimmers abgesperrt und sich an ihr vergangen. Weder gegenüber ihrer Mutter noch ihren Freundinnen erwähnte das Mädchen in den darauffolgenden Tagen den Vorfall. Als Michaela Peters von der Aussage des Angeklagten erfuhr, erklärte sie, ihre Tochter habe vor einigen Monaten Andeutungen gemacht, wonach Jockel sich »komisch und ekelhaft« benommen habe. Was genau Scarlett damit meinte, konnte ihre Mutter nicht sagen. Am Montag, 8. April – so Jonathan Krumbholz in seinem Geständnis –, lauerte er dem Mädchen auf. Sie drohte, ihn anzuzeigen. Daraufhin habe er sich entschuldigt und sie auf ein Stück Kuchen eingeladen, den seine Mutter frisch gebacken hatte. Scarlett sei »sofort« einverstanden gewesen, weil: »Luisas Schokokuchen ist der leckerste von der Welt.«

Jockel wohnte mit seinen Eltern in der Auflegerstraße, unweit der Lukasstraße.

Niemand hatte Jockel und Scarlett an diesem Tag zusammen gesehen.

In Jockels Zimmer sowie in der gesamten Dreizimmerwohnung fanden die Spurensucher der Kripo keine Hinweise auf Scarletts Ermordung.

Jockel behauptete, er habe mit Scarlett schlafen wollen und sie habe sich gewehrt. Da habe er ihr Mund und Nase zugehalten, so lange, bis sie reglos dalag »und ganz tot war«. Er sei aus dem Haus gelaufen, zum nahen Gasthaus seiner Eltern, und habe seinem Vater alles erzählt. Dieser sei mit ihm zurück in die Wohnung gegangen und habe die Leiche mit dem Auto weggebracht. Wohin, das wisse er nicht.

In dem anthrazitfarbenen Opel Astra wurden weder Fingerabdrücke noch Haar- oder Faserreste, auch keinerlei Blutspuren gefunden.

Von Anfang an bestritt Eberhard Krumbholz, Jockels Vater, die Version seines Sohnes.

Krumbholz hätte nichts zu befürchten gehabt, Strafvereitelung zugunsten eines Angehörigen ist nicht strafbar.

Inwieweit Luisa Krumbholz, die Mutter, in die vermeintlichen Vorgänge eingeweiht war, blieb ungeklärt, sie verweigerte die Aussage.

Mehrere Zeugen wollen Jockel an jenem Montag in Ramersdorf gesehen haben, auch in der Gegend um die Aufleger- und Lukasstraße, jedoch nicht in Gegenwart der Schülerin.

Nach den von den Ermittlern mehrmals korrigierten Zeitfenstern hielt sich Eberhard Krumbholz zwischen 13.30 und 16.30 Uhr nicht im »Akropolis« in der Jäcklinstraße, Ecke Berger-Kreuz-Straße, auf. Nach eigener Aussage und den Erklärungen seiner Frau sowie einiger Gäste war er mit dem Opel zum Tanken gefahren, hatte Einkäufe erledigt und sich danach zu Hause eine Stunde hingelegt.

Er hätte Zeit gehabt, die Leiche des Mädchens wegzuschaffen.

Niemand im Restaurant erinnerte sich an Jockels Auftauchen. Der dickliche junge Mann widersprach sich bei seinen Schilderungen, wie und wo er seinem Vater von dem Verbrechen erzählt hatte.

Der damalige Leiter der Sonderkommission hielt den nach einer frühkindlichen Hirnhautentzündung auf der Entwicklungsstufe eines Zehnjährigen stehen gebliebenen Jockel nicht für einen potenziellen Verbrecher, sondern für einen Sprücheklopfer und Geschichtenerzähler, der alles bestätigen würde, wenn man ihn nur geschickt genug manipulierte. So war es später für den erfahrenen Hauptkommissar aus der Mordkommission keine Überraschung, als Jockel nach nur zwei Tagen sein Geständnis ausgerechnet gegenüber einem Gutachter widerrief. Dieser hatte den vollkommen Erschöpften nach siebenundzwanzig Vernehmungen – protokolliert auf fünfhundertvierunddreißig Seiten – erneut zum Tathergang befragt.

Nach einem Jahr härtester Ermittlungsarbeit im Team mit siebzig Kolleginnen und Kollegen aus ganz Bayern, nach der akribischen Auswertung von mehr als fünftausend Hinweisen und der weit über die Grenzen der Bundesrepublik hinausreichenden Suche nach der Leiche des Mädchens musste der Chef der Soko aufgrund einer bis dahin einmaligen Intervention des Innenministers seinen Platz räumen.

Sein Nachfolger präsentierte innerhalb weniger Tage der Öffentlichkeit den vorher längst befragten Jockel Krumbholz zunächst als Hauptverdächtigen, dann als mutmaßlichen Täter. Trotz einer Unmenge widersprüchlicher und undurchsichtiger Aussagen, trotz der Tatsache, dass weder Scarletts Leiche gefunden werden noch der exakte Ablauf ihrer Ermordung und der Beseitigung ihrer Leiche rekonstruiert werden konnte, trotz zwielichtiger Vernehmungsmethoden, bei denen ein geistig zurückgebliebener Mann ohne

Anwalt stundenlang ins Kreuzverhör genommen worden war, trotz des Widerrufs seines Geständnisses und des völligen Fehlens eindeutiger DNA- und Fingerspuren wurde Jockel Krumbholz als Mörder verurteilt.

Scarletts getrennt lebende Eltern zeigten sich vor der Presse erleichtert.

Eberhard und Luisa Krumbholz mussten nach der Verurteilung ihres Sohnes ihr griechisches Restaurant aufgeben. Sie übernahmen ein Pilsstüberl in der Nähe des Michaelibads in Ramersdorf.

Der Leiter der ersten Soko »Scarlett«, der auf Anweisung seines obersten Vorgesetzten abgelöst worden war, arbeitete weiter im Kommissariat 111. Sein Name: Polonius Fischer.

Sechs Jahre nach dem Verschwinden von Scarlett Peters und drei Jahre nach der Verurteilung von Jonathan Krumbholz schrieb ein Schüler einen Brief an die Kripo. Er habe eine Beobachtung gemacht, die ihn so erschütterte, dass er keine Nacht mehr schlafen könne. Und obwohl er nach allem, was im Fall Scarlett passiert sei, das Vertrauen in die Arbeit der Mordkommission »eigentlich verloren« habe, wende er sich an den einzigen Kommissar, von dem er überzeugt sei, er werde ihm, Marcel Thalheim, glauben und sich von niemandem einschüchtern lassen.

»Ich habe«, schrieb der Jugendliche am Ende seines Briefes, »Scarlett Peters gesehen, mitten auf dem Marienplatz, unter lauter Leuten. Sie drehte sich sogar zu mir um. Sie hat mich erkannt. Ich wollte sofort zu ihr hinlaufen. Dann habe ich aus Versehen einen Polizisten angerempelt, und der wollte meinen Ausweis sehen. Als ich wieder nach Scarlett Ausschau gehalten habe, war sie verschwunden. Ich bin total sicher, dass sie es war. Sie lebt also, und Sie, Herr Fischer, sind der Allereinzige, der sie finden kann.«

ERSTER TEIL

I

»Auf dem Schulweg und im richtigen Leben«

Sehr geehrter Herr Fischer,
bestimmt wissen Sie nicht mehr, wer ich bin, das macht nichts. Ich heiße Marcel Thalheim, bin sechzehn Jahre alt und gehe in die Wilhelm-Röntgen-Realschule. Vor über sechs Jahren haben Sie mal kurz mit mir gesprochen, und dann habe ich noch bei einem Ihrer Kollegen eine Aussage gemacht, ich glaube, sein Name war Schell, aber sicher bin ich mir nicht. Er hat das, was ich gesagt habe, in seinen Computer geschrieben und ausgedruckt, und ich habe alles unterschrieben. Es ging um Scarlett Peters, die verschwunden war, und niemand wusste, wohin und was überhaupt passiert war. Das war sehr schlimm.

Ich war mit Scarlett gut befreundet. Wir sind fast jeden Tag zusammen in die Grundschule gegangen, wir wohnten in derselben Straße (Lukasstraße). Manchmal hat sie mir von ihrer Mama erzählt, die in einem Krankenhaus arbeitet. Ihren Vater hat sie fast nicht gekannt, weil der ihre Mama bald schon verlassen hat. Wenn ich Scarlett was gefragt habe, hat sie nicht gern geantwortet, sie war immer sehr still. Aber das hat mir nichts ausgemacht, ich bin gern mit ihr zur Schule gegangen. Oft sind wir auch gemeinsam von der Schule nach Hause gegangen.

Wenn irgendwo ein Ball rumgelegen ist, hat sie ihn durch die Gegend geschossen. Fußball spielen fand sie super. Ich habe noch nie ein Mädchen gesehen, das lieber Fußball spielt, als irgendwas anderes zu tun. So war die Scarlett.

Und dann war sie verschwunden, und wir haben alle in

der Schule beim Suchen geholfen. Sie ist nicht wiedergekommen. Ich habe sie sehr vermisst. Das Vermissen hat gar nicht mehr aufgehört. Sie sind der erste Mensch, dem ich das sage.

Ich habe alle Zeitungsartikel über Scarlett ausgeschnitten und in einer Schachtel gesammelt. Das weiß niemand. Das Vertrauen in die Mordkommission habe ich eigentlich verloren, in Sie aber noch nicht, Herr Fischer. Sie glauben mir, das weiß ich, und Sie werden jetzt, wenn Sie lesen, was ich erlebt habe, handeln und sich von Ihren Kollegen und Vorgesetzten nicht einschüchtern lassen. Das hoffe ich jedenfalls.

Ich habe Scarlett Peters erkannt …

Zum vierten Mal las er den Brief, den er von zu Hause mitgebracht hatte, und wieder verschwammen die Zeilen vor seinen Augen. Wieder trank er erst einen Schluck Wasser, bevor er über das nachdachte, was da stand und was er längst wusste. Er hatte begriffen, dass er, wenn er immer wieder über die Sätze des Schülers nachdachte, eine Weile von allem anderen verschont wurde, das ihn seit Tagen um den Verstand brachte.

Nie hatte Polonius Fischer so sehr an seinem Verstand gezweifelt wie seit dem Moment, als ein Streifenpolizist ihm die Nachricht von Ann-Kristins Auffindung überbracht hatte. Wir haben sie aufgefunden, sagte der Kollege. In dieser Sekunde glaubte Fischer zu ersticken.

Wie damals in der Zelle. Als er nach endlosem Schreien keine Luft mehr bekam und ohnmächtig wurde.

Geschrien hatte er noch nicht. Auch hatte er nicht das Bewusstsein verloren. Vielmehr hatte er einen Grad von Wachheit erreicht, der ihn umso mehr quälte, je länger er andauerte.

Ann-Kristins Auffindung.

Am selben Abend, gestern, hatte er seine schwarze Reisetasche gepackt und war von seiner Wohnung in der Sonnenstraße in östlicher Richtung gegangen, durch die Fraunhoferstraße den Nockherberg hinauf, mit ausladenden Schritten, in seinem dunkelblauen Wollmantel, den Stetson tief in die Stirn gezogen. Er brauchte nur eine halbe Stunde. Das Zimmer kostete fünfundsiebzig Euro. Den Namen der Pension hatte Ann-Kristin vor Kurzem erwähnt, sie hatte nachts einen Gast dort abgesetzt und ein paar Worte mit der Wirtin gewechselt. Tatsächlich hatte Fischer dieses Gespräch erwähnt, als er im Hotel Brecherspitze anrief.

Warum er das getan hatte, wusste er nicht. Ein Sonderpreis, sagte Anita Berggruen. Vermutlich hätte er auch jeden anderen Preis bezahlt. Das Zimmer ging auf die St.-Martinstraße und die Mauer des Ostfriedhofs, es roch nach Farbe und Politur. Möbel aus hellem Holz, das Bad weiß gefliest, die Wände waren neu gestrichen worden, genau wie unten in der Gaststube.

Von seinem Platz bei der Eingangstür schaute Fischer zu einem langen Tisch, in dessen Mitte fünf Kerzen auf einem pyramidenförmigen Ständer brannten. Die sechzehn Gäste trugen dunkle Kleidung. An Fischers Nebentisch unterhielten sich zwei ältere Frauen über die Krankheiten ihrer Männer, sie lachten viel hinter vorgehaltenen Händen. Auch über Fischer tuschelten sie, und er tat, als bemerke er es nicht.

Er sah auf die Uhr. Eine halbe Stunde war vergangen, und er dachte, wie gern er noch länger warten würde. So hätte er eine Aufgabe. Er strich über das karierte Blatt Papier, lauter krumme, aber gut lesbare Buchstaben, geschrieben mit schwarzem Kugelschreiber.

Sein Wasserglas war leer. Wie für ein offizielles Gespräch hatte er eine Krawatte umgebunden, sorgfältig, vor dem Spiegel, oben in Zimmer 105. Als müsse er gleich ins Dezernat zu einer Vernehmung aufbrechen.

Im P-F-Raum saß kein Verdächtiger. Da war nichts als die zwei kleinen Tische, die Stühle und das Kruzifix an der Wand. In der Schublade des Nachtkästchens in Zimmer 105, fiel Fischer jetzt ein, lag keine Bibel.

Sekundenlang dachte er an das Nachtkästchen und die leere Schublade und an sonst nichts.

Als jemand die Eingangstür öffnete, flackerten die Kerzen am Trauertisch. Fischer nahm das Flackern wahr wie eine sturmvolle Welle in seinem Kopf. Das war es doch, worauf er die ganze Zeit geduldig und unbändig zugleich wartete: dass Ann-Kristin hereinkam und sagte: »Entschuldigung für die Verspätung.«

»Entschuldigung für die Verspätung.«

Hinter der Garderobenwand tauchte ein groß gewachsener Junge mit langen, dünnen schwarzen Haaren auf. Er trug einen abgeschabten schwarzen Ledermantel und hatte Ringe an den Fingern. Sein Gesicht war weiß wie die frisch gestrichenen Wände im Zimmer 105, und er verströmte den Geruch nach ungelüfteten Kneipen.

»Sie sind der Herr Fischer«, sagte er.

Die Trauergäste, die beiden Frauen am Nebentisch, die Bedienung und ein Mann am letzten Tisch in der Ecke, den Fischer erst jetzt bemerkte, sahen den Jungen an. Regungslos ragte er ins kühle Licht der Tropfenlampen. Er blinzelte. Vielleicht hatte er sich geschminkt, vielleicht waren die Schatten unter seinen Augen Zeugnisse eines aufreibenden Lebenswandels.

»Setzen Sie sich«, sagte Fischer.

»Wohin?«

Am Tisch waren fünf Stühle frei. Fischer zeigte auf den Stuhl an der Längsseite.

»Okay.« Ohne den Mantel auszuziehen, nahm der Jugendliche Platz, gekrümmt. Er wusste nicht wohin mit den Händen. Erst legte er die eine Hand, dann die andere auf den Tisch. Er rieb sich über die Oberschenkel und zuckte zusammen, als die Bedienung ihn ansprach.

»Was willst du trinken?«

»Nichts.«

»Ich lade Sie ein, Marcel«, sagte Fischer.

Er zögerte. »Haben Sie Bionade?«

»Nein«, sagte die Bedienung.

»Eine Cola, bitte.«

Die übrigen Gäste wandten sich ab, das Schnuppern der beiden Frauen am Nebentisch blieb unüberhörbar.

»Ich hab gewusst, dass Sie kommen«, sagte Marcel. »Danke für die Mail.«

In dem Brief hatte er seine Adresse angegeben, und Fischer hatte ihm vom Dezernat aus geantwortet – ohne Wissen seines Vorgesetzten, ohne Wissen des Polizeipräsidenten, die den Brief ebenfalls gelesen hatten, ohne Wissen eines einzigen Kollegen. Der Fall war abgeschlossen und Fischer schon am Tag der Urteilsverkündung nicht mehr zuständig gewesen.

Die Bedienung brachte die Cola. »Möchten Sie noch ein Wasser?«

»Später«, sagte Fischer.

Vor ihm lag Marcels Brief in einem braunen Umschlag. Marcel hatte schon mehrmals hingesehen, aber nichts gesagt. Jetzt trank er einen Schluck und warf dem Kommissar einen schnellen Blick zu. Sprich, dachte Fischer, weil er selbst kein Wort hervorbrachte, sprich mit mir, sprich einfach immer weiter.

Nach einer Weile sagte Marcel: »Sind Sie sauer auf mich?«

»Wieso denn?« Fischer beugte sich vor, faltete die Hände im Schoß. Die Stimme des Jungen klang heiser. Aber es war eine Stimme, die Stimme eines anwesenden Menschen.

Wieder musste Marcel zum Weitersprechen Mut fassen. »Sie waren zuständig für die Scarlett. Und Sie hätten sie auch gefunden, wenn Sie sie weiter hätten suchen dürfen, da bin ich total sicher.«

»Ich hätte Scarlett auch nicht gefunden.« Wieso er das gesagt hatte, begriff Fischer nicht.

»Doch. Die anderen haben überhaupt nicht richtig nach ihr gesucht. Die haben gesagt, sie ist tot, und damit war alles klar. Aber ich hab sie gesehen, und sie lebt. Und deswegen sind Sie hier, weil Sie immer gespürt haben, dass sie noch lebt.« Hastig trank Marcel zwei Schluck Cola. »Ich hab sie erkannt und sie mich auch. Wieso ist der Brief in so einem Umschlag? Das ist nicht meiner. Wieso haben Sie einen anderen genommen?«

Fischer zog den Brief aus dem DIN-A5-Kuvert. »Du hast ans Polizeipräsidium geschrieben, meine Kollegen haben den Brief dann an mich weitergeleitet.«

»Haben die den Brief gelesen?«

»Ja.«

»Das ist verboten. Es gibt ein Briefgeheimnis.«

Fischer faltete das beschriebene Blatt auseinander. »Sie sind zu spät gekommen.« Er hörte sich reden wie ein Polizist, der nach einem Alibi fragte. Wieso saß er dann hier, in einem Gasthaus, ohne Protokollantin, ohne Aufnahmegerät? Er hatte keine Befugnis. Sprich, dachte er, sprich doch weiter, Marcel.

Der Schüler blinzelte verwirrt. Unter seiner Antwort schien er sich zu krümmen. »Sie können Du zu mir sagen. Hab nachsitzen müssen, im Sport, zwei Stunden extra Basketball, ich hasse Basketball. Ich mag Sport nicht.« Er griff zum Glas, ließ es aber stehen. »Entschuldigung. Das war wieder so eine fiese Nummer vom Reisinger.«

»Du gehst in die neunte Klasse«, sagte Fischer. Er bildete

sich ein, dass die Frauen am Nebentisch wieder über ihn tuschelten.

»Bin in der Achten durchgefallen. Wegen Chemie und Physik. Das war auch so eine Gemeinheit. Eigentlich hätt ich in Physik eine Vier kriegen müssen, aber der Lehrer hat mir im Mündlichen eine Fünf gegeben, weil ich mich nie meld und mitmach. Was soll ich mich melden, wenn ich nichts check?«

»Jetzt in der Neunten hast du bessere Noten.«

»Geht so. Darf ich Sie was fragen?«

Fischer reagierte nicht. Er hatte nicht zugehört, auch nicht den Frauen am Nebentisch. Er hatte wieder das stumme Gesicht gesehen, die Teile des stummen Gesichts, die noch zu sehen waren.

»Sie sehen echt blass aus.« Marcel erhielt keine Antwort. »Sie schauen aus, als hätten Sie ewig nicht geschlafen.« Nach einem Moment fügte er hinzu: »Entschuldigung.« Aus Verlegenheit trank er sein Glas leer. Endlich sah Fischer ihn an.

»Deine Freundin Scarlett wäre heute fünfzehn. Du bist sechzehn, und du warst zehn und sie neun, als ihr euch zum letzten Mal gesehen habt. Du glaubst, sie hat dich wiedererkannt. Du hast dich bestimmt sehr verändert.«

»Nicht so sehr«, sagte Marcel schnell. »Und sie auch nicht. Wenn der Bulle ... der Polizist nicht gekommen wär, hätten wir miteinander gesprochen, ganz sicher.«

Fischer richtete sich auf. Ich bin, dachte er, Hauptkommissar, ich führe ein Gespräch mit einem Zeugen, ein informelles Vorgespräch.

»Warum, glaubst du, hat sie nicht auf dich gewartet?«, sagte er.

Anscheinend hatte Marcel sich diese Frage auch schon oft gestellt. »Weil, sie wollt nicht erkannt werden«, sagte er aufgeregt. »Sie hat ein Geheimnis. Sie lebt doch jetzt ein anderes Leben. Sie ist erschrocken, als sie mich plötzlich gesehen hat.«

»Sie ist so erschrocken wie du.«

»Genau. Und dann war da auch noch der Bulle, der hat sie vielleicht auch gesehen. Der hat sie nicht wiedererkannt, ist ja klar.«

»Scarlett führt kein anderes Leben«, sagte Fischer. »Sie hätte keinen Grund dazu.«

»Sie haben überhaupt keine Ahnung.« Marcel schwitzte, rückte mit dem Stuhl, der Ledermantel gab ein Geräusch von sich, seine schwarzen Augen glänzten. »Die Scarlett wollt immer schon ein anderes Leben, die wollt nicht mit ihrer Mutter und der ihren blöden Liebhabern leben, sie wollt weg aus Ramersdorf, sie wollt Fußballspielerin werden, Profi werden. So war die.«

»Sie war neun Jahre alt.«

»Glauben Sie, Neunjährige haben keine Wünsche und Ziele? Glauben Sie, Kinder haben nichts im Hirn, bloß weil sie noch klein sind? Haben Sie Kinder?«

»Nein.« Nein, dachte Fischer, keine Kinder, wir haben keine Kinder. Das stumme Gesicht. Kinderlos.

»Kinder wissen genau, was sie wollen«, sagte Marcel. »Und Scarlett wär sofort mit jemand mitgegangen, der ihr ehrlich versprochen hätt, dass er ein anderes Leben für sie macht. Da wär sie weg gewesen.«

An solche Aussagen – weder von Marcel noch von jemand anderem – konnte Fischer sich nicht erinnern.

»Wahrscheinlich hat sie jemand getroffen, der ihr das versprochen hat. Sonst hätt ich sie ja nicht sehen können. Sie lebt, und sie schaut gut aus. Ich hab sie nur kurz gesehen, zehn Sekunden ungefähr, das hat gereicht.«

»Meinen Kollegen hast du von Scarletts Träumen vor

sechs Jahren nichts erzählt.« Wie leicht Fischer dieser Satz gefallen war. Ohne es zu bemerken, verzog er den Mund.

»Sie brauchen gar nicht so zu grinsen, ich verrat doch ihre Träume nicht.«

»Das verstehe ich«, sagte Fischer, verwundert darüber, dass er angeblich gegrinst hatte. Dann dachte er, wie automatisch, als Polizist: Soeben hat Marcel zugegeben, ihn, Fischer, und die Fahndung manipuliert zu haben. Sowohl Marcel als auch Scarletts Mutter hatten behauptet, das Mädchen sei schüchtern gewesen, gegenüber Fremden zurückhaltend und in Gegenwart von Erwachsenen eher abweisend als zutraulich. Diese Einschätzung teilte auch die Grundschullehrerin. Niemand in der Sonderkommission hatte Marcels Taktik durchschaut.

»Scarlett lebt«, sagte der Junge.

Fischer warf einen Blick auf Marcels bleiche, zitternde Hände. »Wenn Scarlett heute ein Leben führt, das ihr besser gefällt als das alte, warum möchtest du dann, dass ich sie finde und zurückbringe?«

»Das möcht ich nicht.«

»Bitte?«

»Ich möcht nicht, dass Sie sie zurückbringen.«

Fischer schwieg. Ohne an etwas anderes zu denken.

»Ich möcht, dass Sie sie finden und ihr sagen, dass ich auf sie wart.«

»Du wartest auf sie«, sagte Fischer gegen seine Sprachlosigkeit an.

»Wir haben uns gegenseitig versprochen, dass wir immer auf uns warten. Auf dem Schulweg und im richtigen Leben.«

Auf dem Schulweg und im richtigen Leben. Vielleicht, dachte Fischer, sollte Marcel aufhören, bestimmte Gräser zu rauchen, und etwas mehr Realität inhalieren.

»Ich werde Scarlett nicht suchen«, sagte er.

»Aber das müssen Sie doch!« Erschrocken senkte Marcel die Stimme. »Ein unschuldiger Mensch sitzt im Gefängnis.«

Und als wäre alles wie immer, erwiderte der Kommissar: »Er ist rechtskräftig verurteilt worden. Der Bundesgerichtshof hat das Urteil bestätigt.«

»Scarlett lebt.« Marcel fingerte in den Taschen seines Mantels. »Sie hat meine Kette getragen auf dem Marienplatz, schwarze runde Steine, die hab ich ihr zum neunten Geburtstag geschenkt. So eine Kette hat sonst niemand. Und die hab ich bei ihr gesehen. Ich schwörs. Außerdem hat sie eine Narbe auf der linken Backe. Hab ich genau gesehen.« Er zog ein Päckchen Tabak aus der Tasche.

»Du hast die Kette und die Narbe wiedererkannt.«

»Ja.«

»Wie weit warst du von ihr entfernt, Marcel?«

»Fünf Meter. Höchstens zehn.«

»Im Gedränge auf dem Marienplatz.«

»Am Faschingssamstag, am zweiten Februar, hab ich doch in dem Brief geschrieben.«

»Nein.«

»Echt?«

»Du hast nicht ihren Namen gerufen.«

»Wollt ich grad, da kam der Bulle.«

»Sie hat deinen Namen auch nicht gerufen.«

»Weiß ich nicht. Nein. Sie hat mich angeschaut. Und ich hab ganz genau die Kette gesehen und die Narbe.«

Scarlett sei als Sechsjährige beim Spielen hingefallen und habe sich im Gesicht verletzt, hatte ihre Mutter damals behauptet. Ob die Narbe tatsächlich daher rührte, blieb ungeklärt.

»Waren viele maskierte Leute auf dem Marienplatz?«, sagte Fischer.

»Was? Entschuldigung. Nein, nicht so viele Leute. Ich

würd gern eine rauchen, macht Ihnen das was aus? Dauert nur zwei Minuten.«

»Geh nur«, sagte Fischer. Er musste sowieso telefonieren.

»Bin gleich wieder da.« Marcel nahm das Tabakpäckchen und stand auf. Die Gäste schauten wieder zu ihm her. Im Gehen zog er etwas aus der Tasche und kam noch einmal zurück. »Haben Sie das gelesen?« Er legte eine zusammengeknüllte Zeitung auf den Tisch. »Da gehts um Sie.« Als er die Tür öffnete, flackerten wieder die Kerzen am Tisch der Trauernden.

Fischer strich die Zeitung glatt, sie war von diesem Tag, 13. Februar. Er hatte sie am Morgen nicht gelesen, nur gesehen. Auf der ersten Seite prangte zweispaltig sein Foto. Der Bericht handelte vom Überfall auf ein Taxi, dessen neunundvierzigjährige Fahrerin zunächst drei Tage lang spurlos verschwunden war, bevor ein Spaziergänger die schwer misshandelte, halb bewusstlose Frau am Nachmittag des 12. zufällig in einem Abbruchhaus in Harlaching bemerkte. Die Ärzte versetzten sie in ein künstliches Koma, ihr Zustand sei lebensbedrohlich. In den vergangenen Monaten waren nachts im Stadtgebiet bereits fünf Taxifahrer beraubt, einer von ihnen erstochen und die anderen vier schwer verletzt worden. Nach den Erkenntnissen der Polizei – der jüngste Überfall hatte in der Nacht zum vergangenen Sonntag stattgefunden – hätten die Täter, so die Zeitung, aus noch ungeklärten Gründen Ann-Kristin S. aus ihrem Taxi gezerrt und verschleppt. Deren Lebensgefährte, dessen Foto abgedruckt war, arbeite in der Mordkommission.

Vor lauter Angst redete Fischer sich ein, er müsse erst das Gespräch mit Marcel beenden, bevor er – zum dritten Mal an diesem Tag – im Krankenhaus anrief.

2

»Die Frau hat ein Hassgeschwür im Herzen«

Als er zurückkam, sah er aus, als habe jemand sein Gesicht mit einem grauen Leintuch bespannt.

Mit lebloser Miene ließ Marcel sich auf den Stuhl fallen, umwabert von einem süßlichen Geruch, der Fischer an die Zeiten erinnerte, als seine Freunde spezielle Pilze in der Pfeife rauchten, deren Substanzen sie angeblich in glückvolle Zustände versetzten. Dass der sechzehnjährige Gymnasiast sich in der Nähe des Glücks befand, bezweifelte Fischer. Eher sah Marcel aus wie ein Geist, der aus der Geisterbahn vertrieben worden war und nicht begriff, wieso.

Mit müden Augen schaute Marcel sich um, von einem Tisch, von einem Gast zum anderen, ohne Neugier oder Staunen, sein Unterkiefer wanderte in einer trägen Bewegung von links nach rechts und wieder zurück, während der Rest seines Gesichts starr blieb.

Nach einer Weile sagte Fischer: »Hast du eine Freundin?«

Marcel öffnete den Mund, legte den Kopf schief, verharrte einige Sekunden und zuckte dann heftig mit den Schultern, als wolle er sich wieder in Schwung bringen. Aber er antwortete nicht.

»Scarlett ist deine Freundin«, sagte Fischer.

Marcel nickte.

»Du warst allein, als du sie auf dem Marienplatz gesehen hast.«

Sein Nicken ging weiter.

»Du hast niemandem von eurer Begegnung erzählt.«

Nicken.

»Niemand außer meinen Kollegen im Polizeipräsidium weiß, dass du mir geschrieben hast …«

Nicken.

»Du bist ein Einzelgänger.«

Marcel hörte auf zu nicken und richtete seinen traurigen Blick auf Fischer.

»Ich kann deine Freundin nicht suchen.«

»Warum denn nicht?«

»Der Fall ist abgeschlossen.«

»Scarlett lebt, und ein unschuldiger Mann sitzt in der Psychiatrie.«

Scarlett lebt, dachte Fischer und dachte an seine Freundin. Er sah sie im Bett liegen und hörte plötzlich das Sirren der Geräte. Er war am anderen Ende der Stadt, und die Stimme in seiner Nähe kam von weit her.

»Scarletts Mutter arbeitet immer noch in Großhadern. Und sie wohnt bei ihrem Freund in der Winterstraße.«

Jemand hustete und wischte sich mit dem Ärmel seines Ledermantels den Mund ab. Fischer schaute den Jungen an, als sähe er ihn zum ersten Mal.

»Sie brauchen nicht so tun, als würden Sie mir nicht glauben. Wenn Sie mir nicht glauben, warum sind Sie dann hier? Wenn Sie geglaubt hätten, ich lüg, dann hätten Sie mir keine Mail geschrieben, dann hätten Sie meinen Brief weggeschmissen, das ist doch logisch. Sie haben auf meinen Brief gewartet, das dürfen Sie ruhig zugeben.«

»Ich habe nicht auf deinen Brief gewartet«, hörte Fischer sich sagen.

»Sie haben nicht direkt gewartet, Sie haben nur gehofft, dass jemand Ihnen einen Brief schreibt, weil er Scarlett gesehen hat, und zwar lebendig, so wie ich.«

»Scarletts Mutter wohnt in Untergiesing.« Dienstlich sein, dachte Fischer.

»Ja.« Marcel legte die Hände auf den Tisch und nahm sie sofort wieder herunter, strich sich über die Oberschenkel. Sein Mantel knirschte. »Ich hab im Krankenhaus angerufen, weil ich sie fragen wollt, ob Scarlett sich bei ihr gemeldet hat. Ich wollt sie provozieren. Sie hatte keinen Dienst, da hab ich gesagt, ich hätt eine dringende Nachricht für sie, und sie haben mir die private Telefonnummer gegeben. Auf dem Anrufbeantworter hat der Typ seinen Namen genannt, ich hab die Auskunft angerufen und mir die Adresse geben lassen. Winterstraße 2. Ich war dort. Hab sie aber nicht gesehen, beide nicht. Ist ein grünes Haus. Ich hab dann auf dem AB eine Nachricht hinterlassen, hab gesagt, ich hätt Scarlett in der Stadt gesehen und dass ich immer gewusst hätt, dass sie nicht ermordet worden ist. Ich hab Scarletts Mutter gefragt, warum sie auf dem Neuen Südfriedhof schon ein Grab für Scarlett gekauft hat, das hat sie nämlich getan. Und ich hab zu ihr gesagt, sie wollt, dass Scarlett tot ist, weil sie sie gestört hat, weil sie sie loswerden wollt, weil sie die Scarlett gehasst hat wegen ihres Andersseins und ihrer Freiheit im Kopf.«

Erschreckt von seiner lauten Stimme, wischte Marcel sich mit dem Lederärmel über den Mund. Er blinzelte nervös, kniff die Lippen zusammen und nickte wieder eine Zeit lang vor sich hin.

»Frau Peters hat nicht herausgefunden, wer angerufen hat«, sagte Fischer in dienstlichem Ton.

Mitten im Nicken schüttelte Marcel den Kopf.

»Das ist gut.«

Wie auf ein Signal endeten alle Zuckungen des dürren Körpers.

»So hatte sie genügend Zeit, darüber nachzudenken.«

»Genau.« Marcel klopfte mit dem leeren Colaglas auf den Tisch.

»Wann hast du sie angerufen?«

»Am Faschingssonntag.«

»Einen Tag nachdem du Scarlett auf dem Marienplatz gesehen haben willst.«

»Ich hab sie gesehen.«

»Von wo aus hast du angerufen?«

»Von einer Telefonzelle.«

»Du warst vorsichtig.«

»Suchen Sie die Scarlett jetzt?«

»Ich werde mit ihrer Mutter sprechen.« Einen Moment lang glaubte Fischer, er habe sich versprochen oder Marcel habe ihm den Satz in den Mund gelegt. Warum sollte er mit Scarletts Mutter sprechen?

»Die lügt doch«, sagte Marcel.

»Das macht nichts«, dachte Fischer und bemerkte nicht, dass er es ausgesprochen hatte.

»Die hat ein Grab für Scarlett gekauft.« Marcel senkte den Kopf. »Obwohl gar keine Leiche da ist. Menschenverachtend ist das. Die Frau hat ein Hassgeschwür im Herzen.«

Und Fischer dachte: Falls Scarlett tatsächlich am Leben ist und sich sechs Jahre lang versteckt oder bei jemandem, dem sie vertraut, Unterschlupf gefunden hat, warum sollte sie dann jetzt mit ihrer Mutter Kontakt aufnehmen wollen? Oder mit ihrem Vater? Warum läuft sie dann vor ihrem besten Freund davon? Hat sie ihn, anders, als er glaubt, auf dem Marienplatz nicht erkannt?

»Nein«, sagte Fischer. »Sie war neun, sie konnte nicht allein überleben. Und wenn sie entführt wurde, dann von jemandem, der sie missbraucht und getötet hat, und wenn sie nicht getötet worden wäre, sondern fliehen hätte können, wäre sie trotz der Konflikte mit ihrer Mutter nach Hause zurückgekehrt, und wir hätten den Täter gefunden und den Fall abgeschlossen.«

Als hätte er nicht zugehört, sagte Marcel: »Jockel wars nicht.«

Dass der geistig zurückgebliebene, inzwischen dreißig Jahre alte Jonathan Krumbholz, genannt Jockel, schuldig war, glaubte Polonius Fischer – bei allem Respekt für die Arbeit des Gutachters und der Bundesrichter – so wenig wie damals. Es spielte keine Rolle, was er glaubte. Er war Mordermittler, kein Mönch.

Da fiel ihm ein, dass er im Krankenhaus noch kein einziges Mal gebetet hatte. Vor lauter Bangen musste er es vergessen haben.

Marcel schaute ihn irritiert an.

Sie standen vor der Tür auf dem Bürgersteig, und Fischer fragte sich, wann er vom Tisch aufgestanden war und das Lokal verlassen hatte.

»Sie haben es versprochen«, sagte Marcel.

»Ja.« Was hatte er versprochen? Wann?

»Sie sind der Allereinzige, der Scarlett finden kann.« Marcel ruckte mit dem Kopf. »Ich muss meine Cola noch zahlen.«

»Die bezahle ich. Was erzählst du deinen Eltern, wo du so lange warst?«

»Ich sag, ich war recherchieren.«

»Was recherchierst du denn?«

»Das Leben.« Ein geisterhaftes Lächeln flog um seinen Mund. »Ich möcht später Dokumentarfilme machen. Bis jetzt arbeit ich nur mit dem Handy, ich beobachte Leute, ich such mir unauffällige Ecken und wart, was passiert. Und es passiert eine Menge, wenn man am wenigsten damit rechnet.« Er hob die Hand, wandte sich um und schlurfte bei Rot über die Kreuzung, nach vorn gebeugt, die Hände in den Taschen, ein lederner Schatten im nebeligen Dunkel.

Mit einem schnurrenden Geräusch fuhr eine blaue Tram der Linie 27 vorüber, hell erleuchtet. Die Fahrerin drückte auf die Klingel und sah in Fischers Richtung, als wollte sie ihn grüßen. Sie trug ein grünes Halstuch. Fischer sah der Straßenbahn hinterher und fror.

Die zweite Nacht im Hotel verbrachte er im Stehen am geschlossenen Fenster. Leblos und abweisend ragten die Bäume des Ostfriedhofs hinter der Steinmauer in den Himmel, links blinkte gelb die Ampel, bis sie gegen fünf Uhr morgens auf Normalbetrieb schaltete. Autos rasten stadtauswärts, zwei Streifenwagen mit Blaulicht in die entgegengesetzte Richtung.

Er hatte seine Hose und ein schwarzes Sweatshirt an, es war warm im Zimmer. Den lächerlichen Versuch einzuschlafen hatte er nach zehn Minuten aufgegeben. Er wollte das Zimmer verlassen und nach Großhadern fahren. Doch der Professor hatte gesagt, es habe keinen Sinn, wenn er dabliebe. Es hatte also keinen Sinn, wenn er da war. Natürlich nicht, dachte er am Fenster von Zimmer 105. Was nützte sein Dasein in Gegenwart einer maßlosen Ferne? Ann-Kristins Körper war keine Anwesenheit. Sondern ein Trugbild, wie das Mädchen auf dem Marienplatz, dessen Haarfarbe ihm nicht mehr einfiel. Zum Zeitpunkt von Scarletts Verschwinden hatte ihre Mutter Beziehungen mit drei verschiedenen Männern gehabt, die nichts voneinander wissen durften. Fischer hatte sie mehrmals befragt. Seiner Einschätzung nach hatte kein einziger von ihnen eine echte Beziehung mit Michaela Peters, sie schliefen bloß mit ihr, zwei von ihnen waren verheiratet. Der dritte hieß Hanno Rost. Nach der Aussage des Rechercheurs Marcel dauerte das Verhältnis zwischen ihm und Michaela bis heute an, sie war sogar zu ihm gezogen.

Fischer dachte an die täglichen Berichte in den Zeitungen und die Polemiken gegen ihn, als er abgelöst wurde.

Dann begann er durchs Zimmer zu schlurfen, barfuß, in

Gedanken an einen Mann, bei dem er nichts zu suchen hatte, dessen Geschichte längst zu Ende war, der nicht einmal mit ihm sprechen musste, der ihn auslachen würde. Als Versager würde er vor dem Mann stehen, lächerlich gemacht von seinen Vorgesetzten und der Öffentlichkeit.

Mit kalten Fingern strich er sich die Haare nach hinten und dachte: Ich mache mich lächerlich. Aber was sonst sollte er machen? Warten? Das schaffte er nicht. Und ermitteln durfte er nicht, er war doch persönlich betroffen, wie es hieß.

Er stand am offenen Fenster und roch die nasse Erde des Ostfriedhofs.

»Sie trauen sich was.«

Hanno Rost zog einen Anorak über sein rotes Jeanshemd, nahm seine Kaffeetasse vom Küchentisch und stellte sie zum schmutzigen Geschirr in die Spüle. Am Telefon hatte er erklärt, er sei zurzeit Strohwitwer, seine Freundin seit dem Wochenende bei ihrer kranken Mutter in Weimar. Sie komme erst heute zurück und werde vom Bahnhof aus direkt ins Krankenhaus fahren, wo sie arbeitete.

»Sie sind ehrgeizig«, sagte Rost und sah auf seine klobige Armbanduhr. »Um acht muss ich los, ich hab um halb neun einen Termin am Harras.« Er nestelte am Gürtel seiner braunen Jeans, sein Handy trug er an der rechten Hüfte. »Ja, gut, versteh schon, Sie sind Polizist, Sie müssen Fragen stellen, liegt in der Natur Ihres Berufs. Ich stell auch einen Haufen Fragen, die haben halt meistens keinen Sinn, weil die Leut keine Ahnung von ihren Sachen haben. Wer ist der Zeuge, der das Mädchen gesehen hat?«

»Bei Ihnen oder Ihrer Freundin hat sich Scarlett nicht gemeldet«, sagte Fischer.

Rost zog eine Schachtel Zigaretten aus der Anoraktasche, hielt sie sich vor den Mund, schüttelte sie und schnappte nach einer Zigarette. Er steckte die Packung ein und holte ein Zippo hervor. »Die ist tot, Anrufe aus dem Jenseits kriegen wir nicht.« Nach dem Inhalieren kam kein Rauch mehr aus seiner Nase oder seinem Mund.

»Ihre Freundin Michaela Peters wohnt bei Ihnen.«

»Drei Zimmer, mehr gibts nicht.« Er stippte die Asche aufs schmutzige Geschirr. »Sie wollt weg aus Ramersdorf, die Leut haben sie den ganzen Tag angeglotzt, das macht dich fertig, ist verständlich. Und die würden heut noch glotzen, acht Jahre später.«

»Sechs Jahre«, sagte Fischer.

Mit der Zigarette zwischen den Fingern wischte Rost durch die Luft. »Die Micha leidet, das merkt man oft nicht, aber die leidet. Die leidet. Die hat ihr Kind verloren, das ist kaltgemacht worden von einem Behinderten, so was steckt keine Mutter weg. Ist doch so.« Er sog den Rauch ein.

»Sie waren beim Prozess dabei.«

»Die Micha war Nebenklägerin. Logisch war ich da, jeden Tag. Der Typ saß da und glotzte vor sich hin, wie eine Kuh.«

»Sie meinen den Angeklagten.«

»Ein Hirn wie ein Baby und brutal wie ein Killer.«

»Er hat kein Hirn wie ein Baby, und er hat auch nicht wie ein Killer gemordet.«

Wieder fegte Rost mit der Hand durch die Luft.

»Sie waren erleichtert, als das Urteil verkündet wurde.«

»Sie nicht?«

Fischer antwortete nicht. Er stand nah bei der Tür, die Hände in den Manteltaschen. Als wäre er an einem Tatort und darauf bedacht, keine Fingerabdrücke zu hinterlassen.

Zum vierten Mal schaute Rost auf die Uhr. »Ich muss los, Unpünktlichkeit schlägt meinem Chef auf die Gesundheit.«

»Sprechen Sie mit Michaela oft über Scarlett?«

»Warum denn? Die ist tot, der Mörder sitzt, was noch?«

»Sie haben keine Kinder, Herr Rost?«

»Nein.«

»Wollte Michaela mit Ihnen noch ein Kind?«

»Nein. Außerdem ist sie zu alt. Schauen Sie hier drin nicht so genau hin, ich komm nicht zum Aufräumen.«

»Wie alt ist Michaela?«

»Vierzig. Glauben Sie, wir wollen so einen Behinderten wie den Killer kriegen? Bittschön.«

»Jonathan ist nicht von Geburt an behindert«, sagte Fischer.

»Jonathan. Hieß der nicht Jockel? Der Jockel mit seinem Gockel, den er vor kleinen Kindern rausgeholt hat. Jetzt Ende des Verhörs. Sie kreuzen hier in der Früh um sieben auf und erzählen mir wirres Zeug und unterstellen mir irgendwas. Ich hab Sie freiwillig in die Wohnung gelassen, und jetzt gehen Sie bittschön freiwillig.«

»Ich unterstelle Ihnen nichts«, sagte Fischer und ging zur Tür. Bei jedem Schritt achtete er darauf, nicht zu schwanken. »Bei den Ermittlungen waren Sie damals nicht sehr kooperativ, Sie mochten Scarlett nicht, ihr Verschwinden kam Ihnen eher gelegen.«

Sie standen im dritten Stock des Treppenhauses, in dem ein modriger Geruch hing.

»Obacht.« Rost sperrte die Wohnungstür ab und zeigte mit dem Schlüsselbund auf Fischer. »Ich erklär Ihnen mal was, nur einmal, und wenn Sie's dann nicht kapiert haben, geb ich Ihnen die Adresse eines Anwalts, der sagt Ihnen dann, wo's für Sie langgeht. Erstens: Ich hab meine Aussagen gemacht, bei Ihnen und Ihren Leuten. Ich hab mich zur Verfügung gehalten, Tag und Nacht, genau wie die Micha, das war hart, weil jeder geglaubt hat, wir würden was verschweigen. Ihr habt die Micha verdächtigt. Ich hab ihr beigestanden, das tu ich heut noch, wenns nötig ist. Und die Kleine, die war ihre Tochter, und die hab ich respektiert.

Ich bin nicht so ein netter Kinderonkel, ich rast nicht aus, wenn ich ein kleines Kind seh. Mir fehlen da die entsprechenden Gefühle. Ich bin nicht so aufgewachsen, bei uns hat sich niemand groß um die Kinder gekümmert, die waren halt da, mussten gefüttert werden, Ende der Aufregung. Wenn sie pariert haben, wars normal, wenn nicht, gabs Schläge. Ich hab nach der Scarlett gesucht, und zwar vom ersten Tag an, ich hab ihr Bild ins Internet gestellt, ich hab Handzettel verteilt, Fotos kopiert und aufgehängt. Vergessen?

Ich war aktiv, ich hab mich an der Fahndung beteiligt. Was geht also in Ihrem Kopf vor, wenn Sie hier aufkreuzen, nach acht Jahren, oder sechs, und mich von schräg unten antexten?

Der Behinderte hat das Mädchen umgebracht, sein Vater hat die Leiche weggeschafft. Reden Sie mit dem Staatsanwalt, wenn Sie die Zusammenhänge vergessen haben. Der Vater hat die Leiche verbuddelt und hält sein Maul.

Den Zeugen haben Sie sich ausgedacht, Herr Fischer. Um mir und der Micha doch noch was anzuhängen. Warum? Weil das nicht sein darf, dass ein Behinderter als Killer verknackt wird, das passt Ihnen nicht, da fängt Ihre Moral an zu jaulen. So schauts aus, auf Wiederschaun.«

Wortlos und polternd ging er die Treppe hinunter, riss die Haustür auf, stieß sie gegen die Wand.

Vor dem grünen Haus mit dem abbröckelnden Putz und den verwitterten, zersplitterten Fensterstöcken drehte Rost sich noch einmal um. »Sie haben in dieser Sache nichts mehr verloren, Sie haben auf der ganzen Linie versagt. Deswegen liegt jetzt irgendwo die Leiche von Michas Tochter und verwest. Und die Micha weint sich die Augen raus, wenn sie dran denken muss. Dafür sind Sie verantwortlich.«

Er spuckte aus und ging weg.

Manche Täter versteckten ihre Opfer in Müllcontainern, und die Leichen landeten unbemerkt in Verbrennungsanlagen. Manche Täter vergruben ihre Opfer im Garten oder versenkten sie in einem See.

Vielleicht war Scarlett entführt und ins Ausland gebracht worden.

Solange ihre Leiche nicht gefunden wurde, dauerte die Suche an, jahre-, jahrzehntelang.

Hundertschaften der Polizei mit Hunden, Stöcken und Wärmebildkameras hatten das Ramersdorfer Umfeld durchstreift. Die Möglichkeit, dass Scarletts Leiche eines Tages in einem eigentlich überschaubaren Radius doch noch auftauchte, bestand weiter.

Nach dem Gespräch behielt Fischer das Handy in der Hand und schaute es an. Es war stumm. Was die Schwester ihm berichtet hatte, hätte er sich vorher denken können. Er hatte es auch gedacht, aber er musste trotzdem anrufen. Jetzt stand er vor dem grünen Haus, schwankend vor Müdigkeit, und hörte immer noch die Worte der Schwester. Sie ist ruhig, hatte sie gesagt, es gibt keine Komplikationen, Sie brauchen nicht zu kommen. Das wusste er doch. Natürlich brauchte er nicht zu kommen. Auf die Frage, ob Michaela Peters schon im Haus sei, hatte die Schwester mit einem Ausdruck von Erstaunen reagiert. Warum er das wissen wolle, fragte sie. Warum? Dienstlich, hatte er erwidert. Verstehe, antwortete sie. Nein, wie sollte sie ihn denn verstehen? Wenn Michaela Peters bereits im Haus war, hatte er einen Grund für sein Erscheinen. Er wäre dann dienstlich da, in einem sehr überschaubaren Radius um Ann-Kristins Abwesenheit.

3

»Ist eine schöne Einbildung. Verboten? Nein«

Sie saß auf einem ramponierten Bistrostuhl mit Bastbespannung und rauchte.

Das kleine Fenster war gekippt, kühle Luft drang herein. Der Raum mit dem grauen Kleiderschrank und dem quadratischen Plastiktisch diente als Raucherzimmer. An der Wand stapelten sich Kästen mit Mineralwasser- und Saftflaschen. Als Fischer und Michaela Peters hereingekommen waren, beendeten zwei Krankenschwestern gerade ihre Pause, indem sie den Aschenbecher in den Blecheimer unter dem Fenster ausleerten und sich Pfefferminzbonbons in den Mund steckten. Mit Michaela Peters wechselten sie kein Wort.

Fischer sah ihr zu, wie sie hastig inhalierte. Entweder warf sie ihm abweisende Blicke zu, oder sie starrte an ihm vorbei zur Wand. Bei der Begrüßung hatte sie erklärt, »Herr Rost« habe sie angerufen und vorgewarnt und sie habe nicht die Absicht, irgendetwas zu erzählen. Außerdem habe sie keine Zeit, weil sie wegen der Verspätung des Zuges aus Weimar schon zwei Termine habe verschieben müssen, was immer zu Ärger bei Ärzten und Schwestern führe.

Fischer hatte versprochen, nicht länger als zehn Minuten zu bleiben. Kaum hatte er die Tür hinter den beiden Schwestern geschlossen, stieß Michaela Peters einen Fluch aus und setzte sich mit verächtlicher Miene auf einen der vier Plastikstühle. Sie zündete sich eine Zigarette an, sog, wie ihr Freund, den Rauch vollständig ein, blickte angewidert in Fischers Richtung und wandte sich ab.

Während sie rauchte, sprach sie kein Wort. Sie verzog den

Mund, drückte die Zigarette im Aschenbecher aus und hob mit einem Ruck den Kopf.

»Jemand hat also meine Tochter gesehen«, sagte sie. »Und wieso ist die Scarlett dann nicht hier?«

»Hat sie sich bei Ihnen gemeldet?«

»Das haben Sie meinen Mann schon gefragt.«

»Sind Sie verheiratet?«

Ihr Blick fegte über Fischers Gesicht. Sie griff nach der Zigarettenschachtel auf dem Tisch – sie rauchte Lucky Strike, dieselbe Marke wie Rost – und nahm die Zigarette noch einmal aus dem Mund, bevor sie sie anzündete.

»Nein, Herr Fischer.« Mit der Faust, in der sie das Feuerzeug hielt, strich sie über ihr Bein.

Sie trug einen weißen Kittel und blassgelbe Sportschuhe und hatte die Beine übereinandergeschlagen. Für ihre breiten Hüften und ihre stämmige Figur war der Kittel eine Nummer zu klein. Sie wirkte nicht dick, eher kraftvoll, dennoch lag in ihren Augen ein Ausdruck von Resignation und Ratlosigkeit. Sie versuchte ihre Empfindungen zu kontrollieren, doch das gelang ihr nur in Momenten angestrengter Konzentration.

»Nein«, wiederholte sie. »Herr Rost und ich haben nicht geheiratet, und das werden wir auch nicht tun. Warum setzen Sie sich nicht?«

Sie waren im Tiefparterre. Den Weg hatte Fischer sofort gefunden, auch wenn er den Gang, auf dem das Raucherzimmer war, nicht kannte. Er kannte andere Gänge im Tiefparterre.

»Ich bleibe nicht lang«, sagte er.

Sie rauchte, blickte angespannt vor sich hin, lehnte sich gegen die Tischkante. »Ich wollt schon gestern kommen, meine Mutter ließ mich nicht gehen. Sie hat Atembeschwerden, zu hohen Blutdruck, Herzrasen. Sie hat Angst, auf die

Straße zu gehen. Sie hat überhaupt nur noch Angst. Sie glaubt, jemand trachtet ihr nach dem Leben. Wie sie da draufkommt, weiß ich nicht. Sie ist nicht wirklich körperlich krank, sie nimmt Medikamente, schon seit Jahren. Sie ist einfach immer zu viel allein gewesen. Ihr Leben lang. Sie war verheiratet, fast dreißig Jahre, er war Monteur. Er war bei der Partei. Bei der Stasi war er auch, das haben wir nach der Wende erfahren. Er war dann auch gleich weg, zog nach Hamburg, wollte auf einer Werft arbeiten. Meine Mutter blieb in Weimar, hat nichts mehr von ihm gehört. Ich hätt sie mitgenommen in den Westen. Sie blieb lieber allein zurück. Sie war auch schon vorher allein. Solche Menschen gibts. Die haben eine Familie und gehören doch nirgends dazu.«

Sie sah Fischer an. »Ich hätt Robert geheiratet, wenn er mich gefragt hätt. Hat er nicht getan. Der Ringo. Er hat sich verdrückt, als Scarlett zwei war. Das Kind war ihm zu viel. Zu viel Mensch auf einem Haufen. Und dauernd da, so ein Kind. Tag und Nacht. Ich weiß nicht, wo er inzwischen wohnt. Hat nie einen Pfennig bezahlt. Keinen Pfennig, keinen Cent. Bin ich eben allein geblieben, wie meine Mutter. Das geht. Ich bin gelernte Krankenpflegerin, ich beherrsch meinen Beruf, auch wenn sie mich hier rausekeln wollen. Die denken nämlich wie Sie: dass ich was mit dem Verschwinden meiner Tochter zu tun hab, dass ich sie umgebracht oder verkauft hab. Das seh ich denen an der Stirn an. Seit sechs Jahren denken die das. Ich war vorher im Harlachinger Krankenhaus, da haben das auch alle gedacht. Hier in Großhadern sind sie bloß höflicher, weil sie mich brauchen. Noch.«

Sie drückte die Zigarette aus. »Und jetzt tauchen auch noch Sie auf, und alles fängt wieder von vorn an. Nicht mit mir, da haben Sie sich verrechnet, mich kriegen Sie nicht mehr auf die Anklagebank.«

»Sie waren nicht angeklagt«, sagte Fischer.

»Nein?« Sie unterdrückte ein höhnisches Lachen. »Haben Sie damals keine Zeitungen gelesen? Haben Sie verdrängt, wie Sie und Ihre Kollegen mich behandelt haben? Die Nachbarn? Die Leute auf der Straße? Ich war die verantwortungslose Mutter mit dem schlechten Lebenswandel. Ich war der letzte Dreck, weil ich angeblich, anstatt mich um meine Tochter zu kümmern, mit Männern ins Bett geh und mich rumtreib. Mein Foto war in den Zeitungen. Wenn ich geheult hab, hieß es, ich tu bloß so. Wenn ich mit niemand sprechen wollt, hieß es, ich hab was zu verbergen. Ich war Freiwild. Und ihr habt nichts dagegen getan, ihr habt mich nicht beschützt, ihr habt gewartet, dass ich endlich auspack und gesteh. Hab ich gestanden? Habt ihr mich so weit gebracht, dass ich alles sag, was ihr von mir wollt? Mich kriegt niemand klein. Da können Sie noch so lang da stehen und auf mich runterschauen. Dagegen bin ich immun.«

»Ich schaue nicht auf Sie runter«, sagte Fischer. »Ich will verstehen, warum Ihre Tochter, falls sie tatsächlich noch lebt, keinen Kontakt mit Ihnen aufnimmt.«

»Das ist leicht zu verstehen. Meine Tochter lebt nicht mehr.«

Sie senkte den Kopf, verharrte, leckte sich die Lippen. Eine Minute verging mit nichts als den gedämpften Stimmen vom Flur, dem fernen Klappern von Geschirr, dem Geräusch des Windes. Fischer hätte noch lange zuhören können.

»Ich werd weggehen«, sagte Michaela Peters, ohne den Kopf zu heben. »Er wird ausrasten. So ist er. Er ist schon bei Scarlett immer ausgerastet, wenn sie geschrien oder was getan hat, was er nicht wollt. Da war sie noch im Kindergarten. Er ist halt etwas selbstgefällig, er setzt sich gern durch, egal, ob er im Recht ist oder nicht. Wahrscheinlich braucht er das. Hat mich nie gestört. Ich geh nicht wegen ihm weg.«

Sie wartete auf eine Reaktion, aber Fischer hob nur den

Kopf. Nicht wegen ihr, das glaubte sie nur, sondern wegen einer Stimme draußen auf dem Flur. Sie kam ihm vertraut vor. Dann nicht mehr.

»Ich zieh zu meiner Mutter«, sagte Michaela Peters. »Die hat eine große Wohnung, vier Zimmer, hell, luftig, gleich beim Park. In der Nacht hört man die Ilm plätschern. Wie früher, als ich klein war. In Weimar kann ich meinen Beruf genauso ausüben, und es redet niemand schlecht hinter meinem Rücken. Ich fang noch mal von vorn an. Kann sein, dass ich mir das nur einbild. Ist eine schöne Einbildung. Verboten? Nein. Ist erlaubt. Oder nicht?«

»Ja«, sagte Fischer.

»Ja. Und ich werd für mich bleiben. Das wird schwer am Anfang. Ich werds schaffen. Keine Männer, die mich bestimmen wollen, kein Getue mehr, wenn sie wieder keine Zeit haben. Niemand, der Fragen bloß stellt, weil er misstrauisch ist oder berechnend. Erst war ich in Trudering, dann in Ramersdorf, jetzt in Untergiesing, das reicht für diese Stadt.«

Fischer sagte: »Nehmen Sie das Grab Ihrer Tochter mit?«

Als hätte ihr jemand ins Gesicht geschlagen, zuckte ihr Kopf zur Seite. Sie riss den Mund auf und brachte sekundenlang keinen Ton heraus. Dann stieß sie wütend zwei Worte aus.

»Sie Lump!«

Den Ausdruck hatte Fischer lange nicht mehr gehört. Beinah wäre ihm ein Lächeln entglitten. »Ich bin noch nie einer Mutter begegnet«, sagte er, »die eine Grabstätte für ihr vermisstes Kind kauft, ohne dass dessen Leiche gefunden wurde.«

»Dann bin ich die erste.«

»Sie sind die erste.«

Sie keuchte und hatte den Mund immer noch halb geöffnet.

»Was geschieht mit dem Grab, wenn Sie aus München wegziehen?«

Nach einer Weile stand sie wie benommen auf und blickte zu Boden. Dann streckte sie die Finger beider Hände aus und atmete wieder ruhig. Ihre Stimme verriet nicht den leisesten Vorwurf oder Zorn. »Das Grab bleibt. Zehn Jahre. Danach werd ich den Vertrag verlängern. Scarlett ist in München geboren, und hier soll sie auch ihre letzte Ruhe finden. Ihr Grab ist in der Nähe des schönen Weihers. Da steht ein kleines Holzkreuz, und ich hab einen Rosenstrauch gepflanzt, der blüht jedes Jahr. Ich denk an meine tote Tochter, jeden Tag in meinem Leben.« Sie fröstelte. »Jetzt muss ich mich um die kümmern, die noch leben, auch wenn sie krank sind.«

»Der Zeuge, der Ihre Tochter gesehen haben will, behauptet, das Mädchen habe eine Narbe auf der linken Wange gehabt und eine Kette mit schwarzen Steinen getragen, wie Ihre Scarlett.«

Während sie die Zigarettenschachtel und das Feuerzeug vom Tisch nahm und in einer ungelenken Bewegung in die Kitteltasche steckte, legte Michaela Peters den Kopf schief, als horche sie Fischers Worten nach.

Sie sah zum Fenster, zögerte, schloss es und drehte sich um. »So genau hat der Zeuge hingeschaut?«

»Ja.«

»Wieso verraten Sie mir den Namen nicht?«

»Scarlett hatte eine Narbe auf der Wange, und ein Freund hat ihr eine Kette mit schwarzen Steinen geschenkt.«

»Kann schon sein.«

»Wissen Sie noch, wie sie sich im Gesicht verletzt hat?«

»Beim Spielen.« Zum ersten Mal zwang sich Michaela Peters dazu, Fischer fest in die Augen zu sehen. Es fiel ihr schwer. Ihre dunkelblauen schmalen Augen waren starr und groß. Jedes Mal nach dem Sprechen ließ sie vor Anspannung den Mund ein Stück offen.

»Sie ist vom Rad gestürzt«, sagte Fischer.

»Das weiß ich nicht mehr.«

»Oder beim Fußballspielen.«

Dem Kommissar kam es vor, als würde sie die Luft anhalten.

»Haben Sie Ihre Tochter geschlagen, Frau Peters?«

Sie gab keine Antwort.

»Sie haben Ihre Tochter geschlagen und verletzt.« Fischer machte zwei Schritte auf sie zu. Sie ruckte mit dem Kopf.

»Stehen bleiben!« Sie winkelte den rechten Arm an, presste ihn gegen den Körper und ballte die Faust, als richte sie eine Waffe auf Fischer. »Der Herr Rost hat mich gewarnt, dass Sie ein unangenehmer Mensch sind. Wenn Sie noch näher kommen, schlag ich zu.«

»Geben Sie mir noch zwei Antworten, Frau Peters. Möchten Sie, dass die Polizei die Suche nach der Schülerin aufnimmt, die der Zeuge am Marienplatz gesehen haben will? Und: Begleiten Sie mich zum Grab, das Sie für Ihre Tochter angelegt haben?«

»Das werd ich niemals tun«, sagte sie. Mit einer Kopfbewegung scheuchte sie Fischer aus dem Weg und huschte an ihm vorbei.

Wie vorhin am Fenster zögerte sie, bevor sie die Hand nach dem Türgriff ausstreckte. Offensichtlich wollte sie noch etwas sagen und drehte ein wenig den Kopf. Dann öffnete sie ohne ein weiteres Wort die Tür und trat auf den Flur hinaus.

Eine Zeit lang stand Fischer da, die Hände in den Manteltaschen, und roch kalten Zigarettenrauch und süßliches Parfüm. Er hörte die Geräusche des Krankenhauses und versuchte den Sätzen von Michaela Peters ein Empfinden abzugewinnen. Je länger er nachdachte, desto weniger empfand er. Ebenso gut hätte er in Schnee graben können, wie ein Lawinenhund auf der Suche nach einem Verschütteten, der nicht existierte.

Der Verschüttete war er doch selber.

Der Junge, stellte er sich vor, während er weiter in der offenen Tür stand, ging in der Mitte der Straße und neben ihm ein Mädchen, das ein Jahr jünger war als er, seine Schulwegbegleiterin, seine Freundin, die er vor seinen Freunden aber nicht so nannte, damit sie ihn nicht aufzogen. Marcel wollte nur in ihrer Nähe sein, weil die Nähe der anderen ihm fremd blieb und er sich vorkam wie einer, der von ihnen nicht gemeint war, von ihren Worten, Gesten, Blicken.

Niemand durfte wissen, dass Fischer jetzt hier war und an solche Dinge dachte. Was er tat, war unterirdisch. Keiner seiner Kollegen würde Verständnis für sein Verhalten aufbringen, nicht einmal angesichts seiner persönlichen Not. Obwohl er an den direkten Ermittlungen im Fall der Taxitäter nicht teilnahm, hätte er längst im Dezernat sein müssen. Stattdessen führte er juristisch haltlose Befragungen durch. Stattdessen tauchte er in Vorstellungen ab.

Er sah, wie Marcel ungeduldig jeden Morgen in der Lukasstraße wartet, wie er neben Scarlett hergeht und wenig spricht, denn das Sprechen ist nicht seine Stärke. Das mag sie an ihm: dass er still sein kann und sie nicht ausfragt. Wenn die Worte ihrer Mutter wieder in ihr schlagen wie schreckliche Glocken, wenn die Stimme des Freundes ihrer Mutter in ihrem Kopf widerhallt wie ein böses Echo, wenn sie am liebsten auf der Straße weinen und schreien würde, wenn sie vor Traurigkeit stolpert und den ganzen Weg bis zur Schule schnieft und ihre Schulter schief hält.

Und als Scarlett plötzlich verschwunden ist, sucht Marcel bloß nach außen hin nach ihr. In Wahrheit geht er weiter neben ihr her, legt den Arm um ihre Schulter, wenn sie sich an einer verschwiegenen Straßenecke an ihn lehnt, einfach so. In seinem Zimmer erzählt er ihr von seinen Plänen als Filmemacher. Sie hört ihm zu, wie immer, sie ist da, wie immer, er hört ihre leise Stimme, die sagt: Du musst mir versprechen, dass du immer auf mich wartest, auf dem Schulweg und im richtigen Leben. Und er verspricht es ihr, und ihre Stimme sagt: Ich warte auch auf dich.

So vergingen die Jahre.

Fischer war überzeugt, dass Marcel nie ein anderes Mädchen zur Schule begleitet hatte, auch als er schon lang nicht mehr auf die nahe Grundschule, sondern in die Realschule ging, zu der er zwei Stationen mit der U-Bahn fahren musste. Für Marcel wohnte Scarlett noch immer in der Lukasstraße, zwei Häuser weiter, und er wartete auf sie, und sie wartete auf ihn, wenn er sich ausnahmsweise verspätete.

Und dann, am 2. Februar, Faschingssamstag mitten in der Stadt, endete sein Warten. Vollkommen überraschend. Und irgendwie auch logisch. Denn es musste so kommen. Eines Tages, das wusste Marcel seit jenem 8. April, würde Scarlett aus der verkehrten Wirklichkeit in die richtige zurückkehren, und er würde sie sofort erkennen. Sie würde seine Kette tragen und ihm winken. Und genau das hatte sie getan: Sie trug seine Kette und winkte ihm, wenn auch nicht mit der Hand, sondern mit den Augen. Und wäre er nicht zu feige gewesen, den Polizisten einfach stehen zu lassen, dann wäre er zu ihr gelaufen und hätte ihr den Arm um die Schulter gelegt, und Scarlett hätte sich an ihn geschmiegt, wie damals.

Weil alles anders kam, schrieb er einen Brief.

Fischer dachte: Er hat sich verschaut, wie Verliebte sich ineinander verschauen und vor Übermut ihr Schauen tauschen möchten. Eine Narbe und eine Kette sind kein Beweis. Nicht einmal das Winken von Augen.

Das Urteil gegen Jockel Krumbholz war rechtskräftig, es würde keine neuen Ermittlungen geben. Scarlett Peters war einem Verbrechen zum Opfer gefallen, ihr Mörder büßte in der Psychiatrie seine Strafe ab. Solange die Leiche nicht gefunden wurde, blieb jeder Versuch, ein Wiederaufnahmeverfahren anzustrengen, aussichtslos.

Trotzdem lösten die Aussagen von Michaela Peters und Hanno Rost bei Fischer ein solches Unbehagen aus, dass sein Magen zu schmerzen anfing. Beinahe hätte er einen der vorüberhastenden Ärzte angesprochen.

Als er endlich aus der Tür trat, roch er das Parfüm einer Frau, und er brauchte eine Weile, bis ihm klar wurde, wer vor ihm stand. Er hatte sie nicht kommen hören. Verwirrt kniff er die Augen zusammen und ballte die Fäuste in den Taschen.

»Ich hab dich gesucht«, sagte Oberkommissarin Liz Sinkel.

Fischer nickte, als hätte er damit gerechnet.

»Ich hab im Krankenhaus angerufen, weil ich schon vermutet hab, dass du hier bist.«

Fischer griff nach ihrer Hand, wie er es oft tat, auch während der Arbeit, einfach so, weil es notwendig war.

»Du bist ganz kalt«, sagte Liz.

»Nein«, sagte Fischer.

»Komm mit, wir trinken jetzt Kaffee.« Sie zog an seinem Arm. »Warum bist du eigentlich nicht bei Ann-Kristin?«

4

»Und kehre nicht auf halbem Weg um«

»Ich hab sie gebeten, wachsam zu sein«, sagte Polonius Fischer. »Das weißt du ja, immer wieder hab ich sie gebeten, jede Nacht, seit dreizehn Jahren. Was man so sagt, wenn man sich sorgt. Die Zentrale kann die Taxis über GPS orten, in manchen Wagen sind Videokameras installiert. Der Sprechfunk läuft die ganze Zeit, die Kollegen haben die Möglichkeit, gegenseitig aufeinander aufzupassen.«

Alles, was er ihr erzählte, kannte Liz schon, und sie war nicht gekommen, um ihm lange zuzuhören. Aber noch hatte sie keine Eile, der Kaffee und das Butterhörnchen schmeckten ihr, und es saßen nicht zu viele Patienten um sie herum. In der Cafeteria des Klinikums Großhadern waren um diese Zeit nur zwei Tische besetzt. Die Besucher machten einen munteren, fast ausgelassenen Eindruck auf sie.

Fischer trank einen Schluck Kaffee, legte die eine Hand flach auf seine Brust, über die Krawatte, die andere auf den Tisch, als leiste er einen Schwur auf eine unsichtbare Bibel. An einer Antwort auf die Frage, weshalb Liz ihn gesucht hatte, schien er nicht im Geringsten interessiert zu sein.

Die Videobilder waren unbrauchbar, viel gesprochen hatten die Täter nicht. In der Siebenbrunner Straße hielten sie das Taxi an, zerrten Ann-Kristin aus dem Auto, nahmen das Geld aus dem Kofferraum, knapp zweitausend Euro, und verschwanden mit ihrer Geisel, vermutlich im eigenen Wagen. Das war in der Nacht zum Sonntag passiert, zwischen halb drei und drei.

Aufgefunden wurde Ann-Kristin in einem Abbruchhaus in der Wunderhornstraße in der Menterschwaige, zehn Minuten Fahrzeit vom Ort des Überfalls entfernt. Ein älterer Mann, ein Nachbar, ging wie jeden Morgen mit seinem Hund spazieren und sah eine Gestalt hinter einem der verdreckten Fenster. Die Täter hatten Ann-Kristin gefesselt, aber sie schaffte es, aufzustehen und sich bemerkbar zu machen. Sie hatten ihr den Mund verklebt und sie mit einem Abschleppseil an einen Heizkörper gebunden, ihre Hände mit Klebeband fixiert. Sie war nicht sexuell missbraucht worden. Warum die Täter sie überhaupt mitgenommen hatten, blieb vorerst rätselhaft.

Ihr Körper war übersät von Hämatomen. Die Täter hatten mit Fäusten auf sie eingeschlagen, in den Unterleib, ins Gesicht, in den Nacken, was zu Quetschungen innerer Organe, Rippenbrüchen und einer schweren Gehirnerschütterung führte. Das Ausmaß ihrer Verletzungen übertraf das der anderen Opfer um ein Vielfaches.

Für Polonius Fischer grenzte es an ein Wunder, dass sie nicht erstickt war, an Blut, an Erbrochenem, an den drei Zähnen, die sie ihr ausgeschlagen hatten.

Die Ermittlungen im Zusammenhang mit den Raubüberfällen hatte er an seinen Kollegen Emanuel Feldkirch abgegeben. Zum ersten Mal in seinem Berufsleben war er persönlich befangen. An den Vernehmungen würde er trotzdem teilnehmen.

In der Gegend um den Tierpark und in Harlaching kontrollierten die Fahnder jede Straße, jedes Lokal, jede verdächtige Wohnung. Die Täter waren zu zweit, junge Männer, kaltblütig und gewaltbereit, die bei den Überfällen kaum ein Wort verloren. Den ersten Taxifahrer erstachen sie, als er sich wehrte. Ein Stich in die Kehle. Der vierundfünfzigjährige Mann verblutete, bevor der Notarzt eintraf. Der Überfall hatte keine fünf Minuten gedauert. Die anderen vier Fahrer hatten Glück, sie leisteten keinen Widerstand und wurden nicht getötet, nur niedergeschlagen, allerdings mit so roher Gewalt, dass drei von ihnen monatelang mit schweren Brüchen im Krankenhaus lagen.

Die Täter trugen keine Masken, sondern dunkle Brillen, Mützen und schwarze Kleidung, Windjacken, Jeans, billige Lederhandschuhe. Die Überfälle fanden in verschiedenen Stadtteilen statt, ein Muster, was die Orte betraf, war nicht zu erkennen. Vorgehensweise und Zeitpunkt aber waren gleich: nach zwei Uhr morgens, immer einzeln stehende Taxis. Erst tauchte ein Täter auf, dann der zweite. Der erste stieg vorn ein und schlug sofort zu, hart und präzise. Dieser Täter zerrte den halb bewusstlosen Fahrer auf den Beifahrersitz, während er hinters Lenkrad rutschte und der zweite Täter hinten einstieg. Sie fuhren in eine Seitenstraße, durchsuchten das Taxi und flüchteten. Vermutlich hatten sie ihr Auto in der Nähe geparkt und waren ziellos durch die Stadt gefahren, um nach einem Opfer Ausschau zu halten.

Zu den Spuren, die Fischers Kollegen an den Tatorten sicherstellten, fanden sie in den INPOL-Dateien keine Übereinstimmungen. Insgesamt betrug die Höhe der Beute rund fünfzehntausend Euro.

Was war in der Nacht zum letzten Sonntag geschehen? Warum hatten die Täter Ann-Kristin Seliger gekidnappt? Sie vergewaltigten sie nicht, sie töteten sie nicht. Was wollten sie von ihr?

Dunkel ragte seine mächtige Nase zwischen den hohen Wangenknochen hervor, sein Gesicht war schmaler geworden, grau und rissig, wie Liz fand. Sie sah ihm zu, wie er sich mit den Fingern durch die Haare strich, und konnte seine Anspannung kaum ertragen.

»Es muss eine Verbindung zwischen den Tätern und deiner Freundin geben«, sagte sie. »Sie wissen, dass du in der Mordkommission bist und Ann-Katrin und du ein Paar seid.«

»Das können sie nicht wissen.«

»Jeder weiß das, der euch kennt.«

Wieder neigte Fischer den Kopf von einer Seite zur anderen, was seiner Hakennase einen komischen Schwung verlieh. »Wir sollen in unserem Bekanntenkreis nach den Tätern suchen?«

»In Ann-Katrins. Du bist Kripobeamter, du hast keinen Bekanntenkreis.«

Wie ein sehr spezielles Damoklesschwert hing seine Nase über seinem Lächeln.

»Entweder war es ein Racheakt«, sagte Liz, »oder die Täter wurden bei dem gestört, was sie eigentlich vorhatten. Andererseits haben sie Ann-Kristin gefesselt und versteckt. Warum? Wollten sie zurückkommen? Wem gehört noch mal das Haus, in dem sie gefunden wurde?«

»Einem Erben«, sagte Fischer. »Einem angehenden Arzt aus Harlaching. Er hat sich jahrelang nicht um das Anwesen gekümmert, es stand leer, er hat es verfallen lassen. Angeblich will er das Haus jetzt abreißen lassen und das Grundstück verkaufen, weil er nach Amerika geht, die Verdienstmöglichkeiten seien dort besser als hier, sagt er. Emanuel und ich haben mit ihm, mit seiner Lebensgefährtin, mit seinem Freundeskreis gesprochen, keine Spur zu den Raubüberfällen. Ein Racheakt? Wo sollten sich welche Kreise überschneiden?«

»Bist du sicher, dass deine Freundin kein Foto von dir bei sich trägt und auch keins in ihrem Taxi hat?«

»Ich bin sicher.«

»Vielleicht ohne dein Wissen.«

»Das würde sie nicht tun, weil ich sie darum gebeten habe. Ich wollte vorsichtig sein, ich wollte den Taten von Verrückten vorbauen, ich hab ihr gesagt …«

Er schaute zur Theke, wo jetzt Besucher in Straßenkleidung und Patienten in Morgenmänteln Schlange standen. Für einige Sekunden hielt er die Hand vor die Augen und hob die Schultern. »Nein. Das sind keine Verrückten, das sind gewöhnliche Täter. Sie sind jung, sie brauchen das Geld, eventuell für Drogen, sie unterscheiden sich von ihren Altersgenossen nur durch ihre Gewaltbereitschaft. Ich schließe nicht aus, dass es sich um Jugendliche handelt. Wenn wir wenigstens einen halbwegs brauchbaren Zeugen hätten, eine Stimmenaufzeichnung aus dem Taxi, ein irgendwie verwertbares Foto. Den Tätern ist es gelungen, alle Sicherheitsschranken zu unterlaufen. Als wären sie vorübergehend unsichtbar gewesen.«

»Kein Täter ist unsichtbar.« Mit einem schnellen Blick sah Liz auf ihre Uhr.

»Wir müssen los«, sagte Fischer.

»Du hast mich noch nicht gefragt, warum ich hier bin.«

»Warum bist du hier?«

»Weil du dein Handy ausgeschaltet hast.«

Das hatte er vor dem grünen Haus in der Winterstraße getan, vor langer Zeit, wie ihm schien.

»Wir haben einen Verdächtigen«, sagte Liz. »Emanuel wollte nicht mit der Vernehmung beginnen, bevor du da bist. Zu Hause hab ich dich nicht erreicht. Dann hab ich im Krankenhaus angerufen. Was wolltest du von Michaela Peters?«

Fischer stand auf. Er war einen Meter zweiundneunzig groß und dreiundneunzig Kilogramm schwer, und die Gäste in der Caféteria drehten sich nach ihm um. Durch den weit geschnittenen Mantel wirkten seine Schultern noch breiter, und der Stetson, den er auf den Stuhl neben sich gelegt hatte und jetzt aufsetzte, ließ ihn noch größer erscheinen. Liz betrachtete ihn, wie schon oft. Sein verzurrter Gesichtsausdruck erschreckte sie.

»Beeilen wir uns«, sagte er.

»Warum hast du mit Michaela Peters gesprochen, P-F?«

Er ging an ihr vorbei zur Tür.

5

»Die Täter sind clever, das passiert«

Einer nach dem anderen gab ihm die Hand.

Augenblicklich hatte Polonius Fischer die Vorstellung eines Kondolenzbesuchs, und er nahm seinen Hut ab und hielt ihn in der linken Hand hinter dem Rücken. Gewöhnlich begrüßten sie sich nicht mit Handschlag. Anscheinend hatten sie alle auf ihn gewartet: Neidhard Moll, Esther Barbarov, Gesa Mehling, Micha Schell, Georg Ohnmus, Walter Gabler, Emanuel Feldkirch, Sigi Nick, der Leiter der Mordkommission, Erster Kriminalhauptkommissar Silvester Weningstedt und Valerie Roland, die Assistentin und Protokollantin. Staunend verfolgte Liz Sinkel, der niemand die Hand gab, die eigentümliche Zeremonie.

Seit einem überraschenden Besuch des Polizeipräsidenten kursierte im Präsidium für die Gruppe der Spitzname »Die zwölf Apostel«, was Fischer, den ehemaligen Mönch, im Stillen amüsierte, da er bei den Mahlzeiten in großer Runde gewöhnlich aus einem Buch vorlas, während die anderen schweigend aßen. Ein Ritual, das er aus seiner Zeit bei den Benediktinern übernommen hatte.

Ursprünglich befanden sich die Räume des Kommissariats 111 wie die übrigen Abteilungen im Hauptgebäude der Münchner Polizei an der Ettstraße. Nach einem Brand, ausgelöst durch einen in einer Plastiktüte eingewickelten, heiß gelaufenen Laptop, mussten die Mordermittler ausziehen. In Absprache mit dem Innenministerium mietete Polizeipräsident Dr. Linhard als Übergangslösung im ehemaligen herzoglichen Falkenhaus an der Burgstraße die leer stehenden

Stockwerke an. Es stellte sich heraus, dass die Arbeitsbedingungen ideal waren und die Kommissare sich in dem Gebäude aus dem sechzehnten Jahrhundert vom ersten Tag an wohlfühlten. So kam die Mordkommission zu einer eigenen Unterkunft mitten in der Altstadt, in einer abschüssigen Gewölbegasse, an der ältesten Stadtmauer Münchens. In unmittelbarer Nachbarschaft lagen das einstige Hofzerwirkgewölbe, wo das auf den Hofjagden geschossene Wild verarbeitet worden war, und ein Haus, in dem Mozart einen Teil seiner Oper »Idomeneo« komponiert hatte.

Deshalb geriet die Mordkommission, zumindest von außen, regelmäßig in den Fokus der Fotoapparate und Videokameras Hunderttausender Touristen, die auf dem Weg zum Hofbräuhaus an dieser historischen Ecke der bayerischen Landeshauptstadt vorüberpilgerten.

»Esther und ich haben einen Typen ausfindig gemacht«, sagte der fünfundvierzigjährige Hauptkommissar Ohnmus. »Unangenehmer Kerl. Um die zwanzig, fiese Ausstrahlung. Emanuel wartet oben auf dich.«

Als Ohnmus gegangen war und Fischer sich zur Treppe wandte, zupfte Liz ihn am Ärmel.

»Warum warst du bei der Mutter der kleinen Scarlett?«, sagte sie.

Er drehte sich nicht zu ihr um, sondern streckte den Rücken, bleckte die Zähne und schloss für einen Moment die Augen. Dann ging er wortlos in den dritten Stock hinauf. Nachdem er im Vernehmungsraum 1 verschwunden war, folgte Liz ihm widerwillig.

In dem Raum stand kein Tisch. So hatte der junge Mann keine Möglichkeit, sich festzuhalten oder aufzustützen. Breitbeinig saß er auf dem Stuhl vor der Wand, gegenüber dem

Spiegel, durch den Liz und Fischer ihn beobachteten. Mit dem Rücken zum Spiegel saß der neunundvierzigjährige, rothaarige Hauptkommissar Emanuel Feldkirch, mit übereinandergeschlagenen Beinen und einem DIN-A4-Block auf den Knien. Er belehrte den jungen Mann, dass dieser als Zeuge vernommen werde und die Pflicht habe auszusagen.

Sein Name war Dennis Socka. Er war neunzehn und lebte bei seinen Eltern in der Dachstraße in Pasing. Nach der mittleren Reife hatte er eine Malerlehre begonnen, musste sie aber wegen einer Allergie abbrechen. Er bewarb sich bei einem Taxiunternehmen. Auch diese Ausbildung beendete er vorzeitig. Seither jobbte er in der Großmarkthalle, nachdem er erfolglos bei verschiedenen Betrieben angefragt hatte.

Auf den ersten Blick wirkte er jünger als neunzehn. Sein Gesicht war grau und eckig, er hatte dunkle Ringe unter den kleinen Augen, die blonden Haare standen ihm vom Kopf. Er hatte einen schmalen, unscheinbaren Körper und trug blaue, weit geschnittene, ausgewaschene Jeans, einen dicken Wollpullover und einen gefütterten Anorak mit Kunstpelzkragen und Kapuze.

Fast jedes Mal, bevor Dennis eine Antwort gab, schob er das Kinn vor und blähte die Nasenflügel, was auf dem Monitor gut zu erkennen war. Im Raum hingen drei Digitalkameras. Manchmal verzog Dennis das Gesicht zu einer Grimasse und rutschte auf dem Stuhl noch ein Stück tiefer. Er wippte mit den Beinen, behielt die Hände in den Taschen des Anoraks.

»Ich wiederhole noch einmal, dass Sie als Zeuge bei uns sind und die Pflicht haben auszusagen«, erklärte Feldkirch. »Haben Sie das verstanden?«

Mit heruntergezogenen Mundwinkeln nickte Dennis Socka.

»Es ist 11.45 Uhr, Donnerstag, 14. Februar. Herr Socka,

haben Sie in der Zeitung von den Raubüberfällen auf die Taxifahrer gelesen?«

Dennis ließ sich Zeit, schniefte, bewegte den Kopf. »Ist schon möglich.«

Seine Stimme war schlecht zu verstehen, Fischer vermutete, dass er absichtlich leise redete.

Feldkirch nickte. Er vermittelte einen entspannten, freundlichen Eindruck und ließ Dennis nicht aus den Augen. »Ich möcht Sie nicht länger als nötig aufhalten, aber Sie wissen, dass wir seit Monaten in der Sache ermitteln und nicht vorankommen, jeder Hinweis kann uns helfen. Ein Taxifahrer ist gestorben, eine schwer verletzte Fahrerin liegt im Koma, und das, was sie uns noch mitteilen konnte, ist sehr vage. Wenn Sie also Beobachtungen gemacht, wenn Sie etwas gehört haben, das auf die Überfälle hindeutet, sagen Sie es mir bitte.«

Für die Einstellungen der Kameras am Computer war der siebenundvierzigjährige Hauptkommissar Sigi Nick verantwortlich, ein dünner Mann mit flinken Bewegungen, der vielleicht aus Gründen der Haarwurzelerwärmung oder der Schuppentarnung unentwegt eine beige Schirmmütze trug. Er zoomte auf das Gesicht des Zeugen. Fischer und Liz sahen dessen nervöse Zuckungen und die poröse, pickelige Haut.

Dennis Socka war der Neffe von Claus Socka, dem Taxifahrer, der erstochen worden war. Niemand im Kommissariat 111 glaubte an einen Zufall. Niemand hielt Dennis für unschuldig.

Feldkirch hatte seine Strategie auf nichts mehr ausgerichtet als darauf, Dennis am Sprechen zu halten. Dabei spielte das Thema zunächst keine Rolle. Einen Verdächtigen reden und möglicherweise lügen zu lassen brachte einen Ermittler manchmal besser voran als ein Schweigen, das eine Form von Schuldeingeständnis sein mochte, aber keinerlei gerichtsverwertbare Fakten und logischerweise kein Täterwissen offenbarte.

Wie einen Schuss kann man auch ein gesprochenes Wort nicht zurücknehmen. Das gesprochene Wort eines Zeugen verwandelte sich schneller in die Aussage eines Tatverdächtigen, als dieser die Belehrung, er dürfe von nun an die Aussage verweigern und einen Anwalt hinzuziehen, verstanden hatte. Geriet die Vernehmung trotzdem ins Stocken, neigten die Kommissare dazu, selber etwas zu erzählen, um das Vertrauensverhältnis zu untermauern.

»Was denkst du über den Jungen?«, fragte Liz.

Nach einem Schweigen sagte Fischer: »Hat er einen Bruder?«

»Eine Schwester«, sagte Liz. »Sie ist zehn Jahre älter, Friseurin, Gesa ist zu dem Laden gefahren, wo sie arbeitet. Dennis ist ein klassischer Nachzügler. Über seinen Freundeskreis wissen wir noch nichts. Esther und Georg sind unterwegs.«

Auf einem der Monitore war deutlich zu sehen, wie Dennis' Lider flackerten. In seinem Blick lag ein Ausdruck aggressiver Unbeholfenheit, wie so oft bei Verdächtigen, die mit aller Macht etwas zu verbergen suchten. Offensichtlich war Dennis so angespannt, dass er nicht einmal nach einem Getränk verlangte.

»Meine Kollegen wurden durch den Wirt des Torbräus am Sendlinger Tor auf Sie aufmerksam«, sagte Emanuel Feldkirch mit plaudertonartiger Stimme. »Er hat zufällig gehört, wie Sie mit einem Freund über die Überfälle gesprochen haben, und er hatte den Eindruck, Sie könnten der Polizei vielleicht bei der Fahndung helfen. Deswegen rief er uns an.«

»Der hätt ja auch mich fragen können«, murmelte Dennis.

»Hab ich ihm auch gesagt. Ich hab ihn gefragt, wieso er nicht zuerst mit Ihnen gesprochen hat. Er sagte, daran habe er nicht gedacht, er wollte keine Zeit verlieren, er hatte

Sorge, Sie würden bald aufbrechen. Meinem Eindruck nach wollte er wirklich nur helfen, mir scheint auch, dass einer der verletzten Taxifahrer sein Freund ist.«

»Ist der schwul?« Als Liz Dennis' Grinsen auf dem Monitor sah, drehte sie angewidert den Kopf weg.

Feldkirch lächelte, fabelhaft verlogen. Ermuntert nickte Dennis ihm zu. Was der Kommissar ihm bisher erzählt hatte, schien er tatsächlich zu glauben.

»Keine Ahnung«, sagte Feldkirch. »Jedenfalls meinte der Wirt, Ihre Aussage könnte wichtig sein. Deswegen haben meine Kollegen Sie gebeten mitzukommen. Was genau wissen Sie über die Überfälle?«

Dennis hob das Kinn. »Ich hab nur gehört, dass die Frau noch lebt. Mehr weiß ich nicht. Wir haben drüber geredet, weil mein Kumpel was in der Zeitung gelesen hat. Das ist alles. Ich les keine Zeitung.«

»Sie können sich denken, dass es für uns interessant wäre zu erfahren, ob der Freund von Ihnen, der behauptet, dass die Taxifahrerin noch lebt, das in der Zeitung gelesen oder ob er es von jemandem gehört hat. Wie heißt denn der Mann?«

»Weiß ich nicht.« Dennis richtete sich auf, fummelte mit den Händen in den Anoraktaschen, warf dem Kommissar einen lauernden Blick zu.

»Macht nichts«, sagte Feldkirch. »War Ihr Kumpel aus dem Torbräu auch dabei, als Sie von Ihrem anderen Bekannten von der Sache mit der Frau erfahren haben?«

Dennis schüttelte den Kopf, schniefte.

Nachdem Ohnmus und Esther Barbarov ihn aus dem Lokal geholt und in die Burgstraße gebracht hatten, hatte Hauptkommissar Micha Schell, der mitgekommen war, den »Kumpel aus dem Torbräu« eine halbe Stunde lang befragt. Der Mann hieß Luggi – seinen Familiennamen weigerte er sich zu nennen –, und er kenne, behauptete er, Dennis nur flüchtig. Sie würden ab und zu zusammen ein Bier trinken und »halt so reden«. Was sie »halt so« redeten, fand Schell nicht heraus, denn Luggis Sprechvermögen war eingeschränkt. Der Wirt bestätigte, dass es zwischen Luggi, der schon lange Stammgast sei und dessen Familiennamen er nicht wisse und auch nicht wissen wolle, wie er betonte, und dem jungen Mann keine nähere Bekanntschaft gab. Meist käme »der Junge« – seinen Namen kannte der Wirt ebenfalls nicht – mit einem Freund, anscheinend einem Ausländer, sie würden sich immer an den Tisch hinter der Tür setzen, Apfelschorle und Cola trinken und reden. Nach Aussage des Wirts machte »der Junge« an diesem Morgen einen »merkwürdig aufgedrehten Eindruck«, als sei er auf Droge. Er habe zwei große Gläser Mineralwasser in sich hineingeschüttet und dabei auf Luggi eingeredet, der »von Haus aus Schwierigkeiten beim Zuhören« habe. Was »der Junge« im Einzelnen erzählt habe, konnte der Wirt nicht sagen; auf alle Fälle habe er, wenn er an den Nebentischen bediente, mit angehört, wie er sich wiederholt über den erstochenen Taxifahrer und die gekidnappte Frau ereiferte, ohne dass klar wurde, ob er eigenes oder fremdes Wissen verbreitete. »Da sind die Grenzen bei meinen Gästen fließend«, meinte der Wirt launig zu Schell.

Obwohl die vorhandenen Steine noch keinen Weg ergaben, war die Richtung unübersehbar. Emanuel Feldkirch ging ebenso unauffällig wie unbeirrt Schritt für Schritt weiter.

»Fahren Sie selber manchmal mit dem Taxi?«

Dennis nickte, als würde er angestrengt nachdenken. »Kann ich mir nicht leisten. Ich fahr einen alten Opel, der …« Das hatte er nicht sagen wollen. Er blähte die Nasenflügel und streckte die Beine.

Auf dem Tisch, an dem Fischer saß, lagen Aktenordner und Mappen mit Fotos und Skizzen. Er begann zu blättern, suchte nach einem Hinweis auf den Wagen.

»Haben Sie mit Ihrem Onkel über den Beruf des Taxifahrers gesprochen?«

Fischer hörte auf zu blättern und hörte zu.

»Wieso denn?«, sagte Dennis.

»Sie haben mir am Anfang erzählt, sie hätten bisher ein paar Probleme im Berufsleben gehabt, unter anderem auch bei der Ausbildung zum Taxifahrer. Haben Sie Ihren Onkel um Rat gefragt?«

»Den wirklich nicht.«

»Sie verstehen sich nicht besonders gut mit ihm.«

»Nein.«

Dass Feldkirch die Gegenwartsform benutzt hatte, schien Dennis nicht aufgefallen zu sein. Oder es war ihm egal.

»Hat Ihr Onkel Ihnen geraten, den Taxischein zu machen?«

Dennis starrte den Kommissar aus kleinen, gehässigen Augen an. »Mein Onkel ist tot, was soll das Gequatsche? Glauben Sie, ich hab ihn erstochen? Glauben Sie, ich hab da was mit zu tun? Glauben Sie, ich stech meinen eigenen Onkel ab?«

»Nein«, sagte Feldkirch ruhig. »Ich hab halt gehofft, Sie könnten uns helfen, den Mörder Ihres Onkels zu finden. Wir sind für jeden Hinweis dankbar. Seit vier Monaten fragen wir uns, um welche Art Täter es sich handeln könnte. Ausländer? Woher? Osteuropa? Wär denkbar. Uns fehlen die Indizien. Ehrlich gesagt, Sie sind so etwas wie unser erster Zeuge, Sie sind die erste Person, die Aussagen gemacht hat, die nicht aus der Zeitung stammen. Ist ja verständlich, dass ich etwas unruhig und womöglich auch ungeduldig bin.«

»Merkt man nicht«, sagte Dennis. »Passt schon so. Die Täter sind clever, das passiert. Aber ich weiß nichts über die.

Die sind wahrscheinlich schon längst weg, die sind nicht mehr in der Stadt. So seh ich das.«

»Ja, das ist auch eine unserer Vermutungen. Jetzt hoffen wir natürlich, dass die schwer verletzte Taxifahrerin aus dem Koma aufwacht und sich an etwas erinnern kann. Die Täter haben ihr die Kleider vom Leib gerissen, wahrscheinlich wollten sie sie vergewaltigen. Verstehen Sie das?«

»Was ist?« In der Nahaufnahme sah Dennis' Gesicht wie aufgequollen aus, seine Haut noch rissiger und bleicher. Er war vollgepumpt mit Anspannung.

»Die Täter sind auf Geld aus«, sagte Feldkirch. »Sie beobachten ein Taxi, sie überwältigen den Fahrer, sie bedrohen ihn, sie klauen sein Geld und hauen ab. Warum wollen sie plötzlich eine Frau vergewaltigen?«

»Vielleicht stimmt das gar nicht«, sagte Dennis, lauter, als ihm bewusst war.

»Dass sie sie vergewaltigen wollten?«

»Ja. Wer sagt das?«

»Die Frau war nackt.«

»Wieso war die nackt?«

»Wahrscheinlich, weil die Täter sie ausgezogen haben.«

»Blödsinn.«

»Wer hat sie dann ausgezogen?«

»Weiß ich doch nicht! Wir vielleicht?«

Dennis sprang, wie von einem Stromschlag getroffen, vom Stuhl, stürzte sich auf Feldkirch, packte ihn im Gesicht und zerrte ihn zu Boden. Der Kommissar krümmte sich und hielt die Arme gegen die Schläge hoch. Doch bevor Dennis einen Treffer mit den Fäusten landen konnte, war Sigi Nick nach einem Sprint in den Vernehmungsraum bei ihm und schleuderte ihn wie ein Judoka auf den Rücken. Dennis stieß einen Schrei aus, schnappte nach Luft und versuchte sich hochzurappeln. Als er den dünnen Kommissar hinter sich spürte, zuckte er zusammen und wollte sich zur Seite rollen. Mit einer harten Bewegung drehte Nick ihm beide Arme auf den Rücken. Dennis schrie auf vor Schmerz, zwei, drei Sekunden lang. Als er aufhörte zu schreien, waren seine Handgelenke mit einem Plastikband gefesselt.

Dennis trat nach den Kommissaren – Feldkirch war inzwischen aufgestanden –, und weil er sie verfehlte, trat er nach den Stühlen, und der, auf dem er gesessen hatte, kippte um. Dann kickte er den Schreibblock, der heruntergefallen war, durch den Raum. Feldkirch umklammerte Dennis von hinten, während Nick dessen Beine festhielt und auch die Füße mit einem Band fixierte.

»Setz dich hin und verhalt dich ruhig«, sagte Nick. »Sonst geht das hier noch schlechter für dich aus, als es eh schon ist. Ich belehre Sie, dass Sie nicht mehr als Zeuge, sondern als Verdächtiger vernommen werden. Sie haben das Recht, die Aussage zu verweigern, einen Anwalt hinzuzuziehen oder Beweiserhebungen zu beantragen. Haben Sie die Belehrung verstanden?«

»Leck mich.«

Nick packte Dennis an der Schulter und drückte ihn auf den Stuhl. »Sie bleiben hier sitzen. Möchten Sie jetzt eine Aussage machen?«

Mit verkniffener Miene schaute Dennis zu Boden. Die Kommissare warteten. Eine Minute verging.

Fischer und Liz waren aufgestanden und hatten das Geschehen mit einem Gefühl von unangenehmer Ratlosigkeit verfolgt. Liz, die im Präsidium angerufen und eine Streife herbestellt hatte, kratzte sich mit den Fingern am Daumen. Fischer wirkte äußerlich ruhig. Er hatte die Hände hinter dem Rücken verschränkt und stand aufrecht an der Glasscheibe. Dahinter saß einer der Täter, die seine Freundin halb totgeprügelt und einen Mann ermordet hatten. Es fiel ihm schwer, auszuharren und nicht hinübergehen und die Vernehmung fortsetzen zu können.

»Ein erster Erfolg«, sagte Liz leise.

»Er ist nicht der Täter«, sagte Fischer.

Für eine Erwiderung war Liz nicht geistesgegenwärtig genug.

»Er hat den Druck nicht mehr ausgehalten«, sagte Fischer. »Er ist ein Mitläufer, der andere hat ihn angestiftet. Ich will wissen, warum sie Ann-Kristin so zugerichtet haben.«

»Er wirds dir später sagen.«

»Ich will es jetzt wissen.« Er versuchte, Liz zur Seite zu drängen, aber sie wich nicht von der Stelle.

»Das hat keinen Zweck, P-F. Der Typ mauert, er hat sich verplappert, er hat alles zerstört, was sein Kumpel ihm eingetrichtert hat. Der braucht erst mal eine Nacht in der Zelle, dann können wir hoffentlich wieder was mit ihm anfangen.«

Außer Atem kamen vier Streifenpolizisten die Treppe herauf. Fischer begrüßte sie und verließ ohne weitere Erklärung den Vorraum.

Am liebsten hätte Liz ihm hinterhergerufen, wie selbstgefällig sie sein Verhalten fand.

Eine seiner Bedingungen vor seinem Wechsel in die Mordkommission war die Zusage für einen eigenen Vernehmungsraum gewesen. Nach dem Umzug der Abteilung in die Burgstraße durfte er das acht Quadratmeter große Zimmer gegenüber dem Sekretariat nutzen, dessen Fenster auf den Hinterhof ging und dessen Einrichtung aus nichts als einem viereckigen Holztisch mit zwei Stühlen und einem Bistrotisch für die Protokollantin bestand. In der Ecke hing ein Kruzifix, das Fischer abnahm, wenn ein Zeuge oder Verdächtiger darauf bestand, und an der Wand ein Haken für Fischers Mantel und Hut.

In diesem Zimmer saß er jetzt und wartete, dass Valerie ihm die alten Protokolle brachte. Die Hände gefaltet auf dem Holztisch, schaute er die geschlossene Tür an. Den Mantel hatte er anbehalten, den Stetson aufgehängt. Manchmal, nach Stunden aufwühlender Vernehmungen – er nannte sie Gespräche –, las er für sich allein Verse in der Bibel oder zitierte einen Psalm aus dem Gedächtnis. Er hatte nichts dagegen, wenn die Tür offen stand und jemand zuhörte. Heute schwieg er, und er wollte nicht, dass jemand ihn so sah. Schweigen, sagte er oft, sei das Privileg von Mördern und Mönchen, in seiner täglichen Arbeit fand er es lästig und unnütz. Vielleicht hatte er in den neun Jahren in St. Bonifaz zu viel geschwiegen, vielleicht hatte er Schweigen seit jeher als Bürde empfunden, als etwas Zwanghaftes, Unnatürliches. Er schätzte die Stille, aber das Schweigen von Menschen quälte ihn, wie sein eigenes ihn neun Jahre lang gequält hatte.

Obwohl er seit vierzehn Jahren bei der Mordkommission arbeitete, kam er sich manchmal wie ein Gyrovage vor, wie einer jener umherziehenden Mönche auf der Suche nach dem einen Ort ihrer Bestimmung.

Als es an der Tür klopfte, erschrak er. Im ersten Moment dachte er, jemand werde ihm gleich etwas Fürchterliches aus dem Krankenhaus mitteilen.

6

»Er hat die Menschen nämlich gern«

Vier Stunden später, gegen siebzehn Uhr an diesem Donnerstag, verließ Polonius Fischer den Raum im zweiten Stock.

Hunderte von Seiten hatte er gelesen, Hunderte von Fotos betrachtet, Hunderte von Protokollen verglichen, ohne zu begreifen, warum es ihm und seinen Kollegen vor sechs Jahren nicht gelungen war, eindeutige Beweise zu beschaffen. Mehr als je zuvor kam ihm das Verschwinden der neunjährigen Scarlett Peters vor wie ein höhnischer Trick des Schicksals.

Im Vernehmungsraum im dritten Stock, in dem diesmal ein länglicher Tisch stand, ging eine junge Frau auf und ab, mit verdrucksten Bewegungen und hochgezogenen Schultern. Sie trug einen grünen Mantel über einer weißen Bluse und hatte kurze blonde Haare: die Schwester von Dennis Socka, Friseurin, angestellt bei einem Unternehmen, das unter dem Namen »Modern Hair« mehrere Läden in der Stadt betrieb.

Hauptkommissarin Gesa Mehling hatte Olivia Richter vom Gärtnerplatz, wo sie arbeitete, in die Burgstraße gebracht, Emanuel Feldkirch als leitender Sachbearbeiter würde sie vernehmen. Gegenüber Gesa hatte Olivia erklärt, sie habe wenig Kontakt zu ihrem Bruder. Seit ihrer Hochzeit vor einem Jahr und seit sie mit ihrem Mann zusammengezogen war, habe sie auch kaum Kontakt zu ihren Eltern in Pasing. Dass Dennis am Abend dem Haftrichter vorgeführt werden würde, verschwieg Gesa Mehling. Sie hatte Olivia gebeten mitzukommen, da Dennis in die Ermittlungen bei einem Kapitalverbrechen geraten sei und verwirrende Aussagen gemacht habe. Als Angehörige habe Olivia das Recht, die Aussage zu verweigern, was ihrem Bruder jedoch eher schaden könnte.

Wie Gesa Mehling Fischer berichtete, habe die Friseurin zunächst verwirrt und ratlos gewirkt, anschließend aber lauter Fragen gestellt, die nach Gesas Meinung wie die einer Schwester klangen, die sich um ihren ungezogenen kleinen Bruder sorgte. Auf Olivias Drängen hin, um welches Verbrechen es sich überhaupt handelte, hatte Gesa von »Überfällen auf Taxis« gesprochen, woraufhin die Friseurin meinte, davon habe sie noch nichts gehört. Immer wieder wollte sie wissen, wie es ihrem Bruder gehe und wo er sich aufhalte.

»Die Eltern sind auf dem Weg zu uns«, sagte Feldkirch vom Flur aus. Gesa Mehling, Liz Sinkel, Sigi Nick und Polonius Fischer warteten im Beobachtungsraum.

Feldkirch bat Olivia Richter, sich zu setzen. Die Großaufnahme auf dem Monitor zeigte das furchtverschattete Gesicht einer jungen Frau, die zum ersten Mal mit der Kriminalpolizei zu tun hatte.

»Bitte setzen Sie sich«, wiederholte Feldkirch.

»Mir ist ganz schlecht«, sagte Olivia.

»Möchten Sie ein Glas Wasser?«

Sie schüttelte den Kopf, wollte etwas sagen, biss sich auf die Lippen, atmete hastig.

Feldkirch, wieder mit unliniertem Schreibblock und Stift, war ebenfalls stehen geblieben. »Ihr Bruder war heut auch schon hier. Ich hab mit ihm gesprochen und bin nicht schlau aus ihm geworden. Sie müssen mir helfen, ihn zu verstehen, sonst kommt er womöglich in ernste Schwierigkeiten.«

»Was hat er denn angestellt? Bitte sagen Sie's mir.« Sie machte einen Schritt auf ihn zu, hielt inne, öffnete den Mund und brachte kein Wort heraus.

»Nehmen Sie bitte Platz«, sagte Feldkirch zum dritten Mal und setzte sich auf den Stuhl, mit dem Rücken zur Spiegelwand.

Mit beiden Händen hielt Olivia Richter sich an den Lehnen fest, während sie sich setzte. Dann umklammerte sie mit der linken Hand die Tischkante und legte die rechte in den Schoß.

»Möchten Sie Ihren Mantel ausziehen?«, sagte Feldkirch.

»Mir ist kalt. Wo ist mein Bruder?«

»Im Polizeipräsidium. Er darf vorerst nicht nach Hause. Hat Ihr Bruder Freunde, die ihn manchmal zu etwas anstiften, was er eigentlich nicht machen möchte?«

»Was denn?«

So verunsichert und eingeschüchtert die Frau auch wirkte – in dem Augenblick, in dem sie begriff, dass die Polizei ihren Bruder in die Enge getrieben hatte und ihn eines Verbrechens beschuldigte, dessen genaue Umstände noch ungeklärt waren, würde sie jedes Wort genau abwägen und darauf achten, Dennis auf keinen Fall in einem negativen Licht erscheinen zu lassen. Im schlimmsten Fall würde sie von ihrem Aussageverweigerungsrecht Gebrauch machen, und Feldkirch hätte eine große Chance vertan.

»Alles, was wir wissen, ist, dass Ihr Bruder jemanden schützen möchte, den wir suchen«, sagte Feldkirch. »Haben Sie eine Vorstellung, wer das sein könnte?«

»Und was hat derjenige angestellt?« Ihre Finger krallten sich fast in den Tisch.

»Er hat mehrere Taxifahrer überfallen.«

»Der ist das! Mit so jemandem hat mein Bruder doch nichts zu tun.«

»Wir glauben das auch nicht«, sagte Feldkirch. »Und er tut sich halt keinen Gefallen damit, wenn er den Mann deckt. Deswegen können wir ihn nicht gehen lassen, weil Dennis uns den Namen eines Straftäters nicht nennen will. Erklären Sie mir, warum er das tut.«

Entweder sie kam nicht auf die naheliegendste Antwort, oder Olivia begann wachsam zu werden. »Das kann ich mir nicht erklären«, sagte sie, anstatt zu fragen, ob der Kommissar vermute, ihr Bruder sei an den Überfällen beteiligt.

»Wann haben Sie zum letzten Mal mit ihm gesprochen?«

»Im Winter.« Sie nahm die Hand von der Tischkante und ließ den Arm baumeln. »Vor Weihnachten. Wir sehen uns selten, ich weiß nicht mal, ob er seinen Taxischein schon gemacht hat oder die Prüfungen erst noch anfangen.«

»Ihr Bruder hat die Ausbildung vorzeitig beendet.«

»Wirklich? Das war doch so wichtig für ihn, er wollt doch so gern Taxifahrer werden, wie unser Onkel. Der ist erstochen worden! Mein Gott, daran hab ich gar nicht gedacht. Stellen Sie sich vor, Ihre Kollegin hat mir erzählt, dass es um Überfälle auf Taxis geht, und ich hab nicht an Onkel Claus gedacht. Bin ich ein dummer Mensch. Das tut mir so leid. Ich hab das nicht so gemeint, ich mein, dass ich ... Aber heißt das dann, dass der Freund vom Dennis Onkel Claus erstochen hat? Wer soll denn das sein? Der Dennis ist doch mit niemand befreundet, der jemanden umbringt. Jetzt kenn ich mich nicht mehr aus. Entschuldigen Sie, Herr ... Ich weiß nicht mal mehr Ihren Namen ...«

»Feldkirch. Bitte regen Sie sich nicht auf. Wenn Sie ein Glas Wasser oder einen Kaffee möchten, machen wir eine Pause. Es ist sehr wichtig für uns, dass wir Klarheit über Ihren Bruder bekommen, über seine Motive, über die Gründe für sein Verhalten, über seine Freundschaften. Er macht auf mich einen gleichzeitig sicheren und dann wieder einen ganz unsicheren, verlegenen Eindruck, er ist ja noch so jung.«

»Neunzehn, zehn Jahre jünger als ich.« Für eine Weile hellte sich ihr Gesicht auf, und ihre Gesten wurden leichter.

»Als Kind ist er sehr schüchtern gewesen, in der Schule haben sie ihn gehänselt, weil er so verdruckst war. Ja, das stimmt, er kann ziemlich selbstbewusst sein, und eine Stunde später sackt er in sich zusammen. Das war immer schon so. Ich hab mich viel um ihn kümmern müssen, unsere Eltern haben ein Lebensmittelgeschäft, früher haben sie sechzehn Stunden am Tag geschuftet, die hatten wenig Zeit für uns. Und dass da noch ein Faust nachkommt, das hat ja keiner wissen können.«

»Was für ein Faust?«, fragte Feldkirch mit einer von Ahnungslosigkeit gesalbten Stimme.

Den Spitznamen von Dennis Socka hatten die Kommissare Ohnmus und Barbarov bei ihren Recherchen in Pasing längst herausgefunden.

»So ist er irgendwann genannt worden, der Dennis«, sagte Olivia und rieb sich mit der linken Schulter an der Wange, was ungelenk und kindlich aussah. »Ich weiß gar nicht mehr, von wem zuerst. Im Kindergarten, glaub ich. Der Faust. Er hat aber nie jemand geschlagen, er war viel zu ängstlich, oder zu ungeschickt. Er war so ein linkischer Bub. Er hat sich schwergetan in der Schule, das Lernen war hart für ihn. Nicht, dass Sie denken, er war dumm, er hatte schon Grips, er hat gern gemalt, und ich glaub, wenn er sich mehr getraut hätt, hätt er ganz gut Gitarre spielen gelernt. Unsere Eltern wollten ihm kein Instrument kaufen, er hat sich eins von einem Freund geliehen, eine alte, zerkratzte Gitarre. Mir hat gefallen, was er gespielt hat. Ich hab den Faust immer ermutigt. Eigentlich mag ich den Namen gar nicht mehr, er klingt so aggressiv, passt nicht zu ihm. Er mag das, wenn man Faust zu ihm sagt. Wieso hat er denn die Taxiprüfung nicht gemacht? Ist er durchgefallen?«

»Nein«, sagte Feldkirch. »Das Taxiunternehmen hat ihn entlassen, weil er wohl einmal angetrunken war.«

Nach den bisherigen Ermittlungen hatte Dennis mindestens zweimal in schwer betrunkenem Zustand fahren wollen.

»Das glaub ich nicht. Dennis ist doch kein Depp. Der versaut sich doch nicht so einen Job. Seinen Lieblingsjob. Wer hat Ihnen das erzählt? Glaub ich nie und nimmer.«

»Er selbst. Hier, auf diesem Stuhl.«

»Er selbst? Und wie hat er das erklärt?«

»Es tat ihm leid, er hat sich bei seinem Chef entschuldigt, aber der blieb stur.«

»Und was macht er jetzt? Macht er eine neue Lehre?«

»Im Moment jobbt er auf dem Großmarkt.«

»Wieso denn auf dem Großmarkt?« Wieder klammerte Olivia sich mit der linken Hand an den Tisch.

»Das weiß ich nicht«, sagte Feldkirch. »Vermutlich, weil er dort Geld verdienen kann.«

»Das könnt er doch daheim auch. Im Geschäft unserer Eltern. Wieso geht er in den Großmarkt? Das ist doch blöd da, da lassen sie ihn Kisten schleppen und Müll wegbringen, das ist doch öde, das sind doch niedere Arbeiten, die er da machen muss. Warum macht er denn das?«

»Das würde ich auch gern wissen. Möglicherweise hat er dort jemanden kennengelernt, der nicht gut für seine Entwicklung ist.«

Sekundenlang kniff Olivia die Augen zusammen und rieb die Lippen aufeinander, wie eine konzentrierte Schülerin, die eine knifflige Aufgabe lösen muss.

»Bestimmt!« Aus großen, vor Überzeugung leuchtenden Augen sah sie Feldkirch an. »Da müssen Sie suchen. Das stimmt. Da treiben sich eine Menge zwielichtiger Tagelöhner rum, das kennt man doch. Und der Dennis ist so gutgläubig, der denkt immer, jeder meint es schön mit ihm, und er kann jedem vertrauen. Da ist er immer noch wie ein kleiner Bub, so ist er geblieben. Auf dem Großmarkt hat er einen Kerl getroffen, und der hat ihm irgendwas erzählt, und Dennis hat es geglaubt, und schon war er in was verwickelt. Aber … aber wenn der Kerl, der andere, Onkel Claus erstochen hat, dann wär der Dennis zur Polizei gegangen, der Dennis hätt den Mörder doch angezeigt. Das versteh ich jetzt nicht. Sie haben vorhin behauptet, der andere hat die Überfälle begangen, und Dennis weiß was darüber. Dann müsst er doch auch wissen, was mit Onkel Claus passiert ist. Dann säß der andere doch schon längst im Gefängnis. Oder?«

»Das ist ja meine Frage: Können Sie sich einen Grund vorstellen, warum Ihr Bruder so einen Mann, einen Räuber und möglicherweise Mörder, schützt? Warum er eben nicht zur Polizei gegangen ist, sondern geschwiegen hat? Auch wenn Ihr Bruder ein vertrauensseliger Mensch ist, er würde doch nie einem Verbrecher auf den Leim gehen und ihn in Schutz nehmen. Ich habe Ihren Bruder erst heut kennengelernt, aber so etwas würde ich ihm nicht zutrauen. Und Sie auch nicht.«

»Ich doch nicht! Mein Gott.« Mit mächtiger Anstrengung unterdrückte sie ein Weinen. »Der Faust … der Dennis … wieso sollte der denn den Onkel Claus erstechen? Der Onkel Claus war immer ein Freund von uns, schon früher …«

Zu dieser Überlegung war sie von sich aus gelangt, Feldkirch hatte Olivia mit keinem Wort in diese Richtung gedrängt.

Wie oft bei solchen Befragungen, die eigentlich Vernehmungen waren, verselbstständigten sich die Aussagen. Nur wenige Zeugen oder Tatverdächtige hielten über einen längeren Zeitraum das gleiche Maß an Konzentration. Die meisten schweiften entweder ab, was schließlich keine neuen Erkenntnisse brachte, oder sie verzettelten sich in Halbwahrheiten, mit denen sie ein rascheres Ende der Prozedur erhofften und die der Vernehmer innerhalb kurzer Zeit als Lügen entlarvte. Oder die Zeugen gaben etwas preis, dessen Bedeutung ihnen erst im selben Moment bewusst wurde.

»Ihr Onkel Claus hat mit Dennis über den Beruf des Taxifahrers gesprochen«, sagte Feldkirch im immer gleichen verbindlichen Ton. »Das bedeutet, dass Ihr Bruder und er sich öfter getroffen haben. Hat Dennis Ihnen davon erzählt?«

»Nein, davon nicht. Hat er nicht. Nein. Er hat nur erzählt, dass er nicht weiß, was er tun soll.«

»Was haben Sie ihm geraten zu tun?«

»Ich wollt, dass er mir sagt, was los ist. Er hat nur rumgedruckst. So ein Rumdruckser immer.«

»Das war er schon als Kind«, sagte Feldkirch schnell, um Olivia nicht zum Nachdenken zu verleiten. »Er hat immer ein wenig rumgedruckst, wenn er eigentlich was Wichtiges sagen wollte.«

»Das stimmt. Und das ist ganz schön nervig oft.«

»Dennis hat Sie angerufen und wollte mit Ihnen sprechen, aber dann wusste er nicht, wie.«

»Ja, mitten in der Arbeit.«

»Wann war das ungefähr? Letzte Woche?«

»Ja, kann sein. Letzte Woche. Nein, am Montag, am letzten Montag, vorgestern.«

»Vorvorgestern«, sagte Feldkirch. »Heut ist Donnerstag. Am Montag hat Ihr Bruder Sie angerufen. Und ich denk immer noch, Friseure haben am Montag geschlossen.«

»Manche machen das auch noch, wir nicht, das können wir uns nicht leisten.«

Bevor sie in Gedanken abschweifen konnte, redete Feldkirch weiter. Er war jetzt wie ein Dirigent, der auf jeden Halbton achten musste. »Dennis rief Sie an, und Sie begriffen zuerst nicht, was er von Ihnen wollte, weil er ja selten bei Ihnen anruft.«

»Nie. Nie ruft er an. Ich hatte auch keine Zeit. Am Anfang hab ich nicht mal seine Stimme erkannt, er hat vom Handy aus angerufen, von der Straße. Er hat gesagt, er kennt sich nicht aus. Ja. Das fällt mir jetzt wieder ein: Ich kenn mich nicht aus, hat er gesagt. Und ich wollt wissen, ob er sich verfahren hat, da war doch der Straßenlärm im Hintergrund.«

»Aber Ihr Bruder hatte sich nicht verfahren.«

»Nein. Weiß nicht. Nein, er hat rumgedruckst, das hab ich doch schon gesagt. Und ich hab zu ihm gesagt, ich bin mitten in der Arbeit, und hab ihn gefragt, was passiert ist. Nichts, hat er gesagt. Das war ganz klar gelogen. Er hat gesagt, ich soll ihm irgendwas raten. Was raten. Was denn raten?, frag ich ihn. Er hat mir nicht gesagt, was los ist. Ich bin mit dem Telefon extra vor die Tür gegangen, auf die Reichenbachstraße raus, da rumpelte grad ein Müllwagen rum, da wars laut, genau wie beim Dennis. Also bin ich ein Stück die Straße runtergegangen, obwohl ich drin eine Kundin sitzen hatte. Ich wollt, dass der Dennis endlich sagt, was los ist. Hat er nicht. Wieso denn nicht? Wieso ruft er erst an und stört mich bei der Arbeit? Das ist mir unangenehm, so was. Ich war fast sauer auf ihn.«

»Haben Sie ihn später, nach der Arbeit, zurückgerufen?«

»Hab ich nicht. Wollt ich nicht. Ich wollt schon, aber ich habs dann vergessen. Was wollt der denn von mir? Können Sie mir das sagen? Hat er Ihnen gesagt, warum er mich angerufen hat?«

»Nein«, sagte Feldkirch. »Bleiben Sie bitte hier sitzen, ich möchte Ihnen etwas zeigen.« Er stand auf und verließ den Raum. Olivia Richter schaute ihm verwirrt hinterher.

Wortlos reichte Fischer ihm eine der Mappen. Zu fünft standen sie nebeneinander und betrachteten durch die Scheibe die Frau im grünen Mantel. Nach vorn gebeugt saß sie da, die Hände flach auf dem Tisch, beschwert von Ahnungen.

In ihr erkannte Fischer eines jener Zimmerwesen wieder, denen er schon so oft begegnet war. Menschen, die von einem frühen Zeitpunkt an ihr Leben in der Nähe einer Tür verbrachten, mit drängendem Blick und klammem Herzen, beseelt von einer Erwartung, die sie nicht beschreiben konnten und die sie doch in ihrem Innern feierten wie einen täglichen Geburtstag. Vor lauter innerlichem Feiern vergaßen sie, die Kerzen auszublasen und den Kuchen zu essen. So vertrockneten und zerbröselten ihre Wünsche und Gedanken, und wenn sie es bemerkten, waren sie alt geworden. Vielleicht nicht alt an Jahren, aber ihr Übermut war gealtert wie ein Hund, und er folgte ihnen nicht mehr, er lag nur da, auf der Schwelle, und jeder Morgen flößte ihm mehr Angst ein, jedes Frühjahr machte ihn müder, jeder Winter kälter. Täglich von Neuem klammerten sich die Zimmerlinge an ihren Tisch, und wenn jemand hereinkam, schauten sie auf, und ein runzeliges Staunen erschien auf ihrem Gesicht.

»Was ist das?«, fragte Olivia Richter.

Feldkirch hatte sich schräg hinter sie gestellt und wartete auf eine Reaktion. Er hatte zwei Fotos auf den Tisch gelegt und die Aktenmappe wieder zugeklappt.

»Onkel Claus«, sagte sie so leise, dass ihre Stimme kaum zu verstehen war. Doch anders als ihr Bruder verstellte sie sich nicht. »Wo haben Sie die Bilder gemacht? Was ist das für ein Fleck da?«

»Das ist Blut«, sagte Feldkirch. Er hatte zwei Schwarzweißaufnahmen ausgewählt. »So haben wir Ihren Onkel gefunden, neben seinem Taxi.«

»Mein Gott. Wo war das denn?«

»Wissen Sie das nicht?«

»Nein. Ich weiß nicht ... ich weiß es nicht mehr, Entschuldigung ...«

»In der Nähe der Donnersberger Brücke«, sagte Feldkirch. »Bitte sehen Sie sich die Fotos genau an. Lassen Sie sich Zeit.«

»Warum denn? Das ist Onkel Claus, ich war auf der Beerdigung, Dennis auch, unsere Eltern auch, die ganze Familie. Auf dem Waldfriedhof. Ich mag da nicht hinschauen.« Sie schob die Fotos von sich weg und drehte den Kopf. »Was ist denn? Hab ich was Falsches gesagt?«

»Nein, Sie waren sehr hilfsbereit. Ich zeige Ihnen die Fotos, weil ich möchte, dass Sie sich noch besser erinnern.«

»Wie denn? Was ist denn los?« Sie warf einen hastigen, ängstlichen Blick auf die Fotos. »Sagen Sie mir jetzt, warum ich mir diese grausligen Bilder anschauen muss, wollen Sie mich quälen? Warum setzen Sie sich nicht wieder hin? Mir wirds schwindlig, wenn ich den Onkel Claus da liegen seh.«

Feldkirch ging um den Tisch herum, setzte sich, zog die Mappe und die Fotos zu sich her und hielt still. Olivia verfolgte jede seiner Handbewegungen. »Ich glaube, Dennis wollte Ihnen etwas sehr Wichtiges sagen, nämlich, dass er an einem Verbrechen beteiligt war und nicht weiß, wie er damit fertig werden soll. Ich glaube, dass Ihr Bruder weiß, wer Ihren Onkel erstochen und eine Taxifahrerin misshandelt hat. Ihr Bruder wollte, dass Sie ihm in seiner Not beistehen, er war nur nicht mutig genug, Ihnen die Wahrheit zu sagen. Und ich glaube auch, dass Ihnen, wenn Sie sich sehr bemühen, ein Name einfällt. Oder Sie erinnern sich an das Aussehen eines jüngeren Mannes, mit dem Ihr Bruder eng befreundet ist. Ich weiß, dass Sie sich daran erinnern können, Frau Richter.«

Ihre Augen blickten starr. Sie schniefte nicht, sie schluchzte nicht, sie saß da, die Hände flach auf dem Tisch.

Nach langem Ringen mit sich sagte sie: »Ich weiß gar nichts von Dennis. Ich glaub, ich hab nie was gewusst von ihm. Er ist mein kleiner Bruder gewesen, und ich hab ihm zu essen gemacht und ich hab ihm vorgelesen und ich hab ihn ins Bett gebracht und ich hab ihn festgehalten, wenn er in der Nacht geweint hat. Er hat so oft geweint, er ist sich immer so allein vorgekommen. Oder stimmt das gar nicht? Doch, das stimmt. Ich war ja da, und er ist sich trotzdem allein vorgekommen, das hat mich manchmal gekränkt. Und jetzt sitz ich hier bei der Polizei wegen ihm, und er hat was angestellt, und ich hab nichts gemerkt am Telefon. Ich wollt zurück zu meiner Kundin, ich wollt nicht, dass der Chef wieder sauer wird, der spinnt oft schnell. Wieso hab ich dem Dennis nicht besser zugehört? Wieso hab ich nicht besser aufgepasst? Aber den Onkel Claus hat er nicht erstochen, das weiß ich, und die Taxifahrerin hat er auch nicht verletzt, so was macht der Dennis nicht. Er hat die Menschen nämlich gern. Wieso verstehen Sie das denn nicht?«

Sie schaute zur verspiegelten Wand, als meine sie alle, die dahintersaßen.

7

»Wir sind wie du, vergiss das nicht«

Der Termin beim Haftrichter dauerte zwanzig Minuten.

Wegen Mordverdachts in Tateinheit mit versuchtem Mord und Menschenraub sowie fünffacher schwerer Körperverletzung wurde Dennis Socka in eine Zelle des Untersuchungsgefängnisses Stadelheim gebracht. Er verweigerte jede weitere Aussage zur Sache, erklärte aber, er verbiete seinen Eltern, ihn zu besuchen.

Als Hauptkommissar Feldkirch zu Beginn der Vernehmung in der Burgstraße Claudia und Ewald Socka mitteilte, dass ihr Sohn in U-Haft sitze, meinten sie, da gehöre er auch hin. In ihren Augen war Dennis ein Nichtsnutz, und das Schlimmste seien die Konsequenzen für sie selbst und ihr Geschäft.

»Der schmarotzt sich durch, und wir müssens ausbaden«, sagte sein Vater.

»Er war immer ein Problemkind«, sagte seine Mutter.

Obwohl Dennis nach wie vor zu Hause lebte, wussten die Eltern offensichtlich nicht mehr über sein Leben als seine Schwester. Was die Abende und Nächte der Überfälle betraf, konnte das Ehepaar keine konkreten Angaben machen. Die Nacht zum vergangenen Sonntag, in der Ann-Kristin Seliger beraubt und verschleppt worden war, hatten Claudia und Ewald Socka bis etwa ein Uhr nachts in einem Pasinger Lokal verbracht. Dennis sei erst im Lauf des Sonntags nach Hause gekommen und sofort in seinem Zimmer verschwunden, das er bis zum Abendessen nicht mehr verlassen habe. Geredet habe er »wie immer nur das Nötigste«.

Namen von Dennis' Freunden wussten die Eltern so wenig wie ihre Tochter. Mehrmals fragte Claudia Socka nach, ob sie nun mit dem Auftauchen von »Pressefuzzis« in ihrem Laden in der Bäckerstraße zu rechnen habe. Als Feldkirch erklärte, darauf habe die Polizei keinen Einfluss, er werde jedoch ihren Familiennamen nicht an die Pressestelle weitergeben, wandte Frau Socka sich an ihren Mann und meinte, sie sollten für alle Fälle heute Nacht noch umdekorieren, »damit anständige Bilder ins Fernsehen kommen«.

Auf die Frage, ob sie ihrem Sohn einen Raubüberfall und schwere Körperverletzung zutrauten, fing Claudia Socka »kurzfristig«, wie es später im Protokoll hieß, zu weinen an. Ihr Mann schüttelte so lange den Kopf, bis er die Worte »Dem gutgläubigen Rindvieh ist alles zuzutrauen« ausstieß, was das Weinen seiner Frau noch verstärkte.

Ohne verwertbare Hinweise auf einen möglichen Komplizen von Dennis beendete Emanuel Feldkirch die Befragung.

Auch die Ermittlungen von Georg Ohnmus und Esther Barbarov in Pasing und auf dem Großmarkt im Schlachthofviertel hatten keine neuen Erkenntnisse erbracht. Anscheinend war der zweite Täter kein Arbeitskollege von Dennis und auch kein ehemaliger Schulfreund. Die vage Beschreibung, die die überfallenen Taxifahrer von den zwei Tätern gegeben hatten – schwarze Kleidung, Anorak oder Windjacke, schwarze Wollmützen, dunkle Brillen, dunkle Jeans –, halfen bei der Suche nicht weiter.

Wäre der Wirt des Torbräus nicht hellhörig geworden und hätte nicht, wie die meisten seiner Kollegen in einer ähnlichen Situation, an den Gesprächen seiner Gäste vorbeigehört, wären die Kommissare noch immer so orientierungslos gewesen wie vor fünf Monaten. Und Fischer hätte sich für sein Ritual keine fünf Minuten Zeit genommen.

Mit einem Buch in der Hand wartete er auf seine Kollegen.

Sie setzten sich an den langen Tisch, der das Büro von Kommissariatsleiter Weningstedt mit dem Nebenraum verband, wo Neidhard Moll und Gesa Mehling ihre Schreibtische hatten. Sie aßen die belegten Semmeln, die Valerie eingekauft hatte, tranken Wasser und Kaffee und schwiegen.

»Es gab vollkommen weiße Januarnächte«, las Polonius Fischer, »wenn der Mond weiß war und der Schnee leuchtete, und es war kalt, kalt, kalt ...«

Ich muss heut noch einen Termin vereinbaren, dachte Weningstedt, das ist alles eine Scheiße mit mir, ich hätte viel früher auf Dr. Meisner hören sollen ...

»Die Telefondrähte waren an der Hauswand befestigt, das Haus war aus Holz, und Papa hatte es selbst gebaut, es war wie ein riesiger Resonanzkasten, und die Drähte sangen ...«

In der nächsten Vernehmung zerleg ich dich, dachte Feldkirch, wieder so eine entstellte Biographie, auf die dieser Faust natürlich auch noch stolz ist ...

»Es war ein unerhörter, von den Sternen kommender Gesang, er kam Nacht auf Nacht, wenn es kalt war ...«

Wie er das hinkriegt, dachte Schell, steht da und liest, und im Krankenhaus liegt seine niedergeprügelte Freundin, ich würd Amok laufen ...

»Es sang auf der Himmelsharfe, als ob jemand dort draußen in der Winternacht mit einem Riesenbogen über die Saiten striche ...«

Heut Abend geh ich ins Sportstudio, dachte Esther Barbarov, spätestens um sechs bin ich hier raus, egal, was der Chef sagt ...

»Es sang«, las Fischer, »tausend Jahre von Trauer und Vergebung, wortlos und traurig, die ganze Nacht lang ...«

Wir wissen schon eine Menge, dachte Gesa Mehling, aber wie so oft begreifen wir es noch nicht …

»Das eine Ende der Drähte war an einem Holzhaus in Västerbotten befestigt, aber das andere Ende hing weit draußen im All, hing an schwarzen, toten Sternen …«

Es wird immer kälter in den Städten, dachte Sigi Nick, nicht bloß in unserer, die so kuschelig sein will …

»Der Gesang«, las Fischer, »kam aus dem All und war wortlos und handelte von den Wortlosen …«

Wortlose, dachte Ohnmus, dulden wir hier nicht, schon gar nicht, wenn ein Kollege betroffen ist …

»Vergiss uns nicht, sang er, wir sind wie du, vergiss uns nicht …«

Das hat doch keinen Sinn, dachte Gabler, ich bind mir doch keine Beziehung mehr ans Bein …

»Das eine Ende hing an den schwarzen, toten Sternen …«

Wenn er mit seinem Anwalt zurückkommt, dachte Moll, fängt die Vergangenheit des Jungen von vorn an, wie immer …

»Der Gesang war tausend Jahre unterwegs gewesen und zuletzt zu den zweien gelangt, die dort in der Nacht in einem Holzhaus in Västerbotten saßen …«

Was will er mit den alten Akten, dachte Valerie Roland, ich krieg solchen Ärger, wenn das rauskommt …

»Der Gesang handelte von ihnen«, las Fischer. »Wir sind nicht stumm, wir sind da. Sie hielten sich an der Hand und lauschten der Himmelsharfe, und der Junge lehnte seinen Kopf an Pinons Arm und schloss die Augen. Und man konnte sehen, dass er beinah glücklich war.«

Warum sprichst du nicht mit mir darüber?, dachte Liz Sinkel, ich werd auf dich aufpassen, P-F …

Regen schlug gegen das Fenster.

In seinem grünen, schnarrenden Mitsubishi fuhr Fischer von der Burgstraße übers Tal zum Isartor, bog nach rechts ab und dann weiter entlang dem Viktualienmarkt, vorbei an der Schrannenhalle und dem Jüdischen Museum, bis zum Sendlinger-Tor-Platz. Am Anfang der Sendlinger Straße parkte er den Wagen. Er schaute durch die verhangene, nasse Windschutzscheibe, die Hände gefaltet im Schoß, mit gekrümmtem Rücken. Zu den Kollegen hatte er gesagt, er wolle, bevor er ins Krankenhaus fahre, noch eine Vernehmung durchführen. Liz hatte darauf bestanden, ihn zu begleiten, aber er lehnte ab. Die alten Akten lagen nach wie vor in dem Raum, der von allen P-F-Raum genannt wurde.

In seinem Kopf wüteten Stimmen. Leg dich ins Bett, hatte Weningstedt gesagt, wir brauchen dich gesund. Beinahe hätte Fischer seinen Chef auf dessen Herzprobleme angesprochen.

Feldkirch hatte gute Arbeit geleistet.

Fischer betrachtete seine Hände. Was erzählten sie ihm? Er hielt sie hoch, sie waren dunkel und knochig und zitterten. Er riss die Tür auf, sprang ins Freie, sperrte ab – die Kiste hatte eine Klimaanlage, aber keine Zentralverriegelung – und lief am Kino vorbei zum Torbräu, vor dessen Tür die Bedienung, die einen Schirm hochhielt, und ein Mann im Regen standen und rauchten. Sie traten einen Schritt zur Seite, als die große dunkle Gestalt mit dem tief ins Gesicht gezogenen Hut auf sie zulief.

Am Tisch bei der Tür saß ein Gast unbestimmten Alters, ins Gespräch mit seinem Weißbierglas vertieft.

Fischer nahm den Hut ab, zog seinen Mantel aus, legte beides auf einen Stuhl und setzte sich dem Mann schräg gegenüber auf die Bank. Das Thema seines Gesprächs, soweit Fischer begriff, drehte sich um die Machenschaften prominenter Steuerhinterzieher, um zwielichtige Geschäfte ausländischer Firmen in Deutschland, um die Feigheit der Politiker, die Blödheit der Leute, zu denen er, wenn Fischer sich nicht verhörte, auch sich selber zählte. Das Weißbier stimmte allem zu, wurde dabei allerdings schal.

»Bittschön?«, fragte der Kellner.

»Ein Helles. Ist Herr Beus zu sprechen?«

»Das bin ich. Wer sind Sie?«

»Mein Name ist Polonius Fischer. Kollegen von mir haben Sie heut wegen der Taxiüberfälle befragt.«

»Ja, ist noch was? Ich hab alles gesagt, mehr gibts nicht. War eh ein Fehler. Ist nicht mein Job, das ist euer Job, die Typen zu finden.«

»Richtig«, sagte der Gast gegenüber und unterbrach seinen einseitigen Diskurs. Nach der Beschreibung, die Fischer bekommen hatte, konnte der Mann derjenige sein, den er gehofft hatte, an diesem Platz anzutreffen.

»Das war kein Fehler«, sagte Fischer zum Wirt. »Sie haben mit Ihrem Hinweis die Ermittlungen vorangebracht.«

»Schon recht. Ein Helles?« Mit grimmiger Miene ging er zum Tresen zurück. Dort tranken, festgeschraubt auf ihren Barhockern, vier ältere Männer ihr Bier. An den Tischen in dem dunklen, durch Balustraden und Nischen unterteilten Lokal saßen vereinzelt oder zu zweit Gäste, die aussahen, als wären sie nach Verkündigung des allgemeinen Rauchverbots in Gaststätten im Schock erstarrt und versuchten nun herauszufinden, welchen Sinn der Alkohol und die Existenz an sich noch hatten. Jedenfalls klangen die Gespräche und Monologe im Torbräu ungewöhnlich gedämpft.

»Bist du ... bist du Polizist?« Der Mann hatte die Hand flach auf sein Glas gelegt, als halte er dem Weißbier den Mund zu.

»Ja«, sagte Fischer.

Vermutlich dachte der Mann nach. Durch seine Stirn zogen Furchen, sein rotgeädertes Gesicht glühte und bildete einen schönen Kontrast zu seinem grünen Hemd, das mit weißen Punkten gemustert und mit hundert Falten übersät war. Vielleicht bewahrte er es nachts in einer Streichholzschachtel auf. Seine dunklen, dünnen Haare hatte er souverän gescheitelt, sie klebten ihm trotz seiner oft heftigen Bewegungen wie magisch am Kopf. An diesem Mann verdiente der Erfinder des Dreiwettertafts keinen Cent.

Ab und zu fuhr er sich mit dem rechten Zeigefinger unter der Nase entlang und schnupperte hörbar. Und er hatte die Angewohnheit, unvermittelt die Augen aufzureißen und zu seufzen, worüber auch immer.

»Zmwl«, sagte der Wirt, stellte das Glas auf den Bierdeckel und wandte sich ab. Wahrscheinlich hatte er Zum Wohl gesagt.

»Aha«, sagte der Mann auf der anderen Seite des Tisches mit großen Augen. »Aha. Aha.«

»Sie sind der Luggi?«, sagte Fischer.

»Genau.« Er nahm die Hand von seinem Glas und betrachtete es, als wundere er sich über das schale Schweigen im Innern. Er roch an seinem Finger. »Genau.« Dann nahm er einen Schluck aus dem verklebten Glas mit dem erledigten Weißbierrest, stellte es auf den Deckel, schob es zurecht, schniefte. »Eine Zigarettn wär recht. Aber: Xundheizschutzxetz.«

»Bitte?«

»Xundheizschutzxetz. Rauchen verboten. Damit wir alt werden und xund bleiben, wie alt bist du?«

»Einundfünfzig.«

»Ich bin schneller als du, ich bin schon dreiundfünfzig, und ich werd in … Moment …« Er betrachtete seine an den Kuppen vergilbten Finger. »In vier Monaten werd ich vierundfünfzig. Jetzt rauch ich halt daheim. Aber daheim trinken kann ich nicht, das schaff ich nicht, da werd ich trübsinnig. Woher hast du gewusst, wie ich heiß?«

»Ein Kollege von mir hat heut mit Ihnen gesprochen.«

Warum auch immer, zeigte Luggi auf sein Glas und nickte.

»Sie haben mit einem Jungen geredet, der Ihnen etwas über die Raubüberfälle erzählt hat.«

»Genau. Wie heißt du?«

»Polonius Fischer.«

»Polonius. Warum nicht? Ist das lateinisch?«

»Haben Sie mit dem Freund des Jungen auch geredet?«

»Hab ich nicht. Und ich bin der Luggi, hast mich?«

»Hast du mit dem Freund des Jungen auch geredet, Luggi?«, wiederholte Fischer.

»Der hat mich nicht mit dem Arsch angeschaut. Der hat bloß immer seinen Mantel auf meinen gepfeffert, da auf dem Stuhl, neben deinem. Ich leg meinen Mantel sauber hin, und er schmeißt seinen drüber. Arschkopf. Kein Wort hab ich mit dem geredet, hör bloß auf. Der andere war ganz freundlich, aber der Arschkopf war ein Arschkopf.«

»Kannst du den Mann beschreiben?«

»Arschkopf halt. Schmeißt seinen Mantel über meinen drüber. Soll er doch seinen Schlägermantel an die Garderobe hängen.«

»Wieso sagst du Schlägermantel, Luggi?«

»Weil der schwarz war, mit so Nieten am Gürtel. Nerv mich nicht.« Er drehte den Kopf und rief in Richtung Theke: »Charly, bring mir noch eins.« Er riss die Augen auf und schaute Fischer ins Gesicht. »Hab ich doch alles deinem Kollegen schon erzählt.«

»Die Sache mit dem Mantel hast du nicht erzählt.«

»Na und? Ich hab nichts damit zu tun, ich kenn die Typen nicht. Die haben sich auf meinen Platz gesetzt, das ist das

Letzte. Ich musst mich da rüberhocken, wenn ich später gekommen bin als die. Solche Typen gibts überall, nicht bloß im Milieu, wo ich mich auskenn. Ich war früher Koch, ich hab in Hamburg auf dem Kiez gearbeitet, in Zürich, in Wien eine Zeit lang. In sauberen Lokalen, die von ehrlichen Chefs geführt worden sind. Später sind die Osteuropäer aufgetaucht, die Albaner, die alle, da bin ich weg. Und die Typen laufen heut überall rum. Danke, Charly.«

Der Wirt hatte ihm das Weißbierglas hingestellt, Fischer ignorierte er.

»Bist du kein Koch mehr?«

»Im Moment nicht.« Luggi, der eigentlich Ludwig Dorn hieß, rieb seinen Finger unter der Nase und hob mit einer feierlichen Geste das Glas. Schaum tropfte herunter. Luggi leckte ihn ab. Dann setzte er das Glas an die Lippen, holte Luft und trank eine Weile. Den Schaum wischte er sich mit dem Handrücken vom Mund und den Handrücken an seiner Hose ab. »Ich hab Hartzvier grad. Brauchst eine Frau?«

Fischer fragte sich, ob es richtig gewesen war hierherzukommen. Er schwitzte und fror wieder und fand die Ausdünstungen der Kneipe unangenehm, fast abstoßend. Im Krankenhaus wartete Ann-Kristin auf ihn. Sie wartete nicht, das wusste er, er war es, der wartete, der sich die Zeit vertrieb. Deswegen saß er hier und ergraute innerlich im stumpfen Licht der Kneipe.

»Red mit mir«, sagte Luggi. »Oder bist du schwul? Ich kenn auch Männer zum Kaufen.«

»Ich brauche niemanden zum Kaufen«, sagte Fischer.

»Ich kenn ein paar bewaldete Bulgarinnen, so was hast du noch nicht gesehen.«

»Was sind bewaldete Bulgarinnen?«

»Da musst du dich erst durchfräsen mit deinem Jesajatrumm, sonst kommst du nicht ans Ziel, Amigo.«

»Was ist ein Jesajatrumm?«

»Das ist das Gerät, mit dem du die Weltbevölkerung steuerst.«

»Ich steuere die Weltbevölkerung nicht.«

»Zmwl.« Unaufgefordert stellte der Wirt Fischer ein frisches Bier hin.

»Danke.« Fischer wartete, bis der Wirt gegangen war. »Bist du nebenberuflich Zuhälter, Luggi?«

»Bist du blöd? Ich kenn die Frauen von früher, astreine Frauen sind das, Bulgarinnen, bewaldet halt. Es gibt Männer, die stehen da drauf.«

»Mich interessieren die beiden Männer, die immer auf deinem Platz sitzen. Du musst doch einen Namen gehört haben.«

»Jetzt fängst du schon wieder an. Lass mich in Ruhe, gut Nacht.« Er trank, schüttelte das Glas, schlürfte den Schaum ab, roch an seinem Zeigefinger.

Fischer schaute sich um, niemand beachtete ihn und Luggi. Der Anblick des frischen Bieres beschämte ihn. Abgesehen davon, dass er eine Krawatte trug, unterschied er sich nur unwesentlich von den übrigen Gästen, gekrümmt wie sie hockte er da, mit abwesender Miene. Jeder hier, dachte er, nahm sein Leben sehr persönlich und zelebrierte es mit jedem Strich auf dem Bierdeckel. Wenn er nicht bald ging, dachte Fischer, würde er ausfallend werden.

»Luggi?«, sagte er.

Dorn warf ihm einen bewaldeten Blick zu.

»Leihst du mir deinen Mantel?«

Luggis Antwort ging ein stummer Diskurs mit seinem Weißbierglas voraus. »Hast du dir ins Hirn gebieselt? Ich geb dir doch nicht meinen Mantel. Das ist reine Schurwolle, fünfzehn Jahr alt, na und? Such dir einen gescheiten Job, wenn du Geld für einen Mantel brauchst.« Er ruckte, wie schon mehrere Male, heftig mit dem Kopf, vielleicht schüttelte er ihn diesmal auch nur erbost.

»Ich brauche den Mantel nicht für mich«, sagte Fischer. »Ich möchte ihn kriminaltechnisch untersuchen lassen. Vielleicht finden wir Spuren des anderen Mantels darauf, das könnte für die Fahndung sehr wichtig sein.«

»Meinen Mantel kriegst du nicht.«

»Nur bis morgen Abend. Ich gebe dir dafür meinen Wollmantel. Du bekommst deinen Mantel wieder, das verspreche ich dir. Manchmal braucht man bei der Suche nach einem Täter Glück, manchmal kann man das Glück aus seinem Versteck locken, indem man die seltsamsten Spuren verfolgt. Der Besitzer des Mantels könnte sich als einer der Hauptverdächtigen herausstellen, und wenn meine Kollegen ihn finden, dann ist das auch dein Verdienst, Luggi.«

»Gibts eine Belohnung?«

»Möglich«, sagte Fischer. »Ich werde mich dafür einsetzen.«

Luggi hielt das Bierglas fest und blickte vor sich hin. Zwischendurch riss er die Augen auf und ruckte mit dem Kopf.

»Du kannst den Mantel testen«, sagte Fischer. »Du gehst nach draußen, eine rauchen und schaust, ob der Mantel warm genug für dich ist.« Was Fischer sagte, kam ihm aberwitzig vor. Seit einigen Minuten versetzte ihn die Vorstellung von den Mantelspuren in einen Zustand unbegreiflicher Zuversicht.

Mit einem vor Verachtung überquellenden Blick sah Luggi den Kommissar an. »Bist du blöd? Schau ich aus wie einer, der vor die Tür zum Rauchen geht? Hörst du mir nicht zu? Ich rauch daheim.« Während er trank, ließ er Fischer nicht aus den Augen. Er hustete und klopfte sich auf die Brust. »Zeig mal her.«

Fischer reichte ihm den Mantel über den Tisch. Luggi hielt

ihn am ausgestreckten Arm hoch, tastete ihn mit der anderen Hand ab, roch an ihm. Dann griff er in die Seitentasche, holte zwei an einem Ring hängende Schlüssel hervor und legte sie auf den Tisch. »Damit du draußen nicht erfrieren musst. Gib mir meinen Mantel rüber.«

Nachdem er einen Schlüsselbund, seinen Pass, eine Schachtel Stuyvesant, ein Zippo, ein Notizheft und ein abgeschabtes silbernes Handy aus den Taschen gefischt hatte, warf er den dunkelbraunen Mantel über die Stuhllehne. »Morgen achtzehn Uhr. Sonst hol ich die Polizei.«

Er stutzte, betrachtete das Feuerzeug, das er wie die anderen Dinge auf den Tisch gelegt hatte, nahm es in die Hand, schaute zum Nebentisch, an dem niemand saß. »Ziggi. Fällt mir grad wieder ein. Der Junge hat den andern Ziggi genannt. Genau.«

»Ziggi«, sagte Fischer. »Fällt dir noch etwas ein? Noch ein Name.«

»Nein. Morgen achtzehn Uhr. Pünktlich!«

Die Textilkundler im Kriminaltechnischen Institut des Landeskriminalamtes würden den Stoff mit ihrem Spezialband Zentimeter für Zentimeter abkleben und auf Fasern untersuchen und diese mit den an den Tatorten sichergestellten Spuren vergleichen. Und vielleicht, mit etwas Glück, fanden sich im INPOL-System Übereinstimmungen mit den Daten bereits auffällig gewordener Täter.

Das war es, was Fischer dachte, als er den Torbräu verließ, ohne zu bemerken, dass es aufgehört hatte zu regnen. Vom Handy aus rief er im Klinikum Großhadern an.

»Alles ist ruhig«, sagte die Nachtschwester.

Alles ist ruhig, sagte er vor sich hin auf dem Weg zu seinem Auto, alles ist ruhig.

Alles war ruhig. Nur er nicht.

Er fragte sich, ob er es je wieder sein würde.

8

»Das ist doch schon verjährt«

Sie hatte die Arme zum Schutz gegen die Schläge hochgehalten, bis ihre Unterarme brachen.

Sie hatte sich an einem der Täter festgekrallt, und er brach ihr vier Finger. Sie zertrümmerten ihr das Nasenbein und schlugen mit den Fäusten so lange auf ihren Kopf ein, bis sie das Bewusstsein verlor. Die Abdrücke der Knöchel waren deutlich zu erkennen. Die Fesseln drangen tief in die Haut, ihre Hände und Füße bluteten. Reste von eingetrocknetem Speichel führten zu der Vermutung, dass einer der Täter das Opfer bespuckt hatte. Keine Spuren sexueller Gewalt.

Nur Gewalt.

Unerklärbar, sagte Polonius Fischer zu Liz Sinkel, als diese im P-F-Raum in den Akten von Scarlett Peters blätterte. »Unerklärbar und unbegreiflich«, wiederholte er, »wie der Mord an Claus Socka. Warum genügte den Tätern die Beute nicht? Hatte Socka seinen Neffen erkannt? Welchen Plan verfolgten die Täter mit Ann-Kristin?«

Darüber wollte Fischer gar nicht sprechen. Er erwartete keine Antworten oder Erklärungen. Er wollte einige Dinge aussprechen, vielleicht, um nicht still sein zu müssen.

Auf die Frage, die Liz ihm gestellt hatte, hatte er geschwiegen, und Liz wunderte sich darüber. Schweigen entsprach nicht seiner Art. Trotzig fragte sie weiter, bis er sie aufforderte, sich endlich zu setzen und einen Blick in die alten Akten zu werfen, anstatt ihm hinterherzuspionieren.

»Spinnst du?«, hatte sie gesagt. »Ich spionier dir doch nicht nach. Warum redest du so mit mir?«

Darauf hatte er bloß den Kopf gehoben und sich an die Tür gelehnt. Und da stand er immer noch, formulierte seine für ihn selbst bestimmten Gedanken, zitierte aus den Protokollen der Spurensucher, schilderte den unveränderten Zustand seiner Freundin, wiederholte bestimmte Bemerkungen, warf manchmal, wie aus Versehen, einen Blick zum Holzkreuz an der Wand.

Liz saß an dem viereckigen Tisch unter dem Fenster, an dem gewöhnlich Zeugen und Verdächtige ihre Aussagen machten, das Gesicht ihm zugewandt, zum Stillsein verurteilt.

Zwei Stunden blieben sie in dem Raum, und Liz, die damals noch bei den Todesermittlern und nicht in der Mordkommission gearbeitet hatte, las Seite um Seite. Und je länger sie las, desto unerklärbarer, unbegreiflicher erschienen ihr die Vorgänge nach dem Verschwinden von Scarlett Peters, vor allem was die Taktik ihrer Kollegen betraf. Manchmal blickte sie auf und sah Fischer, wie er dastand oder sich mit beiden Armen auf dem Bistrotisch abstützte oder die Hände in die Taschen seines blauen Anoraks steckte, den sie noch nie an ihm gesehen hatte.

Von draußen drangen Stimmen herein, doch Fischers Schweigen riß Liz immer wieder aus ihrer Konzentration. Dann war sie jedes Mal kurz davor, die Hand nach ihm auszustrecken, in der Hoffnung, er würde sie nehmen, wie sonst, und sie festhalten und vielleicht diesen Blick verlieren, der schwarz und schwer auf ihr und auf allem lastete.

Fischer anzusehen erbarmte Liz, wie es ihr manchmal erging, wenn jedes Trostwort, das sie gegenüber Hinterbliebenen von Gewaltopfern zum Ausdruck brachte, in ihren Ohren winzig und belanglos klang. Als Kriminalisten, hatte Liz gelernt, sollten sie solide Sätze benutzen, wenn sie mit den Ruinen von Familien und Beziehungen konfrontiert wurden und sich mit trainierter Behutsamkeit Schritt für Schritt auf die Wahrheit zubewegten, die wie eine ausgehungerte Katze in einem Schlupfloch unter all den Trümmern auf ihre Befreiung wartete. Manche waren sehr geschickt im Aufspüren der Katze Wahrheit. Manche, wie Polonius Fischer, waren brillant. Sie hatten das absolute Gespür, wie hochbegabte Musiker das absolute Gehör.

Und doch – auch das hatte Liz schon ein paarmal erfahren müssen – ließ ihr Wissen sie allein, dann, wenn unerklärbare und unbegreifliche Umstände sie selbst in Ruinen verwandelten. Wenn sie von einem Tag auf den anderen nur noch von Berufs wegen Kriminalisten waren und ansonsten ratlos Buchstaben stammelnde Analphabeten angesichts des von ihnen so sorgsam verfassten und gehüteten Lebensbuches.

Später benannten sie ihre Wut und Ohnmacht in Nüchternheit und Professionalität um. Sie verurteilten sich zu Schlaflosigkeit und kalter Schauspielkunst und waren überzeugt, der Polizeipräsident würde ihnen am Ende der Ermittlungen einen Oscar für ihr Lebenswerk überreichen. Stattdessen bekamen sie zwischen jedem gesprochenen Satz, jedem Gedanken, nach jedem Klingeln des Telefons nichts als ein abgenutztes Schweigen.

»Willst du einen Kaffee?«, fragte Liz vor lauter Unbeholfenheit.

Fischer, der sich an den Bistrotisch gesetzt hatte, die Hände gefaltet auf der Marmorplatte, sagte – und Liz war erleichtert, seine Stimme zu hören: »Lies weiter, ich bitt dich drum.«

Neben den 534 Seiten, die die Vernehmungsprotokolle des verurteilten Hauptverdächtigen umfassten, bestand die Akte Scarlett Peters aus knapp eintausend Seiten mit weiteren Aufzeichnungen, Skizzen, Fotos und Erklärungen.

Was die Aussagen jener Personen betraf, die das neunjährige Mädchen angeblich am Nachmittag des 8. April gesehen hatten, so konnte keine einzige davon im Verlauf der Ermittlungen verifiziert werden. Eine Behauptung reihte sich an die nächste, eine Vermutung übertraf die nächste, ein Gerücht jagte das andere. Widersprüche überlappten sich.

Mehrmals mussten die Fahnder der Sonderkommission den Zeitpunkt des Verschwindens der Schülerin nach vorn verlegen, anfangs gingen sie von 16 Uhr aus, dann von 15 Uhr, 14.30 Uhr und schließlich von 14 Uhr. Doch auch dafür hatten sie nur vage Beweise.

Schon einen Tag nachdem die Suche nach Scarlett begonnen hatte, wussten ihre Klassenkameraden und andere Schüler nicht mehr, ob sie das, was sie gegenüber den Kommissaren ausgesagt hatten, tatsächlich erlebt oder bloß gehört und bei Erwachsenen oder ihren Freunden auf dem Schulhof aufgeschnappt hatten. Die Kinder betonten, dass sie die Wahrheit sagten. Aber die Mitglieder der Soko führten nicht zum ersten Mal Vernehmungen bei einer Kindsvermissung durch und waren deshalb bei der Bewertung zurückhaltend. Trotzdem mussten sie jeden Satz akribisch niederschreiben und jede Aussage gleichwertig behandeln.

Die Aktenberge wuchsen. Bald meldeten sich, wie immer bei spektakulären Verbrechen, die ersten Hellseher, Pendelschwinger, Muschelwerfer und Astrologen, deren Hinweise ebenfalls überprüft wurden, weil man nie ausschließen konnte, dass jemand eine andere Person decken, eine falsche Spur legen oder von sich selbst als Täter ablenken wollte.

Zeugen erklärten, sie hätten Scarlett mit ihrem pinkfarbenen Schulranzen vor einer Gaststätte in Perlach gesehen, an einer Bushaltestelle in Riem, zusammen mit einem älteren Mann vor dem Michaelibad.

Ein Ehepaar aus Berlin, das seinen Urlaub in München verbrachte, schwor, auf dem Foto in der Zeitung ein Mädchen wiedererkannt zu haben, das mit einem bärtigen Mann über den Viktualienmarkt gegangen sei und lautstark mit ihm gestritten habe. Der Mann habe an der einen Hand das Mädchen gehalten, in der anderen einen pinkfarbenen Schulranzen getragen. In welche Richtung die beiden gegangen waren, konnte das Ehepaar nicht sagen. Auch diese Spur blieb im Dunkeln.

Drei Buben hatten beobachtet, wie Scarlett auf der Hechtseestraße in einen roten Mercedes gestiegen war. Erst eine Woche später gaben sie zu, dass der Wagen nur in ihrer Phantasie existierte.

Solche Fehlschläge gehörten zum Alltag der Fahnder wie die Tatsache, dass Zeugen vermisste Personen zur selben Zeit an verschiedenen Orten gesehen haben wollten.

Trotz der noch am 8. April eingeleiteten Großfahndung, der Veröffentlichung von Fotos in überregionalen Boulevardzeitungen, der Befragung sämtlicher Nachbarn, der Durchsuchung von Hinterhöfen, Kellern, Speichern, Lagerhallen, Garagen, leer stehenden Häusern und Hütten in Ramersdorf, trotz sofortiger Einrichtung einer »Besonderen Aufbau-Organisation«, aus der – wie in solchen Fällen üblich – die Sonderkommission gebildet wurde, trotz der Mithilfe Hunderter Bereitschaftspolizisten und Hundestaffeln, von Spezialisten der Operativen Fallanalyse – den Tatort-Profilern –, Rechtsmedizinern und Psychologen, trotz des Einsatzes eines Polizeihubschraubers mit Wärmebildkamera und Videoausrüstung, trotz des unermüdlichen Abarbeitens von mehr als 4500 Spuren, ohne dass die Leiche des Mädchens gefunden wurde – trotz dieses gewaltigen Aufwands blieb am Ende nur das keine zwei Tage anhaltende Geständnis des vierundzwanzigjährigen Jockel Krumbholz.

An den Alibis der unmittelbar Betroffenen hatte es nach Liz' Eindruck nie einen Zweifel gegeben. Michaela Peters verließ, kurz nachdem ihre Tochter zur Schule gegangen war, »ungefähr um halb neun«, wie sie aussagte, die Wohnung in der Lukasstraße. Sie fuhr mit ihrem Auto, einem roten Polo, ins Klinikum Großhadern, von wo sie gegen 18 Uhr zurückkehrte. Bis auf eine Stunde Mittagspause hatte sie den ganzen Tag im Krankenhaus verbracht, was zwei Ärzte und zwei Krankenschwestern bestätigten. Als Erklärung, warum sie erst um 20.35 Uhr bei der Polizei anrief, um Scarlett als vermisst zu melden, gab sie an, sie habe gedacht, ihre Tochter sei bei einer ihrer Freundinnen in der Nachbarschaft. Nachbarn stützten später diese Aussage.

Ob Michaela Peters zwischen 18 und 20.35 Uhr jemanden getroffen, mit jemandem telefoniert oder Besuch empfangen hatte, stand nicht in den Akten. Sie behauptete, sie habe gebadet und ferngesehen und sei allein gewesen. Kurz nach acht habe sie dann begonnen, sich bei den Nachbarn nach Scarlett zu erkundigen, bei zweien habe sie angerufen, bei einem dritten an der Haustür geklingelt.

Auf die Frage, ob Scarlett öfter spät nach Hause komme, erwiderte Frau Peters: »Manchmal schon, sie ist sehr selbstständig.« Über die körperliche und seelische Verfassung der damals vierunddreißigjährigen Mutter in jener Nacht gaben die Unterlagen nur kryptisch Auskunft. Entweder ihre Stimmung schwankte extrem, oder die Kommissare, von denen neben Fischer nur zwei weitere aus der Mordkommission in der Burgstraße stammten, zeichneten sich durch sehr unterschiedliche Wahrnehmungsfähigkeit aus.

Frau Peters, las Liz Sinkel, wirkte gefasst und nachdenklich. Dann wieder sei sie ständig durch die Wohnung gelaufen, habe eine Zigarette nach der anderen geraucht und sämtliche Zeiten durcheinandergebracht. Auch an den folgenden Tagen blieb ihr Verhalten seltsam unklar. Sie schien zwischen Zuversicht und Gleichgültigkeit zu schwanken.

Einmal gab sie bereitwillig über ihre Lebensumstände Auskunft, ein andermal raunzte sie die Kommissare an, ihr Liebesleben sei ihre Privatsache und habe nichts mit dem Verschwinden ihrer Tochter zu tun. Eindringlich bat sie die Ermittler, sich sowohl gegenüber Hanno Rost als auch gegenüber »den anderen Herren« diskret zu verhalten und jegliche »Namensnennung zu vermeiden«. Doch daran war – offensichtlich außer Polonius Fischer, das verriet ein entsprechender Vermerk seiner Kollegin Esther Barbarov – ohnehin keiner der Fahnder interessiert.

Deshalb, so vermutete Liz, las sich die Akte über Hanno Rost wie eine Fußnote. Laut Protokoll war er den ganzen Tag mit Kollegen aus der Firma auf Montage in verschiedenen Münchner Haushalten gewesen. Nach der Arbeit fuhr er nach Hause und trank in der »Herberge«, einer Eckkneipe in seiner Straße, mehrere Biere. Dort, so sagte er aus, habe ihn Michaela »so um neun« am Handy angerufen und ihm mitgeteilt, ihre Tochter sei verschwunden und die Polizei habe eine Suchaktion gestartet. Daraufhin habe er sich sofort ins Auto gesetzt, um nach Ramersdorf zu fahren und ihr beizustehen. Auf den Einwand, dass er betrunken gewesen sei, meinte Rost: »Ein Notfall ist wichtiger als ein Rausch.«

Ob er tatsächlich in der »Herberge« gewesen war und Michaela Peters ihn dort erreicht hatte und nicht an einem anderen Ort, wurde ebenso oberflächlich überprüft wie sein Alibi. Jeweils ein kurzer Anruf genügte zur Bestätigung.

Aus den Aussagen der beiden »anderen Herren« ging im Wesentlichen hervor, dass Michaela »eigentlich nie« – diese Formulierung tauchte in beiden Protokollen auf – über ihre Tochter gesprochen habe.

Auf der Fahrt durch die Stadt sagten beide kein Wort. Liz hatte angeboten, ihn nach Hause zu bringen, er hatte erst abgelehnt, dann auf ihr Drängen hin zugestimmt. Am Isartor erklärte er ihr, sie solle geradeaus weiterfahren, den Rosenheimer Berg hinauf und weiter nach Giesing. Natürlich hatte sie »Warum?« gefragt, und er hatte nur nach vorn gedeutet. Vor der Kreuzung, an der das Hotel Brecherspitze lag, bat er sie anzuhalten.

»Vorübergehend wohne ich hier«, sagte Fischer.

»Warum sagst du mir so was nicht?«

Er setzte seinen Stetson auf, griff nach ihrer Hand, drückte sie, zog die Schultern ein.

»Ist dir schlecht?«, fragte Liz.

Die Antwort kam so undeutlich über seine Lippen, dass sie nachfragen musste. Und dann begriff sie immer noch nicht, was er meinte.

»Hab dich nicht verstanden, P-F.«

»Wir sind Versager«, murmelte er. Seine Stimme kam Liz verändert vor, brüchig, kraftlos und alt.

»Du brauchst vor morgen Mittag nicht zu kommen«, sagte sie und wollte ihn anschauen. Aber er wandte den Kopf ab und ließ ihre Hand los.

»Ich habe mich nicht gewehrt«, sagte er. »Ich habe mich abkanzeln und schikanieren lassen. Das weißt du alles nicht.«

»Nein«, sagte sie laut. »Red mit mir. Was ist damals passiert? Und …«

Er öffnete die Beifahrertür. »Danke«, sagte er. »Ich will jetzt für mich sein.«

»Ich versteh dich nicht mehr«, sagte Liz.

Er schlug die Tür zu und huschte im Dunkeln über die Straße, sperrte die Haustür neben der Gaststätte auf und verschwand. Mindestens eine Minute lang war Liz davon überzeugt, er würde noch einmal herauskommen und ihr zuwinken. Wie gebannt starrte sie durchs Seitenfenster, während die Ampel mehrmals umschaltete. Dann hupte hinter ihr ein Lastwagenfahrer. Wütend schlug sie mit der flachen Hand gegen die Scheibe. Sie gab Gas und musste nach zwei Metern auf die Bremse treten, weil die Ampel auf Rot sprang und sie aus Versehen im dritten Gang angefahren war.

Am liebsten wäre sie ausgestiegen und hätte Fischer all das ins Gesicht geschrien, was sie ihm den ganzen Tag über nicht hatte sagen können. Dass sie nämlich aus Angst um ihn langsam durchdrehte, dass er ihr ununterbrochen Angst einjagte, dass die Luft um ihn herum nur noch aus Angst bestand und dass jeder, der in seine Nähe kam, von dieser Angst um den Verstand gebracht wurde.

»Scheiß dir nicht in die Hose«, schrie sie, als der Lkw-Fahrer hinter ihr wieder zu hupen anfing. Der Abbiegepfeil leuchtete grün, aber sie schaute nicht hin.

Er lag auf dem Bett, mit verschränkten Armen. Wie gestern hatte er einzuschlafen versucht. Es war ihm nicht gelungen. Er trug seine Hose, die keine Bügelfalten mehr hatte, und seinen ausgebleichten blauen Anorak, den er im Kofferraum seines Wagens aufbewahrte, wozu auch immer. Die Schuhe hatte er abgestreift, eher aus Versehen, sie waren ihm von den Füßen gerutscht.

Neben sich hatte er zwei Fotos gelegt, auf die linke Seite ein Farbfoto von Ann-Kristin, ein Porträt, das er in einem ihrer kurzen Urlaube an der Nordsee aufgenommen hatte. Sie lachte nicht, aber ihr Gesicht war hell und ihre Augen erfüllt von einem besonderen Licht.

Rechts neben ihm lag das Schwarzweißfoto eines etwa achtjährigen Mädchens, dessen Augen unwirklich blau schimmerten und dessen Gesicht ernst und verschlossen wirkte. Das Mädchen hieß Scarlett.

Fischer hatte sie nicht gefunden. Und nun wollte ein Junge sie gesehen haben. Obwohl ein Mann wegen Mordes verurteilt worden war und die Polizei Scarlett für tot erklärt hatte.

Wieso er ihr Foto aus dem Kommissariat mitgenommen hatte, konnte er sich nicht erklären, genauso wenig, wieso er die beiden Fotos überhaupt neben sich gelegt hatte. Das eine hatte mit dem anderen nichts zu tun. Nicht das Geringste. Es waren zwei vollkommen verschiedene Biographien, zwei vollkommen verschiedene Leben, zwei vollkommen verschiedene Menschen.

Und er? Und ich?, dachte er und hörte nicht auf zu denken: Und ich? Er wusste genau, was er damit meinte. Deswegen schlief er nicht mehr. Deswegen, fürchtete er, würde er Dinge tun, die ihn aus seiner Funktion katapultierten und in eine Rolle hineinmanövrierten, die ihm niemals entsprochen hätte, wenn der Junge nicht aufgetaucht und Ann-Kristin nicht überfallen worden wäre. Wie bisher erst ein einziges Mal in seinem Leben war er ganz auf sich allein gestellt. Da war niemand, den er um Rat fragen, niemand, an dem er sich festhalten, niemand, der ihm folgen konnte. Er war allein zwischen einer Frau, deren Abwesenheit wie ein Abgrund war, und einem Mädchen, für das er womöglich einen eigenen Tod erfunden hatte.

Was immer andere bisher in ihm, Polonius Nikolai Maria Fischer, gesehen hatten, es war ein Trugbild, die Epiphanie eines verstümmelten Schattens. Denn er existierte nicht in der Wirklichkeit. Wie Gott.

Allein, wie damals in der Nacht, in der Zelle, im Augenblick des Erkennens.

Ich bin nicht da, dachte er. Er presste die Arme fester an den Körper und spürte nichts, nur die Kälte in Zimmer 105. Du bist nicht da, dachte er, du hast die Frau und das Mädchen in Fotos verwandelt, damit sie sich anschauen, bis du begreifst, wie windig du bist. So voller Wind und ohne Atem.

»Nein«, schrie er und sprang aus dem Bett und schlug mit den Händen gegen die Wand und schlug immer weiter, als wäre er wieder im Kloster, als wäre er wieder ein gestürzter Mönch.

»Das ist doch schon verjährt«, sagte Josef Bach und zog an der Zigarette.

Sie standen auf dem Bürgersteig vor seiner Fahrschule in Perlach, einem Flachbau mit weißblauen Vorhängen an den Fenstern. Seine Adresse wie auch die eines gewissen Max Hecker hatte Fischer aus den Akten abgeschrieben. Bach war ein gedrungener Mann mit hellblauen Augen.

»Sie selbst haben nie über die kleine Scarlett gesprochen.«

Bach stippte die Asche in einen weißen Plastikaschenbecher, den er aufs Fensterbrett gestellt hatte. »Wir haben grundsätzlich nicht viel gesprochen, wir haben uns getroffen …«

Er senkte die Stimme, was den Bohrlärm auf der Baustelle gegenüber noch besser zur Geltung brachte. Fischer glaubte, sein Trommelfell würde platzen, sein Schädel, sein Brustkorb. Im Hotel hatte er vergessen, den Knopf unter der Krawatte zu schließen, und dass sein Gürtel schief saß, war ihm egal.

Im Krankenhaus nichts Neues.

»Wir sind in die Kiste«, sagte Bach. »Das war der Grund. Ich bin verheiratet, wissen Sie ja, die Micha ist sechzehn Jahre jünger und … Und sie hat halt schon Fähigkeiten … Wir haben uns beim Bowlen kennengelernt, meine Frau war auch dabei und ein Mann, den sie gut kannte, die Micha. Namen weiß ich nicht. Ich weiß bloß noch, dass der Mann oft von dem Mädchen gesprochen hat. Aber der Vater war's nicht, glaub ich. Alles verjährt.«

Er drückte die Kippe aus und schaute auf die Uhr. »Ich erwart gleich eine Schülerin, aus Afghanistan, junge Frau, die lebt hier in München mit ihrer Familie, ganz und gar westlich, faszinierend.«

»Hieß der Mann beim Bowling Hanno?« Fischer stand mit dem Rücken zur Straße. Er hatte den Eindruck, das Vibrieren des Asphalts setzte sich in seinem Körper mit dreifacher Stärke fort.

»Hanno? Weiß ich nicht mehr. Einmal, das weiß ich noch, hat die Micha die Kleine mitgebracht, und der Mann war auch da. Installateur von Beruf, kann das sein?«

»Ja.«

»Dann stimmts. Der hat das Mädchen recht rumkommandiert. Sie hat auch geweint. Jetzt, wo wir drüber reden, seh ichs wieder vor mir. Dann ist er mit ihr weg, nach Hause. Meine Frau konnt ihn nicht leiden, die hat gesagt, der schlägt die Kleine, das sieht man dem an. Ich habs ihm nicht angesehen. Ist immer riskant, so Urteile auf die Schnelle. Ich hab schon viele Leute in meinem Auto gehabt, das wahre Gesicht erkennt man erst, wenns ernst wird, wenn man reagieren muss, wenn man eine Entscheidung treffen muss. Da stellt sich raus, wie einer wirklich ist. Vorher kann jeder bluffen, aber wenns brennt, kann man sehen, wer was taugt und wer ein Feigling ist. Ich bild mir kein Urteil über niemand, vor der sechsten oder achten Fahrstunde sag ich nichts. Meine Frau ist da anders, die teilt die Leute sofort ein in solche und solche. Das bringt gar nichts.«

»Als das Mädchen verschwunden war«, sagte Fischer, »hatten Sie da noch ein Verhältnis mit Frau Peters?«

»Nein, das hat abrupt aufgehört. Sie wollt nicht mehr. War in Ordnung. Hat eh lang gedauert, fast zwei Jahre.«

»Hatte Frau Peters noch andere Liebhaber?«

»Geht mich das was an? Den einen, diesen Installateur wahrscheinlich. Weiß ich nicht. Wir haben nicht drüber geredet. Sie wollt nicht, dass ich sie ausfrag. Wir haben uns getroffen, sind in die Kiste, und perfekt wars.«

»Sie haben sich bei ihr getroffen.«

»Bei ihr manchmal, manchmal in einer Pension in der Schwanthalerstraße. Fünfzig Euro, eine Stunde, reicht ja auch.«

»Was, glauben Sie, Herr Bach, ist mit Michas Tochter passiert? Wurde sie ermordet? Ist sie verschleppt worden?«

Er winkte einer Frau mit Kopftuch, die auf sie zukam. »Das ist die Samira, von der ich Ihnen erzählt hab. Die Tochter von der Micha? Kann ich nicht sagen. Grüß dich, Samira.«

Die junge Frau lächelte, und Bach rieb sich aus irgendeinem Grund die Hände.

Von Perlach fuhr Fischer nach Berg am Laim, wo der zweiundvierzigjährige Krankenpfleger Max Hecker mit seiner Frau im vierten Stock eines Hochhauses an der Kreillerstraße wohnte. Unterwegs hielt Fischer an einer Trambahnhaltestelle und rief im Krankenhaus an.

»Ich bitte Sie …«, sagte die Schwester ungeduldig, und er kappte ohne ein weiteres Wort die Verbindung.

Eine Weile hielt er das Handy mit beiden Händen fest, weil sie so zitterten.

Als plötzlich die Melodie von Bad Bad Leroy Brown ertönte und die Nummer des Kommissariats auf dem Display erschien, schaltete er das Gerät aus.

Hecker – er hatte sich im Januar beim Skifahren den linken Arm gebrochen und war immer noch krankgeschrieben – saß vor dem Fernseher und wollte von seiner Vergangenheit nicht belästigt werden. In seine Wohnung hatte er Fischer nur gelassen, weil gerade eine Nachbarin aus der Tür kam und aufhorchte, als das Wort Polizei fiel. Heckers Frau war nicht zu Hause, sie arbeitete als Sekretärin in einem Autohaus in der Nähe.

Das Einzige, was Hecker herausbrachte, war, dass er Michaela Peters »immer schon« für eine »Schlampe« gehalten hatte und sie »praktisch ignorierte«, wenn sie ihm an ihrem gemeinsamen Arbeitsplatz in Großhadern über den Weg lief. Fischer fragte ihn, ob er Scarlett gekannt hatte. Er schüttelte den Kopf und widmete sich wieder den Pokerspielern im Fernsehen mit ihren dunklen Sonnenbrillen.

So verließ Fischer, ohne sich zu verabschieden, nach zehn Minuten die Wohnung.

»Geh ans Telefon, wenn ich dich anrufe«, sagte Valerie. »Wo bist du überhaupt?«

»Auf dem Weg«, sagte Fischer.

»Das hoff ich. Emanuel will dich sprechen.« Sie stellte Fischer durch.

Feldkirchs Stimme klang ruhig und konzentriert. »Auf dem Mantel waren Stofffasern, die das LKA zuordnen konnte. Wir haben zwar keine Tatortspuren von dem Mann, aber wir wissen, wie er heißt. Georg hatte mit dem Namen Ziggi bei seinen neuen Recherchen im Bekanntenkreis von Dennis Socka Erfolg. Bei der Hausdurchsuchung von Dennis haben wir zwei Butterflymesser gefunden, eines könnte die Tatwaffe sein. Deine Idee mit dem Mantel hat unsere Arbeit enorm beschleunigt.«

»Glück gehabt«, sagte Fischer. Er stand an einem runden Tisch vor einem Café in Berg am Laim und trank heißen schwarzen Kaffee.

»Glück ist das nur zu einem geringen Teil. Der Mann heißt

Serkan Yilmaz, genannt Ziggi, ein vierundzwanzigjähriger Verkäufer in einem Elektrogeschäft. Er wird gerade hergebracht. Willst du bei der Vernehmung dabei sein?«

»Ich spreche allein mit ihm«, sagte Fischer.

»Keine gute Idee«, sagte Feldkirch.

»Allein, in meinem Zimmer.«

»Das schaffst du nicht.«

Auf der Kreillerstraße rasten die Autos vorüber, sie rasten durch Fischers Kopf, eines nach dem anderen. Yilmaz, dachte er, Yilmaz. Ein gewöhnlicher türkischer Name, vermutlich ein gewöhnlicher türkischer Mann.

»Yilmaz«, sagte Fischer. »In einer Stunde in meinem Raum.«

»Nur zusammen mit mir«, sagte Feldkirch.

»Nein.«

»Mit mir oder ohne dich.«

Jedes Mal, wenn Fischer einen Schluck trank, verursachte der heiße Kaffee einen Schmerz in seinem Zahnfleisch. Der Kaffee schmeckte nach nichts.

»Wo bist du denn?«, hörte er seinen Kollegen fragen.

»Ich frage, du hörst zu.« Fischer stellte die noch halb volle Tasse auf die weiße zerkratzte Kunststoffplatte. »Hat das LKA den Mantel zurückgebracht?«

»Noch nicht.« Bevor er antwortete, hatte Feldkirch den Hörer zugehalten und seinem Vorgesetzten erklärt, was Fischer vorhatte, und Weningstedt hatte nach kurzem Nachdenken genickt. »Um zwölf kommt Dorn zu einer Gegenüberstellung, vielleicht haben wir bis dahin den Mantel. Und jetzt verrat mir, wo du dich den ganzen Vormittag rumtreibst.«

»Mein Dienst fängt erst um zwölf an«, sagte Fischer.

»Bist du sicher?« Feldkirch meinte es ironisch, doch Fischer hatte nur die Worte wahrgenommen.

»Nein«, sagte er. »Du hast recht, mein Dienst hört nie auf. Ich bin gleich da.« Er drückte den roten Knopf und steckte das Handy in die Anoraktasche.

Zum ersten Mal an diesem Vormittag fiel ihm auf, wie lichtlos dieser Tag war, als hätte er nie begonnen. Solche Tage hatte Fischer schon unzählige erlebt, die meisten davon in seiner Zeit im Kloster.

9

»Dann ist Ihr Leben ein Schrottplatz«

»In dem Lokal war ich nie«, sagte Serkan Yilmaz. »Ich kenn das Lokal nicht, ich geh nicht in solche Pennerlokale. Fertig.«

Bei der Gegenüberstellung hatte Ludwig Dorn den jungen Mann als Gast im Torbräu und Freund von Dennis Socka eindeutig identifiziert.

Yilmaz saß am Tisch bei Polonius Fischer, der nichts als einen Schreibblock vor sich liegen hatte. Den Kugelschreiber steckte er jedes Mal, nachdem er sich Notizen gemacht hatte, in die Brusttasche seines weißen Hemdes. Feldkirch, der bei der Tür stehen geblieben war, kam die Geste vor wie ein Tick. Valerie dagegen schien nichts zu bemerken, sie saß am Bistrotisch, schrieb die Aussagen in ihren Laptop und ließ nicht die geringste Regung erkennen. Zwischendurch schüttelte sie ihre Arme aus.

Yilmaz trug eine schwarze Trainingshose mit weißen Streifen, ein schwarzes Sweatshirt und eine graue Nylonjacke. Er saß breitbeinig vor Fischer, die Hände hinter der Stuhllehne verschränkt. Um Feldkirchs Anwesenheit schien er sich nicht weiter zu kümmern. Der Vierundzwanzigjährige wurde nicht als Zeuge, sondern als Verdächtiger vernommen. Doch er machte weder von seinem Aussageverweigerungsrecht Gebrauch, noch hatte er bisher nach einem Anwalt verlangt. Er wirkte ruhig, abgeklärt, unerschütterlich. Die ganze Zeit dachte Feldkirch darüber nach, woher diese zur Schau gestellte Gelassenheit rühren mochte.

»Sie streiten ab, jemals in der Gaststätte am Sendlinger Tor gewesen zu sein«, sagte Fischer.

»Das streit ich ab.«

»Dann lügen Sie.«

»Ich lüg doch Ihnen nicht ins Gesicht. Ich kann gar nicht lügen, Herr Fischer, war immer schon so.«

»Zum Lügen ist niemand zu dumm.«

Ein kurzer Ruck ging durch seinen Körper, dann hatte Yilmaz sich wieder unter Kontrolle. »Was werfen Sie mir noch vor, Herr Fischer?«, sagte er in monotonem Tonfall.

»Das habe ich Ihnen alles ausführlich erklärt.«

»Mordversuch, Körperverletzung, was noch? Raub natürlich, Menschenraub. Bleibt nichts mehr übrig. Ich hab nichts getan, Sie verrennen sich total. Herr Fischer.«

Warum, fragte sich Feldkirch, nannte Yilmaz so häufig Fischers Namen? Aus dumpfer Provokation? Was verband er mit dem Namen? Dachte er dabei an Ann-Kristin Seliger, und wenn ja, welche Beziehung hatte er zu Fischers Freundin?

»Dann müsste ich Sie ja gehen lassen«, sagte Fischer.

»Regnets noch?«

Nach dieser Erwiderung dachte Feldkirch zum ersten Mal, dass Yilmaz Fischer herausforderte, nicht, um ihn zu einem emotionalen Ausbruch zu verleiten, sondern in seiner Funktion als Vernehmer. Weil Yilmaz testen wollte, wie der Kommissar die Spur zur Wahrheit finden würde.

»Erst muss ich Sie dem Untersuchungsrichter vorführen«, sagte Fischer. »Erzählen Sie mir, wie Sie Dennis Socka kennengelernt haben.«

»Bin ich Geschichtenerzähler?«

»Sie kennen sich aus Pasing, aus der Dachstraße.«

»Bestens informiert, Herr Fischer.«

»Mich interessiert, wie Sie sich kennengelernt haben.«

»Wieso?«

»Wieso mich das interessiert?« Fischer machte eine Pause,

faltete die Hände auf dem Tisch. Er war jetzt wieder in seiner Rolle als Vernehmer, niemand anderes. Die Welt bestand aus einem viereckigen Tisch und einem Gegenüber, das er zu demaskieren hatte, sonst nichts. Er hatte jemanden zu demaskieren, das war seine Aufgabe, sonst nichts. Zu nichts sonst war sein Kopf jetzt nütze, jeder Winkel in seinem Kopf.

Yilmaz hob die Schultern.

»Ich möchte begreifen«, sagte Fischer, »warum Ihr Freund Dennis in Untersuchungshaft sitzt. Er hat Dinge getan, die nicht zu ihm passen. Warum überfällt er Taxis? Warum verletzt er Menschen? Warum geht er keiner geregelten Arbeit nach wie Sie? Helfen Sie mir, diesen Jungen zu verstehen.«

»Taxis hat er überfallen? Hätt ich ihm nicht zugetraut.«

»Das ist es, was ich meine: Ich hätts ihm auch nicht zugetraut.«

»Sie kennen den doch überhaupt nicht. Nicht angeben, Herr Fischer.«

»Seine Schwester und seine Eltern haben mir von Dennis erzählt, und ich hab auch mit ihm selbst gesprochen. Er hat sich sehr fair Ihnen gegenüber verhalten. Möchten Sie was trinken?«

Yilmaz ließ den rechten Arm baumeln. »Fair heißt was? Wer ist schon fair? Fair, wer? Wer fair?«

Er grinste. Fischer ließ ihn nicht aus den Augen. Yilmaz' Arm schlenkerte vor und zurück. »Der Dennis. Warum sitzt der noch mal in U-Haft?«

»Mordversuch, schwere Körperverletzung.«

Yilmaz ließ auch den linken Arm hängen und hörte mit dem rechten auf zu schlenkern. »Mordversuch an wem?«

»An der Taxifahrerin Ann-Kristin Seliger.«

»Wie heißt die?«

»Ann-Kristin Seliger. Kennen Sie sie?«

»Woher denn?«

»Sie sind in ihrem Taxi gesessen.«

»Ehrlich?«

»Ja.«

»Ich fahr selten Taxi.«

»Ob Sie mit ihr gefahren sind, weiß ich nicht«, sagte Fischer. »Ich weiß nur, dass Sie in ihrem Taxi saßen.«

»Was Sie alles wissen.«

»Fasern, Stoffpartikel, wozu haben wir die teuren Elektronenmikroskope? Sie waren also in diesem Taxi, Sie haben die Fahrerin niedergeschlagen, Sie haben sie beraubt, Sie haben sie verschleppt, Sie haben sie gefesselt, getreten, noch mal geschlagen und liegen gelassen. Durch einen Zufall wurde sie entdeckt, ein wachsamer Spaziergänger hat sie winken sehen.«

Yilmaz saß reglos auf dem Stuhl.

»Winken ist der falsche Ausdruck«, sagte Fischer und dachte, dass er ein Vernehmer war, niemand anderes. Er zitierte aus Akten, nichts sonst. »Sie machte mit letzter Kraft auf sich aufmerksam. Und das finde ich fair von Ihrem Freund Dennis, dass er Ihnen keinerlei Schuld zuweist und versichert, Sie beide hätten die verletzte Frau nicht ausgezogen.«

»Was hat der versichert? Wen versichert der?«

»Er meinte, Sie beide hätten die Frau nicht nackt ausgezogen. Er hätte das nicht zugeben müssen. Er hat es aber getan.«

»Wir haben die Frau nicht ausgezogen? Wir? Der Dennis und ich? Was für eine Frau? Von wem redet der?«

»Von der Taxifahrerin. Von der Kollegin von Dennis' Onkel, der erstochen worden ist.«

»Von wem erstochen worden?«

»Von Dennis oder von Ihnen«, sagte Fischer mit geübter Stimme. »Die Tatwaffe haben wir bei Dennis gefunden, aber das beweist nicht viel, er könnte das Messer für Sie aufbewahrt haben.«

Nach einer ersten Analyse im Kriminaltechnischen Institut war eines der beiden in Dennis' Wohnung sichergestellten Messer mit hoher Wahrscheinlichkeit die Tatwaffe im Fall Claus Socka. Griff und Klinge waren gesäubert worden, aber nicht gründlich genug.

»Ich hab niemand erstochen«, sagte Yilmaz.

»Warum hat Dennis seinen Onkel erstochen?«

»Haben Sie ihn nicht gefragt, Herr Fischer?«

»Noch nicht, das mache ich morgen früh. Er braucht erst Zeit, um über alles nachzudenken. So eine Nacht in der Zelle hilft beim Nachdenken.«

»Versteh ich.« Yilmaz legte wieder die Hände hinter die Stuhllehne und krallte die Finger ineinander, bewegte sie unaufhörlich. Offensichtlich dachte er nicht daran, dass Feldkirch ihn dabei beobachtete. »Diese Frau, die Taxifahrerin, wie heißt die noch mal?«

»Ann-Kristin Seliger. Dennis' Onkel muss von ihr gesprochen haben, bestimmt hat er mich dann auch erwähnt.«

»Wieso Sie?«

»Weil nicht jede Taxifahrerin einen Lebenspartner hat, der bei der Mordkommission arbeitet. Das wissen Sie ja alles. Genau wie Dennis. Ob Sie ihr aufgelauert haben oder ob sie ein zufälliges Opfer war, darüber sprechen wir später. Auch über die Gründe der Misshandlung. Fest steht, Sie und Dennis haben die Frau überfallen und schwer verletzt. Sie und Dennis haben fünf Taxifahrer überfallen und beraubt und einen von ihnen getötet. Ich sage nicht ermordet, weil wir noch nicht wissen, ob Sie vorsätzlich gehandelt haben, auch darüber sprechen wir erst in den nächsten Tagen. Mir gehts im Moment darum, herauszufinden, ob Sie Ihrem Freund beistehen oder die Sache so wie bisher weiterlaufen lassen wollen. Das sollten Sie jetzt entscheiden, weil wir in spätestens zwei Stunden einen Termin beim Haftrichter haben. Ihm liegen unsere Ermittlungsergebnisse vor, und Sie müssen davon ausgehen, dass Sie allein wegen Fluchtgefahr nicht auf freiem Fuß bleiben werden. Sie sollten einen Anwalt hinzuziehen, Herr Yilmaz.«

Fischer hätte noch länger, viel länger so weitersprechen wollen, es war so leicht. Der Text bereitete ihm keine Schwierigkeiten, er kannte ihn auswendig. Diese Rolle war ihm auf den Leib geschrieben.

»Herr Fischer«, sagte Yilmaz, »wollen Sie mich einschüchtern?«

Sofort wusste Fischer, wie er auf eine solche Frage reagieren musste. Sein Schweigen war beinah Routine, sogar dass es ihm schwerfiel, gehörte dazu.

Yilmaz ruckelte mit den ineinandergekrallten Händen.

Eine Zeit lang war es still.

Valerie schüttelte ihre Handgelenke, warf Feldkirch einen schnellen Blick zu, beugte sich wieder über den Laptop.

»Sie können mich nicht einschüchtern, Herr Fischer. Sie können mich auch nicht beleidigen.«

»Habe ich Sie beleidigt?«

»Sie haben gesagt, zum Lügen ist niemand zu dumm.«

»Fühlen Sie sich dadurch beleidigt?«

»Schon.«

»Dann ziehe ich den Satz zurück.« Fischer schaute zu Valerie. »Streichen Sie bitte den Satz aus dem Protokoll.« Er wandte sich wieder an Yilmaz. »Die Spuren, die wir von Ihnen an den Tatorten gefunden haben, reichen aus, Sie anzuklagen. Ihr Freund Dennis wird ein Geständnis ablegen, das wissen Sie. Er hat sich bemüht, viel von Ihnen zu lernen, aber er bleibt der, der er ist, er wird nie so sein wie Sie.«

»Wie denn? Wie bin ich? Wie?«

»Wie würden Sie sich selbst einschätzen?«

»Ich bin ein Händler.«

»Weil Sie handeln.«

»Sehr gut, Herr Fischer.«

»Sie handeln, weil Sie sich das Handeln nicht aus der Hand nehmen lassen wollen.«

Mit einem Ruck beugte Yilmaz sich vor und schlug die Faust in die Hand. »Auf den Punkt, Herr Fischer! Handeln. Was machen. Nicht rumsitzen. Dinge planen und durchführen. Das ist das, was ich dem Faust beigebracht hab, dem faulen Sack. Dem konntest du früher die Fürze aus der Hose löffeln, so lahmarschig hing der den ganzen Tag rum. Dem war alles egal. Der hat so einen wie mich gebraucht. Hab ihn fit gemacht für draußen. Ich komm aus einer Familie, Herr Fischer, da passiert nichts. Das Einzige, was sich da jemals bewegt hat, war der Bus aus der Türkei nach Deutschland. Dann sind die aus dem Bus rausgekippt worden, rein in ihre Zweizimmerwohnungen, und da hocken die immer noch. Meine Mutter kann heut noch nicht richtig Deutsch. Ich war Hauptschule, hab dann auf die Realschule gewechselt, das geht, Herr Fischer. Was tun, handeln, so klappts. Mein Vater ist Gemüsehändler. Wie mein Onkel, sein Bruder, der Laden läuft, kein Problem. Goethestraße. Alles unter Kontrolle. Glauben Sie, ich wollt da enden? Ich bin vierundzwanzig, ich arbeit beim Elektro Baumgart, ich kenn mich aus mit der Technik, ich bin gelernter Radio- und Fernsehtechniker, ich hab meine Lehre zu Ende gebracht, ich schon.«

»Im Gegensatz zu Ihrem Freund Dennis«, sagte Fischer. Nichts an ihm verriet seine Anspannung. Aber Feldkirch sah seinen fiebernden Blick und vermutete, dass Fischer begonnen hatte, etwas zu ahnen, das auch ihn seit einer Weile beschäftigte. Zum ersten Mal bedauerte Feldkirch, dem Verdächtigen nicht ins Gesicht sehen zu können.

In diesem Moment drehte Yilmaz den Kopf. Er sah Feldkirch an, schniefte und wandte sich wieder ab, zurückgelehnt, mit baumelnden Armen.

»Wieso bringt Ihr Freund keine Ausbildung zu Ende?«, sagte Fischer.

»Schwacher Charakter. Verzogen. Ist ja klar, niemand hat mit ihm gerechnet, nicht mal seine Mutter. Ein Wunschkind war der nicht. Seine Schwester ist zehn Jahre älter, die war zehn, als der Dennis daherkam. Die Eltern haben den Buben gehätschelt und getätschelt, die Schwester hat sich allein durchgeschlagen. So läuft das.«

»Sie sind wie ein älterer Bruder für Dennis.«

»Ich bin sein Freund, ich geb ihm Ratschläge, ich versuch zu helfen. Ich bin da, wenn die Dinge nicht passen.«

»Er hat Ihnen von seinem Onkel erzählt, dem Taxifahrer, Dennis wollte auch Taxifahrer werden.«

»Hab ich ihm geraten. Sag ich zu ihm: Mach den Führerschein, mach die Prüfung, besorg dir ein Auto, halt die Augen auf, in ein paar Jahren bist du dein eigner Chef. Den Führerschein hat er noch hingekriegt, wir haben geübt. Von mir hat er garantiert mehr gelernt als von dem Fahrlehrer, diesem halb verbrannten Zombie.«

»Dennis hatte einen halb verbrannten Zombie als Fahrlehrer?«, sagte Fischer, und es klang sogar in seinen Ohren launig. Doch er hatte keine Zeit, sich dafür zu verachten.

»Der hatte mal einen Unfall, sie mussten sein Gesicht neu zusammenkleben. Dennis hat sich vor dem gefürchtet am Anfang. Bin ich hin und hab mir den angesehen. Derbe. Ich wär nicht mit dem gefahren, aber Dennis … Zu schwach, der Junge. Der Typ hat ihn zehnmal hintereinander einparken lassen, vor, zurück, im Berufsverkehr. Also hab ich mit dem Dennis geübt, draußen in Riem, später auf der Garmischer Autobahn. Hab ich ihn fahren lassen, hab gesagt: Fahr oder steig aus und geh heulen. Ist er gefahren, bis nach Starnberg und wieder zurück, hundertvierzig. Das hat ihm Selbstbewusstsein gegeben, hat ihn weitergebracht. Die Prüfung hat er locker geschafft. So einen wie mich kannte der bis dahin nicht, keine Sau hat sich um den gekümmert. Aber: Wenn man nicht aufpasst, fällt er in sich zusammen, fängt er an zu heulen, erschrickt vorm Spiegel. Der Onkel hat ihm von Ihrer Freundin erzählt, Herr Fischer, das war das Stichwort. Sag ich zu ihm: Die schauen wir uns an, die Freundin von dem Kripohelden, da machen wir was. Haben wir getan. Was machen, darum gehts.«

»Was lief schief beim Überfall auf Dennis' Onkel? Hat er euch erkannt?« Weiterfragen, dachte Fischer und nichts sonst. Weiter- und weiterfragen.

»Das war nachts, der hat niemand erkannt. Uns doch nicht. Der Mann bunkert sein Geld unter dem Sitz, Tausende Euros, denkt, da kommt ihm niemand drauf. Hat er alles seinem Neffen erzählt, alle Einzelheiten, auch über die Sicherheitsnummern, die Videos, den Funkverkehr, der war stolz auf sein Hightech. Dennis braucht Geld, ich hab ihm geholfen, welches zu kriegen. Ich steig vorn ein, Dennis hinten, passt schon. Kein Problem. Fragen Sie ihn, warum er seinen Onkel abgestochen hat. Ich hätts nicht gemacht. Hab ich ihm hinterher gesagt. Aber er: Der ist selber schuld. Keine Ahnung, was passiert ist, ich war nicht dabei, ich war schon raus aus dem Wagen. Hab nicht mal ein Messer, ist was für Kinder. Hab nicht mal gewusst, dass der Dennis eins dabeihat. Er ist noch mal zurück und hat ihn abgestochen. Fragen Sie ihn, wieso, ich habs nicht rausgefunden. Der Mann war eh fertig, von mir, ich schlag dem ins Gesicht, das reicht. Danach schlägt man nur zur Sicherheit weiter. Muss auch sein. Sache von Respekt. Der Mann hat geröchelt, kein Grund, ihn zu erstechen. Passiert. Ich hab Dennis verboten, noch mal ein Messer mitzunehmen. Er hat sich dran gehalten. Was ich ihm klarmachen wollt, war, dass man handeln muss. War nur ein Beispiel. Die Taxifahrer waren nicht wichtig, die waren nur Beispiele. Ich wollt, dass er es endlich kapiert. Reden nützt ja bei dem nichts, der hört zu, nickt, tut so, als hätt er was kapiert, und morgen fängt er wieder an zu heulen. Die Taxifahrer waren reale Beispiele. Dass er seinen Onkel ersticht, war nicht eingeplant, aber: Er hats getan. Von sich aus, Herr Fischer. Hab ihm nicht gesagt, er soll den abstechen. Hat der Dennis allein getan. Der Herr da hinter mir, hat der Sprechverbot?«

Fischer zögerte nicht. »Möchten Sie, dass er Sie was fragt?«

»Kommt auf die Frage an. Wie war der Name?«

»Hauptkommissar Feldkirch«, sagte Fischer.

»Schon recht. Frage?«

Feldkirch ging zum Tisch und stellte sich unter das Kreuz an der Wand. Die Blicke, die Yilmaz ihm zuwarf, kamen ihm vor wie Augenrotz. Mit einem Bleistift machte Valerie sich auf ihrem Schreibblock Notizen.

Feldkirch sagte: »Worüber haben Sie in der Nacht zum Sonntag mit der Taxifahrerin Ann-Kristin Seliger, der Freundin meines Kollegen, gesprochen?«

Zuerst streckte Yilmaz den Kopf vor, als traue er seinen Ohren nicht. Dann schniefte er, lehnte sich zurück und verschränkte zum wiederholten Mal die Hände hinter der Stuhllehne. »Wie sprechen? Was sprechen mit der? Wieso? Ich hab dem Dennis erklärt, was abgeht, das war der Punkt. Die soll ableben, das war die Ansage. Dennis war wieder Kleinkind, Hose voll. Wär fast zu den Bullen und hätt alles gestanden. Bist du Baby?, sag ich zu ihm. Heulst du?«

Er sah nur Feldkirch an, drehte den Kopf von Fischer weg, seine schwarzen Augen glänzten.

»Wir beobachten die Frau. Wochenlang. Kennen ihren Standplatz, fahren ihr nach. Nur um zu sehen, was die so treibt. Ist ein Spiel. Andererseits: Prüfung. Für Dennis. Dass er den Arsch hochkriegt. Wir fahren der Frau hinterher, amüsieren uns, passt alles. Dann sag ich: Heut passierts, und es passiert. Was reden? Wir haben gewartet, ich bin vorn rein, Dennis hinten, wie immer. Ich schlag zu, sie wehrt sich. Wehrt die sich, will zurückschlagen. Schlecht. Beim nächsten Mal kippt sie weg. Ich nehm die und sag: Die wird ableben, und Dennis: Will weg. Reden! Ich nehm die Frau allein in meinem Wagen mit, fahr die zum Haus von meinem Bekannten, das steht leer, praktisch, dass wir schon in der Nähe waren. Wenn wir die Frau in Moosach erwischt hätten oder in Laim, das wär ein weiter Weg gewesen mit der. Ich wollt ja, dass die in das Haus kommt und da ablebt. Hab ich alles vorher dem Dennis erklärt. Er hat nicht zugehört. Kleinkind. Wenn er nicht zuhören will, hört er weg. Dann musst du handeln, dann darfst du nicht klein beigeben. Ich fahr die Frau ins Haus, bind die fest, fahr zurück, hol Dennis ab, der immer noch rumsteht wie ein entlaufener Affe. Hat die ganze Zeit gejammert, Motto: Frau von Bullen entführen gibt Ärger. Ich hab ihm erklärt, dass so ein Gejammer unangemessen ist. Ersticht seinen eigenen Onkel und fängt wegen der Frau zu heulen an. Das sind die Dinge, die getan werden müssen. Und? Ich bin hier. Der Herr Fischer hat gute Arbeit geleistet. Und Sie? Fragen mich, was ich mit der Frau gesprochen hab. Beim nächsten Mal sprech ich mit ihr, dann verrat ich's Ihnen.«

Er drehte den Kopf zu Fischer. »Das nenn ich handeln. Sie haben den Dennis geknackt, Sie haben uns erwischt. Schon Pech. Aber: Respekt. Fragen Sie den Dennis, wieso er seinen Onkel erstochen hat, ich hätts nicht getan. Das war der nicht wert, wir wollten sein Geld, sonst nichts. Ein Schritt nach dem anderen. Der Preis muss gezahlt werden, das wird der

Dennis jetzt lernen müssen. Wahrscheinlich heult er schon wieder. Der Junge ist nicht dumm, er schafft das. Alles, was er braucht, ist ein Trainer, einer, der seine Talente erkennt und fördert. Jetzt wär was zu trinken recht. Apfelschorle wär sehr gut, ist das machbar?«

Staunend hob Yilmaz den Kopf, als Fischer aufstand, mit den Fingern durch seine Haare strich, wortlos zur Tür ging, sie öffnete und von außen zuschlug.

Vom Flur waren Stimmen zu hören, die sofort verstummten, als Fischer aus dem Zimmer kam.

Nur eine Minute. Allein. Außerhalb seiner Rolle. Nicht zu weit außerhalb, drei Schritte vielleicht. Er roch den Atem des Tatverdächtigen noch, aber er hatte den Mann nicht mehr vor Augen. Eine Minute lang. Er sah Ann-Kristin und dass sie am Leben war.

In diesem Moment, das wusste er, war sie am Leben.

In diesem einen Moment riss Polonius Fischer auf der Toilette des Kommissariats in der Burgstraße den Mund auf und stieß einen Schrei aus, den niemand hörte. Es war ein lautloser Schrei. Aber ein Schrei war es, und er hörte ihn, er hörte ihn, als er schon wieder auf dem Weg in den P-F-Raum war und die Nummer des Haftrichters in sein Handy tippte.

Nach einem Schweigen sagte Feldkirch: »Wenn Ihr Plan war, dass die Taxifahrerin sterben sollte, Herr Yilmaz, dann hätten Sie sie sofort umbringen können, wie Dennis seinen Onkel.«

Yilmaz' Zögern war eine Form von Selbstgefälligkeit. »Guter Mann, der Fischer. Natürlich geknickt jetzt. Aber: die Frau lebt. Noch mal davongekommen.«

»Sie konnten die Frau nicht gleich töten«, sagte Feldkirch. »Sie waren nicht so abgebrüht wie Dennis.«

Wie schon einmal schlug Yilmaz sich die Faust in die Hand. »Voll daneben! Abgebrüht. Schlau gesagt. Hören Sie nicht zu? Die Frau sollt ableben, das war der Plan, das war das Training. Vergessen?«

»Das Training für Dennis.«

»Einerseits: Training. Andererseits: Herr Fischer. Ist der so, wie seine Freundin behauptet hat? Kann der was? Findet der Leute wie uns, Dennis und mich? Ah ja.«

»Sie haben also mit Frau Seliger gesprochen.«

»Hab ich. Nicht beim letzten Mal, ist klar, war keine Zeit. Zwei, drei Wochen vorher. Bin zu ihr ins Taxi gestiegen, wir sind ihr dauernd hinterhergefahren. Nichts gemerkt, die Frau. Hab mit ihr gesprochen. Hab ihren Mann gelobt, den Kommissar aus der Zeitung. Wusst ja von Onkel Claus, dass sie die Freundin ist. Dem Onkel Claus hat sie vorgesülzt von ihrem Kommissar. Weiß der Herr Fischer alles nicht. Wo bleibt meine Apfelschorle?«

»Die Raubüberfälle, die schweren Körperverletzungen, der Mordanschlag auf Ann-Kristin Seliger dienten dazu, Dennis Socka das Leben zu erklären«, sagte der Kommissar. »Hab ich das richtig verstanden?«

»Auf den Punkt.«

»Was ist das für ein Leben, das Sie ihm erklären wollten?«

»Was für ein Leben? Ich hab keine Ahnung, was Sie für ein Leben haben, ich hab das da, und darum gehts: nehmen, was man kriegen kann, muss nicht illegal sein. Aber: Wenn die Dinge nicht laufen, muss man sie zum Laufen bringen. Sonst: Schrottplatz. Dann ist Ihr Leben ein Schrottplatz.«

»Wenn Sie wegen Mordversuchs und mehrfacher schwerer Körperverletzung angeklagt werden, haben Sie Ihr Leben eher nicht vergoldet«, sagte Feldkirch.

»Was soll ich mit einem vergoldeten Leben? Dass man keinen Rost ansetzt, darum gehts. Fertig jetzt.«

»Sie haben Ihren Freund dazu gebracht, Verbrechen zu begehen. Glauben Sie, er hat jetzt verstanden, worum es im Leben geht?«

»Totsicher hat der das verstanden. Machen Sie sich keine Sorgen um uns. Wenn wir raus sind aus dem Knast, geht das Leben weiter. Wir sind jung, das können Sie nicht verstehen, Knast gehört dazu.«

»Zu dem Leben, das Sie meinen.«

»Zu dem Leben, das ich mein.«

Die Tür wurde geöffnet. Fischer kam herein und ging zum Tisch. Valerie begann sofort zu tippen.

»Welches Leben meinen Sie?«, fragte Fischer.

»Meins«, sagte Yilmaz. »Wo ist meine Apfelschorle?«

»Nehmen Sie Ihr Leben nicht allzu persönlich«, sagte Fischer.

Yilmaz nickte, verzog das Gesicht, nickte noch einmal. »Frag mal deine Freundin, wie die das sieht.«

»Der Termin beim Haftrichter hat sich verschoben«, sagte Fischer, der sich nicht wieder hingesetzt hatte. »Wir können sofort zu ihm.«

»Herr Fischer«, sagte die Schwester am Telefon. »Wir haben Ihre Freundin aus dem künstlichen Koma geholt. Sie ist nicht ansprechbar, aber die Werte sind im Augenblick stabil.«

Fischer stand auf der Treppe und merkte nicht, wie er nach Liz' Hand griff.

Zwei Streifenbeamte brachten den gefesselten Yilmaz zum Haftrichter ins Präsidium. Fischer und Liz Sinkel gingen zu Fuß in Richtung Ettstraße, nebeneinander. Er hielt nicht mehr ihre Hand.

Ein frostiger Wind blies ihnen ins Gesicht. Fischer dachte an Luggis Mantel, der immer noch im Kriminaltechnischen

Institut lag. Bei der Gegenüberstellung hatte Luggi erklärt, er ertrage Fischers Mantel schon noch einen weiteren Tag.

»Ich habe noch kein einziges Mal im Krankenhaus gebetet«, sagte Fischer, als sie auf dem Domplatz, gegenüber der grünen Fassade des Polizeipräsidiums, ankamen.

Liz erwiderte nichts.

Passanten, Touristen hasteten an ihnen vorüber.

»Stell dir das vor«, sagte Fischer.

»Du hattest keine Zeit zum Beten«, sagte Liz. »Du hast mit Ann-Kristin gesprochen.«

»Das ist wahr. Nur wer wesentlich schweigen kann, kann wesentlich reden.«

Liz zog die Stirn in Falten.

»Der Satz stammt von einem dänischen Philosophen.«

»Kierkegaard«, sagte sie.

»Du hast ihn gelesen?«

»Er ist der einzige dänische Philosoph, von dem ich den Namen kenn.«

Fischer lächelte. »Du bist eigenartig.«

»Du verwechselst mich«, sagte sie. »Du bist eigenartig. Was ist mit der Geschichte von Scarlett? Verfolgst du die jetzt wieder? Heimlich?«

»Vielleicht taucht das Mädchen wieder auf. Morgen mittag treffe ich den Jungen, der den Brief geschrieben hat.«

»Das ist lächerlich, P-F.«

»Behalts für dich.«

Sie blickte zum Präsidium. »Glaubst du, Jockel Krumbholz hat das Mädchen ermordet?«

»Stell mir nicht diese Frage«, sagte Fischer. »Was nützt uns meine Antwort?«

»Glaubst du, er hat sie getötet?«

Fischer drückte seinen Stetson tiefer in die Stirn. »Ich weiß es nicht. Ich war der Soko-Leiter und habe nicht verhindern können, dass ein geistig behinderter Mann wegen Mordes verurteilt wird, aufgrund eines Geständnisses, das unter sehr beunruhigenden Umständen zustande kam. Und aufgrund von Zeugenaussagen, denen ich bis heute nicht traue. Du hast sie gelesen. Wo ist die Leiche des Mädchens?«

»Der Fall ist abgeschlossen«, sagte Liz. »Du hast keine Handhabe, ihn wieder aufzurollen. Kümmer dich um Ann-Kristin. Lass die Vergangenheit. Und schlaf, P-F, schlaf endlich wieder.«

»Ja«, sagte er und empfand eine überschäumende Zuversicht bei dem Gedanken, dass er und Marcel Thalheim morgen Unglaubliches zu sehen bekämen.

ZWEITER TEIL

10

»Mein Fels, meine Hilfe, meine Burg«

Angeschlossen an Apparate, deren Bezeichnungen er nicht wissen wollte, lag sie allein im Zimmer.

Die weißen Vorhänge waren zugezogen. Es roch nach Medikamenten und einer Mischung aus Essen und Desinfektionsmitteln. Ann-Kristin schlief, bis zum Kinn mit einem weißen Laken zugedeckt, das sich kaum hob und senkte. Sie wurde durch einen Schlauch beatmet, ihr Kopf war vollständig bandagiert, außer über den Augen, der Nase und dem Mund. Das linke Auge sah aus wie aufgequollen.

Auf dem viereckigen Tisch mit der weißblauen Decke stand eine Vase mit gelben Tulpen, davor zwei Stühle. Sonst nichts. Keine Zeitschriften, kein Teller mit Obst oder Schokolade, keine Wasser- und Saftflaschen. Der Raum gehörte den Maschinen, sie bestimmten den Tagesverlauf, den Lebensverlauf. Polonius Fischer kniete neben dem Bett, die Hände im Schoß gefaltet, und redete weiter. Seine Stimme war leise, verzagt, sie kam ihm selber fremd vor, wie geliehen. Aber er konnte nicht aufhören zu sprechen.

»Ich war am falschen Ort. Ich hatte mir nur eingebildet, am richtigen zu sein. So etwas klappt, wenn man fest genug dran glaubt. Und mein Glaube war felsenfest, das kannst du mir glauben, ich war felsenfest von meinem Glauben überzeugt. Bis ich eines Nachts begriff, dass da niemand war, der meinen Glauben teilte.«

Vielleicht erkennt sie meine Stimme im Schlaf wieder, dachte er.

»Eines Nachts in meiner Zelle habe ich angefangen mich

zu fragen, ob ich an Gott glaube. Ich, Frater Tabor. Benediktinermönch mit ewiger Profess. Nach neun Jahren in St. Bonifaz. Ora et labora et lege. Geh in deine Zelle, und sie wird dich das Beten lehren. Hat sie getan. Ich legte das Gelübde ab, trug meinen Habit und erfüllte die Regeln. Erfüllt von Sehnsucht und Ahnung, so bin ich ins Kloster eingetreten. Und die ersten Jahre verbrachte ich in stillem Genuss. Ich betete, ich arbeitete, ich las, abends ging ich oft durch die Stadt, gönnte mir ein Bier, sprach mit Leuten. Ich war, so bildete ich mir ein, anwesend in der Welt.«

Er sah sie an, dann seine Hände, die zitterten.

»Aber ich war nicht anwesend in mir. Und niemand, der nicht in sich selbst anwesend ist, ist anwesend in der Welt. Ich stellte mich bloß dar. Kannst du dir den Schrecken vorstellen, der einen Menschen heimsucht, wenn er eines Nachts sein wahres Empfinden und Denken begreift? Dieses Ausmaß von Gottesferne ist ungeheuerlich. Das ist, als hätte dich jemand im Weltall ausgesetzt und dein Atem bestünde aus Nägeln, und jeder Atemzug reißt noch tiefere Wunden in deine Einsamkeit. Das Schweigen Gottes, also das Schweigen der Liebe brachte mich fast um. Ich hörte auf zu essen, zu trinken, ich hörte auf zu beten, ich verließ meine Zelle nicht mehr.«

Jedes Mal, wenn er beim Sprechen innehielt, erschrak er über das Sirren der Geräte. Dann redete er schnell weiter, wie es ihm überhaupt nicht entsprach.

»Und dann begann ich, meinen Kopf gegen die Wände zu schlagen. Ich zertrümmerte Geschirr, ich schrie. Ich verfluchte Gott und die Welt und mich selbst. Mich ekelte mein Leben an. Ich verabscheute mich für meine Entscheidungen, für meinen Glauben, für meine Lügen. Ich wollte raus. Ich wollte durch die Straßen laufen und allen Leuten ins Gesicht schreien, dass Gott kein Erbarmen kennt und dass wir uns alle belügen und dass das Leben eines Menschen so bedeutungslos ist wie das einer Kaulquappe und dass wir nie hätten geboren werden dürfen, denn so lernen wir, uns wichtig zu nehmen und einen Gott anzuhimmeln, den es nicht gibt.«

Nein, dachte er, das ist nicht wahr, das Leben eines Menschen ist nicht bedeutungslos. Ich will nur sagen …

Er schaute zur Tür, vor der Stimmen zu hören waren. Das war normal. Stimmen waren normal.

»Ich verließ den Konvent. Und weißt du, was ich tat, nachdem ich den Habit abgelegt und den Ring zurückgelassen hatte? Ich fuhr an die Nordsee. Dahin, wo wir manchmal sind im Sommer. Ich war da schon als Kind mit meinen Eltern und hatte auf einmal große Erinnerungen. Ich sah meine Mutter, wie sie Sand nach meinem Vater warf. Ich schmeckte das Steckerleis wieder. Und die Sonne schien. Und überall waren Stimmen. Und es war alles ein einziges Am-Leben-Sein. So fing meine Rückkehr an. Das habe ich dir nie erzählt. Ich wollte nicht, dass du mir Fragen stellst. Stell mir jetzt eine Frage, jetzt, jetzt …«

Er bildete sich ein, ihre Lippen hätten sich bewegt. Er war sich fast sicher. Er nahm den Blick nicht von ihr.

»Eines frühen Morgens beim Blick aufs stille Watt wurde mir klar, wohin ich gehöre. Noch am selben Tag rief ich im Präsidium an und erkundigte mich nach den Chancen, in den gehobenen Dienst aufzusteigen. Und so sitze ich vor dir, dein Kriminalhauptkommissar, A 12, Morddezernat.«

Sie schläft, dachte er, sie schläft und ist am Leben.

Dann erhob er sich und schwankte. Und er wusste nicht, wohin mit seinem Schauen. Sie schläft, dachte er wieder, hoffentlich habe ich sie nicht gestört …

Mit halben Schritten ging Fischer durch die Flure, die Hände in den Anoraktaschen, mit einem Ausdruck von Ohnmacht. Besucher kamen ihm entgegen, Familien mit Kindern, suchende Paare, Patienten in Morgenmänteln und mit Infusionswagen. Wie selbstverständlich wichen sie ihm aus, nicht weil er es nicht tun wollte, sondern weil er zu langsam reagierte. Er schlurfte über die Treppen, keuchte wie in einem gehässigen Wind. Und als ihm vor der Tür tatsächlich eine eisige Böe entgegenschlug, hob er den Kopf, hielt seinen Hut fest und beschleunigte wie zum Trotz seine Schritte.

Auf dem Parkplatz auf der anderen Seite der Zufahrtsstraße senkte er den Kopf, nahm den Hut ab und faltete wieder die Hände vor dem Bauch.

Leute, die aus ihren Autos stiegen, hörten dem vor sich hin murmelnden Mann aus der Entfernung zu.

»Bei Gott allein kommt meine Seele zur Ruhe«, zitierte Fischer aus einem Psalm. »Denn von ihm kommt meine Hoffnung. Nur er ist mein Fels, meine Hilfe, meine Burg, darum werde ich nicht wanken. Wie lange rennt ihr an gegen einen Einzigen, stürmt alle heran wie gegen eine fallende Wand, wie gegen eine Mauer, die einstürzt? Ja, sie planen, ihn von seiner Höhe zu stürzen, lügen ist ihre Lust. Sie segnen mit ihrem Mund, doch in ihren Herzen fluchen sie. Nur ein Hauch sind die Menschen, die Leute nur Lug und Trug. Auf der Waage schnellen sie empor, leichter als ein Hauch sind sie alle. Vertraut nicht auf Gewalt, verlasst euch nicht auf Raub. Wenn der Reichtum auch wächst, so verliert doch nicht euer Herz an ihn. Bei Gott allein kommt meine Seele zur Ruhe, von ihm kommt mir Hilfe. Nur er ist mein Fels, meine Hilfe, meine Burg.«

Nach einem Schweigen strich Fischer sich mit den Fingern durch die vom Wind zerzausten Haare und setzte den Hut auf. Dann ging er, ohne auf die Leute in seiner Nähe zu achten, gebückt und mit beschwerten Schritten zu seinem grünen Mitsubishi.

11

»Dann war der kleine Körper in der Luft«

Verhöre, Vernehmungen, Gespräche.

Unabhängig davon, welche Wörter sie für diesen Bereich der Kriminalistik benutzten, ihr Hauptziel, so hatten sie gelernt, sei nicht das Belasten oder Entlasten von Verdächtigen, sondern die Ermittlung der Wahrheit. Die Wahrheit würde die Tat des Beschuldigten in einem komplexeren Zusammenhang erscheinen lassen, sie würde ihn entweder freisprechen oder überführen. Nur dann, wenn die Kommissare bei ihrem taktischen Vorgehen diese grundlegende Erkenntnis beherzigten, würden ihnen emotionale Irrwege erspart bleiben, und sie gerieten nicht in die Gefahr, sich provozieren oder durch Vorurteile, Zorn oder Zuneigung leiten zu lassen.

Wie manche seiner Kollegen haderte Polonius Fischer seit jeher mit dem Begriff der »professionellen Distanz«, der Vorstellung, man könnte einem Mörder, Totschläger oder einem vom Schmerz über das Verschwinden eines Angehörigen innerlich gekreuzigten Menschen mit »heißem Herzen und kühlem Kopf« gegenübersitzen, wie es in den polizeilichen Standardbüchern hieß.

»Die eigene Person zurücknehmen« – diese Forderung zu erfüllen war ihm während seiner Zeit als Hauptkommissar bisher kein einziges Mal gelungen.

Das bedeutete nicht, dass Fischer jeden Fall, jede Vernehmung, jede Vermissung persönlich nahm, sich von jeder Lüge herausgefordert fühlte und dass jedes mimische oder verbale Schauspiel auf die eine oder andere Weise Spuren bei ihm hinterließ.

Auf seine Art war er jedes Mal vollkommen anwesend, und er verstellte sich nicht. Anstatt einen Schritt zurückzutreten, betrat er die Nähe seines Gegenübers mit immer vernehmbareren Schritten – auch wenn er bloß dasaß, mit auf dem Tisch gefalteten Händen.

Wenn es sein musste, tat er Dinge, die manche seiner Kollegen für das Gegenteil von professioneller Distanz hielten, für das Gegenteil jeglicher polizeilicher Professionalität. Zum Beispiel seinen P-F-Raum mit dem Kruzifix an der Wand bei Bedarf in einen Beichtstuhl umzufunktionieren. Oder an einem Samstagmittag Spuren in einem Fall zu verfolgen, der längst abgeschlossen und bei dessen Ermittlungen er selbst auf rüde, unprofessionelle Art außer Gefecht gesetzt worden war.

In der Nähe der Rathausgalerie wartete er zwischen elf und zwölf auf Marcel Thalheim, bevor er eine weitere Stunde damit verbrachte, jungen Frauen ins Gesicht zu starren und auf dem Marienplatz zwischen Rathaus, Kaufhof und dem alten Rathausturm hin und her zu laufen, an der Mariensäule und dem Fischerbrunnen Touristen und Einheimische zu beobachten und unentwegt Ausschau nach einem etwa fünfzehnjährigen Mädchen mit einer Narbe auf der linken Wange zu halten.

Fast immer bei Mordermittlungen überwachten sie, falls die Tatzeit halbwegs feststand, auf diese Weise den Tatort. Manche Menschen folgten zwanghaft bestimmten Regeln, auch Mörder. Sie benutzten dieselben Wege, sie verhielten sich nach einem nachvollziehbaren Muster. Manchmal stießen die Ermittler so auf neue Zeugen, auf entscheidende Hinweise, die sie bisher übersehen hatten.

Nach zwei Stunden ging er die Treppe ins U- und S-Bahn-Geschoss hinunter. Er drängte sich durchs Gewühl, versuchte sinnlos, sich Gesichter einzuprägen. An einem Kiosk holte er sich einen Kaffee im Pappbecher und verbrannte sich fast die Zunge. Er sah eine alte Frau in einem zerknitterten Popelinemantel, die aus einem Mülleimer halb volle Flaschen herausfischte und in eine Plastiktüte steckte.

Er gab einem neben ihm am Stehtisch Bier trinkenden Mann recht, dessen Ausführungen über die Entwicklung der politischen Kultur in Deutschland neue Maßstäbe in Sachen Hirnrissigkeit setzten.

Er warf den halb vollen Kaffeebecher in den Abfall und eilte durch den Strom der gehetzten Samstagsmenschen zurück ans Tageslicht.

Es war ein grauer Tag, aber es regnete nicht. Der Wind hatte nachgelassen, und der blaue Anorak, den er seit Jahren nicht mehr angehabt hatte, wärmte gut.

Nach einem letzten Blick zum Marienplatz öffnete er die Tür eines vor dem Kaufhaus Beck geparkten Taxis. Im nächsten Moment schlug er die Tür wieder zu. Die Vorstellung, in einem Taxi zu sitzen, erschreckte ihn maßlos. Dass er überhaupt daran gedacht hatte, konnte er nicht begreifen. Ein beigefarbenes Taxi mit einem roten Werbestreifen. Ein gewöhnliches Taxi.

Er hielt seinen Hut fest, während er unter dem Rathausturm hindurchrannte, Richtung Tal, er wusste nicht, in welche Richtung. Er rannte zwischen Hunderten von Fußgängern, er umkurvte sie, er rempelte niemanden an. Dann lief er quer über die Straße zur Kreuzung am Isartor.

Außer Atem blieb er an der roten Ampel stehen, umringt von verwunderten Gesichtern. Taxis rasten vorüber. Es kam ihm vor, als wären nur Taxis, keine anderen Fahrzeuge unterwegs, und jedes einzelne verlangsamte vor ihm das Tempo. Unwillkürlich beugte er sich hinunter, um zu versuchen, einen Blick ins Innere zu erhaschen. Sie fuhren weiter, und er stand immer noch da und versperrte den Passanten, die bei Grün über die Straße gehen wollten, den Weg. Fröstelnd und verwirrt folgte er ihnen, taumelte hinter ihnen her bis zur nächsten Ampel. Dort sah er auf der anderen Seite ein S-Bahn-Schild. Und wieder war es längst grün, als er sich endlich mitten im Pulk in Bewegung setzte.

Vor den Rolltreppen ins Tiefgeschoss roch es nach Kaffee. Fischer blieb stehen und sog den Duft ein. Er wusste nicht, woher er kam, aber dieser Duft, der gewöhnlich war wie ein Taxi auf der Straße, erinnerte ihn an einen gewöhnlichen Alltag, an dem er seiner Arbeit nachging, so wie Ann-Kristin der ihren, und an dem er ihren Anruf erwartete, der dann auch erfolgte, an jedem einzelnen der gewöhnlichen Alltage.

»Nie mehr loslassen«, rief ein Junge hinter ihm. »Nie mehr loslassen.«

Fischer drehte sich um. Ein kleiner Junge mit einer roten Pudelmütze sauste auf eine Frau zu, die sich zu ihm hinuntergebeugt hatte, und sprang ihr in die Arme, und sie wirbelten im Kreis herum.

»Nie mehr loslassen«, rief er. »Nie mehr loslassen.«

Fischer rang nach Luft.

Als hätten seine Sätze von der ersten Minute nach dem Unfall an auf Fischer gewartet, hörte er nicht auf, von dem Mädchen zu erzählen.

Das Mädchen hatte einen Namen – Karina –, aber Kurt Hochfellner verwechselte ihn immer wieder. Einmal sagte er Karin, einmal Karen, einmal Klara, einmal Clarissa. Jedes Mal, wenn er den Namen aussprach, kippte seine Stimme. Dann redete er schneller und wiederholte sich, blickte mit furchtdunklen Augen vom Sofa zu Polonius Fischer, presste die Fäuste an die Wangen und schüttelte sich wie jemand, der friert oder eine Erinnerung loswerden möchte.

Aber, dachte Fischer nach einer Weile, dieser Mann würde seine Schreckensbilder niemals bewältigen, solange er sie weiter beschwor, jeden Tag für sich allein, und niemandes Hilfe annahm und in seiner Wohnung vor dem Fernseher blieb, abgelenkt von Quizshows und Fußballspielen, hinter vorgezogenen Vorhängen, in Trainingshose, T-Shirt und Morgenmantel, mit grauer Haut und verwilderten Gesten.

Am Montag nach dem ersten Advent fuhr Hochfellner wie üblich den Bus der Linie 155 von Berg am Laim zum Ostbahnhof. Nach der S-Bahn-Unterführung in der Rosenheimer Straße hielt er an der Kreuzung Orleansstraße an einer roten Ampel. Es war zehn vor eins und der Bus voll besetzt, das Wetter klar, der Verkehr übersichtlich. Hochfellner schaute in den Rück- und Außenspiegel, lenkte den Bus nach rechts und gab Gas. Da tauchte das Mädchen auf.

»Ich hab sie gesehen«, sagte Hochfellner. »Rote Mütze. Die Klara. Rote Mütze. Grüner Schulranzen. Alles gesehen. Sie ist weitergelaufen. Und ich bin über sie drübergefahren. Drübergebrettert …«

Karina Brandt hatte die rote Fußgängerampel nicht beachtet. Sie musste sehr schnell gerannt sein, denn die Straße war breit, es wäre genügend Zeit gewesen, das Mädchen zu sehen. Dennoch bemerkte Hochfellner sie erst im letzten Moment, er hatte keine Möglichkeit zu bremsen. Karina starb vier Stunden später im Krankenhaus. Nach den Ermittlungen der Kripo traf den Busfahrer keine oder nur geringe Schuld. Zeugen sagten aus, die Achtjährige sei mit gesenktem Kopf und ohne auf den Verkehr zu achten, quer über die Straße gelaufen, direkt vor den Bus. Wohin sie wollte, blieb unklar. Ihre Eltern wohnten in der Gravelottestraße, die auf der linken Seite von der Orleansstraße abzweigte, so dass Karina die Straße nicht überqueren, sondern geradeaus weitergehen hätte müssen.

»Ich kenn die Gravelottestraße«, sagte Hochfellner, »ich war da früher oft in einer Kneipe. Hab fränkischen Wein getrunken. In den Siebzigern. Da war noch was los in Haidhausen. Kneipen und Flohmärkte. Heut ist alles saniert und teuer.«

Nach dem Unfall wurde Kurt Hochfellner psychologisch betreut. Bald wollte er niemanden mehr sehen. Er steckte das Telefon aus, weigerte sich, mit seinem Arbeitgeber zu sprechen, schrieb Postkarten an seine Exfrau und ihren gemeinsamen Sohn, die er nachts, damit niemand ihn sah oder ansprach, zum Briefkasten brachte. An seinen Nachbarn huschte er grußlos vorbei. In den Geschäften in der Kirchenstraße, wo er in der Nähe des Haidhauser Friedhofs wohnte, redete er wenig. Wenn er seine Zweizimmerwohnung verließ, schaltete er den Fernseher nicht aus und ließ das Licht an. Im Gegensatz zu der Zeit vor dem Unfall ging er in kein Gasthaus mehr. Er hörte auf, Alkohol zu trinken, und beschränkte sich auf Mineralwasser, Bionade und Kaffee. Zu Weihnachten kaufte er Geschenke für seinen Sohn, die er seiner Exfrau in einem Parkhaus in der Innenstadt übergab.

»Die Elvira hat mich ausgefragt«, sagte Hochfellner, »die hat gedacht, ich dreh durch und bring mich um. Die hat keine Ahnung von mir, zum Umbringen bin ich viel zu feig. Ich will nur meine Ruh. Hat sie nicht verstanden, immer noch nicht. Der Marius schon. Der Marius hat ein Gespür für seinen Vater. Der fragt nicht viel, der redet nicht viel, der ist da und basta. So war der schon als kleines Kind. Das hat die Elvira lang nicht auf die Reihe gekriegt. Hat gedacht, mit dem Buben stimmt was nicht, weil der so still ist. Stilles Kind. Ganz still. Ich hab eine Mappe hier mit Zeichnungen …«

Auf den krakeligen Bleistiftzeichnungen lief eine Figur mit einem Buckel, der den Schulranzen darstellen sollte, über die

Straße und auf einen riesigen Kasten zu. Der Kasten war der Bus. Seite um Seite hatte Hochfellner vollgekritzelt. Die Bilder sahen aus wie schlechte Comicstrips. Über dem Geschehen ein schwarzer Himmel. Immer wieder eine durch die Luft fliegende Gestalt mit ausgebreiteten Armen und flammenden Haaren.

»Das ist die Karen«, sagte Hochfellner viele Male. »Die ist da über die Straße geflogen, habs mit ansehen müssen. Die kam von links. Nicht von rechts aus dem toten Winkel wie die Fahrradfahrer. Da pass ich auf, da ist noch nie was passiert. Mit einem Radler hats noch nie einen Unfall gegeben. Die Karina kam von links. Wieso? Hab die nicht gesehen. In der nächsten Sekunde ist sie schon geflogen. Vorher hab ich noch den Knacks gehört. Wie sie gegen das Blech gekracht ist. War nicht laut, nur so ein Knacksen. Dann war der kleine Körper in der Luft. Hoch in der Luft. Vor meinen Augen. Hab doch gleich gebremst. Nein, nicht gleich. Wenn ich gleich gebremst hätt, wär sie noch am Leben jetzt. Sie war zu schnell zum Bremsen. So ein kleines Mädchen.«

Am Heiligen Abend nahm Hochfellner am Gottesdienst im Liebfrauendom teil. Er stand am Gitter, nahe beim Eingang, damit er flüchten konnte, falls ihn jemand erkannte. Doch er blieb bis zum Ende, die Hände zu Fäusten geballt. Er war nicht fähig, die Hände zu falten. Er sprach kein Gebet, er hatte die Texte alle vergessen. Er ging selten in die Kirche, wenn, dann um eine Kerze für seinen Sohn anzuzünden, in alter Gewohnheit, weil Elvira das früher oft getan hatte, obwohl sie, wie er, kein religiöser Mensch war. Auf dem Domplatz hatte er dann weinen müssen, sagte er, aber er ging weiter bis zum Marienplatz und zwischen den beleuchteten, verlassenen Buden des Weihnachtsmarktes hindurch über den Viktualienmarkt. Und als er am Isartor ankam, bemerkte er, dass er immer noch weinte.

Fischer sagte: »Hätten Sie an Heiligabend nicht zu Ihrer Exfrau und Ihrem Sohn gehen können?«

Er rieb die Fäuste an seinen Wangen. »Hätt ich nicht. Elvira hat mich eingeladen, ihr neuer Freund war auch da. Den wollt ich nicht sehen. Und ich wollt auch die Elvira nicht sehen. Wollt niemand sehen.«

»Ihr Sohn hätte sich bestimmt gefreut.«

»Kann schon sein. Ich muss Ihnen noch erzählen, dass da ein Stau war vor der Anzinger Straße ...«

Er hatte es schon erzählt. Fischer hörte ihm weiter zu. Hochfellner fing von vorn an und blätterte in der aufgeschlagenen Mappe mit den Zeichnungen. Immer wenn sein Redefluss stockte oder er auf dem Sofapolster vor und zurück rutschte und sich mit den Fäusten abstützte, warf er einen Blick zum Fernseher, der ohne Ton lief und Ausschnitte aus internationalen Fußball-Ligen zeigte.

Schon an der Tür, bei der Begrüßung, hatte Fischer ihm den Grund seines Besuchs genannt und danach, im Wohnzimmer, den Namen Scarlett Peters erwähnt. Doch Hochfellner hatte, außer mit einem schnellen Nicken, nicht weiter darauf reagiert.

Nach ungefähr eineinhalb Stunden, nachdem er die Geschichte des tödlichen Unfalls wie ein verwirrendes Mantra wiederholt hatte, beugte er sich abrupt nach vorn, klemmte die Fäuste zwischen die Knie und verstummte eine Zeit lang.

»Jetzt hab ich ganz Ihren Namen vergessen«, sagte er, ohne den Kommissar anzusehen. Er blickte auf den Tisch mit der vergilbten Decke, klappte die braune Mappe mit den Zeichnungen zu, strich mit dem Zeigefinger behutsam über den grün karierten Karton.

»Polonius Fischer.«

Hochfellner ließ sich Zeit, schaute, wie aus Versehen, zum Fernseher, senkte den Kopf. »Die kleine Scarlett. Den Namen hab ich mir gemerkt. Ja, sie hat mir gewinkt, das ist wahr.«

Als er Fischer durch den Flur geführt hatte, hatte dieser ihn daran erinnert.

»Sie hat mir fast immer gewinkt, wenn ich vorbeigefahren bin. Sie war eine Winkerin. Sie hat auch Kollegen von mir gewinkt, das haben sie mir erzählt. Die kleine Scarlett. Sie muss so alt gewesen sein wie die kleine Karina. Acht oder neun. Dann war sie verschwunden. Dann hieß es, sie ist tot. Der behinderte Junge hat sie umgebracht. Ich erinner mich an die Berichte in den Zeitungen. Was ist mit ihr?«

Er sah Fischer aus verschatteten Augen an.

»Sie haben das Mädchen an dem Tag gesehen, an dem sie verschwunden ist. Haben Sie in ihrer Nähe noch jemand anderen gesehen? War sie allein unterwegs?«

»Allein unterwegs?« Hochfellner schüttelte sich wieder, als fröstele er. »Sie kam von der Schule. War allein, ja. Da waren sonst keine Schüler. Nur sie. Sie hat mir gewinkt, ich hab ihr zugenickt. Hat sie nicht gesehen, ging alles zu schnell. Hab damals meine Aussage bei der Polizei gemacht. Hab ja nichts Wichtiges gesehen. Ich war kein richtiger Zeuge.«

»Wieso warst du kein richtiger Zeuge, Papa?«

Mit einem Buch, dessen vergilbte Seiten sogar auf die Entfernung zu erkennen waren, stand ein etwa zehnjähriger rothaariger Junge in der Tür zum Flur. Verglichen mit der Nase von Polonius Fischer, war die des Jungen eine Erbse, umringt von Sommersprossen, von denen einige vom Rand der runden Brille verdeckt wurden. In seinen engen blauen Jeans und dem schmal geschnittenen Kragenhemd sah er mager aus. In seinem Blick lag eine ähnlich farblose Schwermut wie in dem seines Vaters.

»Da kommt Marius«, sagte Hochfellner.

Der Satz rührte den Kommissar. Marius wirkte nicht so,

als würde er je irgendwo hinkommen, eher so, als wären sämtliche Ecken der Welt nur für ihn bestimmt, und alle lägen im Schatten.

»Grüß dich, Marius«, sagte Fischer.

Der Junge musterte ihn mit zusammengekniffenen Augen, während er das Buch mit beiden Händen vor der Brust umklammerte. Bisher hatte Hochfellner mit keinem Wort erwähnt, dass sein Sohn sich in der Wohnung aufhielt. Die ganze Zeit hatte Fischer vom Flur her keinen Laut gehört.

»Du hast versprochen, mir den letzten Mohikaner weiter vorzulesen«, sagte Marius mit leiser Stimme.

»Mach ich doch auch.« Noch immer saß Hochfellner vornübergebeugt auf dem Sofa, die eine Hand auf der Mappe, die Faust der anderen aufs Kissen gestützt.

Wortlos schaute Marius den Kommissar an. Aus dem oberen Rand seines Buches ragte ein grünes Lesezeichen.

»Ich heiße Polonius Fischer.«

»Das weiß ich schon.«

»Woher weißt du das?«

»Ich hab an der Tür gelauscht.«

»Wie Falkenauge.«

»Nein«, sagte Marius, »wie Chingachgook.«

Noch einmal wandte Fischer sich an Hochfellner. »Danke für Ihre Zeit, ich hoffe, dass Sie bald wieder arbeiten können.«

»Das hofft die Mama auch«, sagte Marius. Er hatte sich noch keinen Millimeter bewegt. Lautlos wie ein Indianer hatte er seine Zimmertür geöffnet und war herübergeschlichen.

Fischer stand auf und gab Hochfellner, der sich ebenfalls erhob, die Hand. Der Busfahrer drückte sie flüchtig und schaute, wie aus zwanghafter Gewohnheit, wieder zum Fernseher.

»Die kleine Scarlett, die kleine Katrina ...« Er blickte seinen Sohn mit verzerrter Miene an. Der Junge runzelte die Stirn und machte seinem Vater wortlos Platz.

»Machs gut«, sagte Fischer.

Marius hob die rechte Hand wie zu einem indianischen Gruß.

Hochfellner hatte die Wohnungstür schon halb geöffnet. »Haben Sie mit Scarletts Vater gesprochen?«, sagte er.

»Damals.«

»Steht in seiner Aussage nichts drin, ob die Scarlett noch jemandem begegnet ist an dem Tag?«

»Das kann ihr Vater nicht wissen«, sagte Fischer. »Er war dienstlich unterwegs.«

»Mittags war er da«, sagte Hochfellner. »Ich hab ihn gesehen.«

»Sie haben Scarletts Vater gesehen, nachdem das Mädchen Ihnen gewinkt hat?«

»Nein.« Wieder durchfuhr den Busfahrer ein Frösteln. »Ich hab seinen Wagen gesehen, den schwarzen Porsche, den hab ich gekannt, weil er Scarlett damit ein- oder zweimal an der Haltestelle abgeholt hat, sie war jedes Mal ganz überrascht.«

»Der schwarze Porsche stand an jenem 8. April in der Lukasstraße?«

»War das der 8. April? Ja, der Wagen stand da, ich glaub, es saß jemand drin. Kann ich nicht beschwören. Ist zu lange her.«

»Der Polizei haben Sie das nicht erzählt, Herr Hochfellner.«

»Nein? Wahrscheinlich fand ichs nicht wichtig. Der war ja da zu Hause.«

»Scarletts Eltern waren damals schon getrennt, ihr Vater hatte eine eigene Wohnung.«

»Hab ich nicht gewusst. Hat mir niemand erzählt. Sonst

war ja nichts. Das arme Mädchen hat mir gewinkt. Das war alles.«

»Ja«, sagte Fischer.

Hochfellner nickte, und bevor Fischer noch etwas sagen konnte, schloss er leise die Tür und sperrte sie ab.

Im Treppenhaus roch es nach frisch gebackenem Kuchen. Fischer sog wieder den Duft ein und leckte sich die Lippen und schmeckte Kaffee auf der Zunge, heißen, frisch zubereiteten Espresso. Er stand da und kaute und schmatzte.

»Was bedeutet das?«, fragte Liz Sinkel am Telefon.

»Wenn es tatsächlich der Porsche von Borkham war«, sagte Fischer, »dann muss er von Augsburg mit dem Dienstwagen nach München zurückgekehrt, in sein eigenes Auto umgestiegen und nach Ramersdorf gefahren sein. Um was zu tun? Auf seine Tochter zu warten? Und danach? Gegen siebzehn Uhr war er definitiv wieder vor dem Tagungshotel.«

»Woher willst du das wissen?«

»Ich muss in den Protokollen nachsehen, ich weiß die Zeiten nicht auswendig, ich weiß nur noch, dass er die drei Teilnehmer am Abend wieder vor der Siemens-Zentrale in München abgesetzt hat.«

»Was Borkham in der Zwischenzeit getan hat, weißt du nicht«, sagte Liz.

»In diesen Akten stehen lauter Lücken.«

»Der Busfahrer hat sich vermutlich getäuscht«, sagte Liz. Sie telefonierte vom Handy aus in ihrer Wohnung, die nur etwa zwei Kilometer entfernt vom Haidenauplatz lag, wo Fischer vor einer Bushaltestelle auf und ab ging. Liz hatte ihn angerufen, weil sie ihm »etwas Merkwürdiges« mitteilen wollte. Doch dann hatte sie erst ihn erzählen lassen, und er hatte sogar den Kuchengeruch im Treppenhaus erwähnt. So unverhüllt sprechen hatte sie ihn noch nie erlebt.

»Mir zittern schon die Arme«, sagte Fischer, »ich muss dringend was essen.«

»Du solltest ein paar Stunden schlafen.«

»Ich habe es versucht«, sagte er. »Was hast du für eine Neuigkeit, und wieso klingt sie merkwürdig?«

»Es hat etwas mit dem Jungen zu tun, den du heut auf dem Marienplatz getroffen hast.«

»Ich habe ihn nicht getroffen«, sagte Fischer. »Er ist nicht gekommen.«

»Das ist doppelt merkwürdig. Wir haben nämlich eine Vermisstenmeldung, sie kam rein, als ich heut Mittag grad das Büro verlassen wollt. Die Eltern einer siebzehnjährigen Schülerin haben ihre Tochter als vermisst gemeldet. Sie wollt wie jeden Samstag mit einer Freundin vom Marienplatz aus zum Shoppen gehen. Die Freundin, Luisa, hat aber vergeblich gewartet. Das verschwundene Mädchen heißt Silke Heinrich, kennst du den Namen?«

»Nein. Wo ist der Zusammenhang mit Marcel Thalheim?«

»Luisa behauptet, ihre Freundin habe ihr von einem schwarz gekleideten, groß gewachsenen Jungen mit langen dünnen schwarzen Haaren erzählt, der sie vor einer Woche vor dem Rathaus angesprochen und behauptet hat, sie, Silke, sei ein Mädchen, das vor sechs Jahren spurlos verschwunden ist. Er erkenne sie an ihrer Narbe auf der Wange genau wieder. Silke hielt ihn für einen Spinner und ist weggegangen. Er sei ihr nachgelaufen und habe erst von ihr abgelassen, als Leute auf den zudringlichen Jungen und das Mädchen aufmerksam wurden und von ihm verlangten, sie in Ruhe zu lassen. Das hat er dann auch getan. Aber Luisa glaubt sich zu erinnern, diesen Jungen schon am Samstag vor zwei Wochen auf dem Marienplatz gesehen zu haben, und da habe er auch schon versucht, Silke anzusprechen, sei aber von einem Polizisten dran gehindert worden. Luisa beobachtete die Szene, weil sie bereits auf ihre Freundin gewartet hat. Die beiden kümmerten sich nicht weiter um den Jungen. Zu diesem Zeitpunkt hielten sie ihn einfach für einen nervigen Typen, der sich für den Fasching verkleidet hat, als Grufti-Verschnitt, wie Luisa sich ausdrückte. Ihre Beschreibung des Jungen, inklusive der Ringe an seinen Fingern, passt auf Marcel Thalheim. Die Kollegen von der Vermisstenstelle wollten mit ihm sprechen, er ist nicht zu Hause, seine Mutter weiß nicht, wo er sich aufhält. Angeblich ist er auf Motivsuche für einen Handyfilm. Jetzt verrat mir, wie soll ein Junge am helllichten Tag mitten auf dem Marienplatz ein normal gewachsenes, nicht gerade ängstliches Mädchen entführen? Unter tausend Zeugen?«

»Wie kann am helllichten Tag ein neunjähriges Mädchen aus einem dicht bewohnten Stadtteil verschwinden?«, fragte Fischer.

»Das ist was anderes.«

»Wie ist es möglich, am helllichten Tag unbemerkt ihre Leiche zu beseitigen?«

»Der Junge hat das Mädchen nicht entführt«, sagte Liz. »Sie muss freiwillig mit ihm mitgegangen sein. Falls sie überhaupt bei ihm ist.«

»Er hat mir nichts davon gesagt, dass er das Mädchen ein zweites Mal getroffen hat.«

»Er hat dich also angelogen«, sagte Liz.

»Er hat mir nur einen Teil der Wahrheit erzählt.«

»Warum hat er das getan?«

»Er hat sich vielleicht geschämt.«

»Wofür?«

»Für seinen Brief und dafür, dass er mich treffen wollte, obwohl er inzwischen wusste, dass er sich getäuscht hat. Dass das Mädchen vom Marienplatz nicht Scarlett Peters ist.«

»Was will er dann noch von ihr?«

»Vielleicht glaubt er ihr nicht«, sagte Fischer. »Er hält an seiner Vorstellung fest.«

»So wie du.« Liz wollte ihn nicht kränken. »Warum hat sie ihre beste Freundin nicht eingeweiht?«, fragte sie schnell.

»Vielleicht ist das Mädchen aus einem ganz anderen Grund verschwunden.«

»Glaubst du das? Glaubst du, dass das Verschwinden von Marcel und Silke nicht zusammenhängen?«

Fischer ließ sich mit der Antwort viel Zeit. Ein blauer Linienbus hielt an. Zwei Frauen stiegen aus, und der Bus fuhr auf der Orleansstraße weiter in Richtung Ostbahnhof, dorthin, wo Kurt Hochfellner die achtjährige Karina überfahren hatte.

»Ich glaube es nicht«, sagte Fischer.

Eine Weile sagten beide nichts.

»Hat das LKA inzwischen den Mantel zurückgebracht?«, fragte Fischer.

»Weiß ich nicht«, sagte Liz. »Was hast du jetzt vor?«

»Ich suche weiter.«

»Was denn?« Ihre Wut überrumpelte sie. »Hör auf damit. Leg dich schlafen. Spinnst du denn?«

»Nein«, sagte Fischer. »Ich ruf dich wieder an, Liz.«

Sie schrie fast ins Telefon. »Du rufst mich wieder an? Das ist doch Mumpitz, was du da treibst. Wenn Weningstedt oder Linhard das mitkriegen ...«

Er hatte die Verbindung unterbrochen und tippte schon die Nummer der Vermisstenstelle.

12

»Du kannst weitersprechen, Scarlett«

Ein verlassenes einstöckiges Haus mit einer grünen, abblätternden Rauputzfassade und geschlossenen braunen Fensterläden. Ein verwilderter Vorgarten, Sträucher, eine knorrige Fichte, zum Bürgersteig hin ein Palisadenzaun. In diesem Haus in der Lukasstraße, unweit des Ostparks, wohnte seit Langem niemand mehr. Abfallreste lagen im fauligen Gras, zerknüllte Zigarettenschachteln, zerrissene Zeitungsseiten, eine schmutzige rote Kinderschaufel.

Zwei Häuser weiter, an der Ecke zur Berger-Kreuz-Straße, umgab eine Thujenhecke das Grundstück. In einem der Fenster brannte ein Lichterkranz. Die Steintreppe zur Haustür sah aus, als wäre sie vor Kurzem mit einem Hochdruckreiniger abgesprüht worden. An der Tür hing ein goldfarbener Schutzengel. Auch dieses Haus – wie die meisten in der nahen Umgebung – hatte nur ein Stockwerk. Die oberen Fenster waren dunkel.

Nachdem Fischer sich an einer der Steinstufen die Schuhe abgeklopft hatte, wollte er klingeln. Auf keinem der beiden Schilder stand ein Name. Er drückte auf den unteren Knopf. Mindestens eine Minute verging, bevor jemand eine Zimmertür öffnete.

»Wer ist da?«, sagte die Stimme einer Frau.

Fischer nannte seinen Namen und erklärte, er beschäftige sich mit dem Fall Scarlett Peters. »Sind Sie Frau Thalheim?«

»Woher kennen Sie meinen Namen?«, fragte sie.

»Aus den Akten«, sagte er, obwohl er sich nicht daran erinnern konnte.

»Na gut.« Sie drehte den Schlüssel und zog die Tür auf.

Vor ihm stand eine Frau um die fünfzig, mit weißen, schulterlangen Haaren und einem hellen, leicht geröteten Gesicht. Sie war kleiner als er, nicht gerade schlank, das Gewicht verteilte sich vor allem auf die Hüften und die Brust. Sie trug Jeans und eine aus der Hose hängende weiße Bluse und roch ein wenig nach Schweiß und ein wenig stärker nach Zigaretten und Bier.

Sie sagte: »Und was wollen Sie jetzt nach all den Jahren?«

»Zeugen haben vielleicht neue Spuren entdeckt«, sagte Fischer. »Wir sind noch nicht sicher, wir verfolgen die Spuren, es ist schwierig.«

Wenn er schon illegal ermittelte, musste er zumindest auf seine Worte achten, damit sie ihm später nicht falsch ausgelegt werden konnten. In so einer Situation war er noch nie gewesen.

»Sie sehen extrem müde aus«, sagte sie. »Sind Sie krank? Kann ich bitte Ihren Ausweis sehen?« Ihre großen dunklen Augen wurden noch dunkler, noch größer.

Sein Dienstausweis steckte in der Innentasche des Anoraks, und er musste erst umständlich den Reißverschluss aufziehen. Trotz seiner Anspannung fiel ihm auf, dass es im Haus vollkommen still war. Auf der Berger-Kreuz-Straße, der Strecke des Linienbusses 155, herrschte wenig Verkehr. In den Seitenstraßen rund um die Lukasstraße war kein Auto unterwegs.

Sie gab ihm den Ausweis zurück. »Ich heiß Linda«, sagte sie. »Dann kommen Sie rein und erklären mir, warum Sie den alten Fall neu aufrollen wollen. Was ist? Trauen Sie sich nicht?«

Fischer stand auf der Treppe, die Arme hingen an ihm herunter. Plötzlich wusste er nicht mehr, wo er war. Mehrere

Sekunden lang verlor er die Orientierung. Er hatte vergessen, wie er hierhergelangt war und welche Absichten er verfolgte. Er wollte die Hand heben, um seinen Hut abzunehmen, aber ihm fehlte die Kraft. Die Erschütterung war so stark, dass er die drei Steinstufen wieder hinunterging, auf der Lukasstraße die Augen schloss und mit geöffnetem Mund die kalte Nachtluft einatmete. Er hörte sein Schnaufen und schämte sich dafür.

Mit behutsamen Schritten kehrte er zu Linda Thalheim zurück.

»Entschuldigen Sie«, sagte er.

»Schon in Ordnung. Möchten Sie einen Kaffee?«

»Nein.«

Sie wandte sich um. Er folgte ihr in den Hausflur. Sie schloss die Tür hinter ihm. Vom Flur führte eine Treppe in den ersten Stock. Die Tür zur Parterrewohnung stand offen. Die Tür zum Keller, an der ein Poster mit einem futuristisch gekleideten Ritter hing, war geschlossen. Auf dem Poster las Fischer: *Hier kommst du nicht rein!*

»Wann haben Sie Ihren Sohn heute gesehen?«

»Heut früh. Was ist mit ihm?« Linda wartete, bis Fischer an ihr vorbei in die Wohnung ging.

»Wissen Sie, wo er jetzt ist?«

»Ja«, sagte sie. »Unten im Keller, er bastelt am Computer seine Filme zusammen. Hat er was angestellt?«

»Ist er allein im Keller?«

»Vermutlich.« Sie schloss die Wohnungstür, streifte ihre braunen Filzpantoffeln ab und lief barfuß über den Teppich. »Marcel war mal kurz in der Küche und hat zwei Flaschen Malzbier geholt, von einem Besuch hat er nichts gesagt. Ich dacht, es geht um die kleine Scarlett.«

»Um die geht es auch.«

»Wieso auch?«

»Ich habe sehr großen Durst«, sagte Fischer unvermittelt.

»Das seh ich«, sagte Linda. »Ihre Lippen sind schon ganz ausgedörrt. Setzen Sie sich irgendwohin.«

»Stört es Sie, wenn ich ein wenig auf und ab gehe?«

»Verlaufen Sie sich nicht.«

Linda verschwand in der Küche. Fischer machte ungelenke Schritte im Kreis. Seinen Hut hatte er vergessen abzunehmen.

An jeder Wand des Zimmers standen Regale voller Bücher in allen Farben und Größen. In einer Ecke ein kleiner grauer Flachbildfernseher mit DVD- und Videorecorder. Neben der Tür ein breiter niedriger Glasschrank, gefüllt mit Schallplatten, darauf der Plattenspieler und die Stereoanlage. Bei der Durchreiche zur Küche ein runder Esstisch, übersät mit Prospekten und Zeitschriften. Vor einem der vier Fenster ein einfacher weißer Schreibtisch mit einem beweglichen blauen Stuhl, auf dem Tisch Notizblöcke, Farbstifte, ein Aschenbecher mit etlichen Kippen, zwei angebrochene Schachteln Zigaretten, eine Keramikschale mit Muscheln, eine andere mit Rosenblättern, ein aufgeklappter Laptop, auf dem ein bunter Bildschirmschoner flimmerte. Im Zimmer war es warm und das Licht gedämpft. Keine Fotos oder Bilder.

Wortlos war Linda Thalheim näher gekommen. Als sie Fischer ein halb gefülltes Wasserglas und eine Flasche hinhielt, nahm er beides. Er leerte das Glas in einem Zug, schaute sich um, stellte Glas und Flasche auf den Tisch und steckte die Hände in die Anoraktaschen. Er wollte vermeiden, Spuren zu hinterlassen. Inzwischen tat er so viele kleine Dinge, die ihm nicht mehr auffielen.

»Haben Sie auf einmal keinen Durst mehr?«

»Doch.« Er wandte den Kopf zur Tür. Er bildete sich ein, etwas gehört zu haben.

Lindas Blick war ernst und skeptisch.

»Ihr Sohn hat mir einen Brief geschrieben«, sagte Fischer.

Jetzt lächelte sie, eine Armada kleiner Falten umzingelte ihren Mund. »Mein Sohn schreibt nie Briefe, er schreibt nicht mal besonders gern E-Mails, was erstaunlich ist für einen Computersüchtling wie ihn. Wieso sollt er Ihnen einen Brief schreiben, er kennt Sie doch überhaupt nicht.«

»Er hat an mich übers Polizeipräsidium geschrieben. Er kannte meinen Namen aus der Zeitung. Als Scarlett Peters verschwand, war ich in der Sonderkommission. Offensichtlich hatte er Vertrauen in meine Arbeit gefasst.«

Die Skepsis in ihrem Blick verwandelte sich in einen Ausdruck fassungslosen Staunens. Ihr fragendes, ratloses »Ja« war kaum zu verstehen.

»Er schrieb mir einen Brief, weil er nicht wusste, an wen er sich sonst in dieser Angelegenheit wenden sollte.«

»In ... welcher ... Angelegenheit, Herr ... Fischer?«

»Marcel glaubt, Scarlett Peters vor zwei Wochen auf dem Marienplatz gesehen zu haben.«

»Gehen Sie nicht weg«, sagte Linda verwirrt und huschte zum Schreibtisch. Sie zündete sich eine Zigarette an, nahm den Aschenbecher und setzte sich auf die Couch. Aus großen Augen schaute sie Fischer an. »Ich hör Ihnen zu. Marcel hat das tote Mädchen gesehen, hab ich das richtig verstanden?«

»Er ist überzeugt, dass sie noch lebt. Ihre Leiche wurde nie gefunden. Marcel hat sämtliche Berichte über den Fall gesammelt, Scarlett war eine Freundin von ihm.«

Linda hatte den Aschenbecher auf den Knien und stocherte mit der brennenden Zigarette in den Kippen. »Sie kannten sich, sie sind miteinander in die Schule gegangen, er mochte sie, das weiß ich schon. Ich versteh das nicht. Wie lang ist das denn her, seit Scarlett verschwunden ist, vier, fünf Jahre doch ...«

»Sechs Jahre«, sagte der Kommissar. »Im Grunde ist der

Fall nach wie vor ungeklärt, trotz der Verurteilung eines Täters.«

»Der Jockel«, sagte Linda, drückte die Zigarette aus und stellte den Aschenbecher auf den Boden. »Der Jockel soll sie ermordet haben. Niemand hier hat das für möglich gehalten. Hat er nicht ein Geständnis abgelegt?«

»Ja, und er hat es widerrufen. Ich würde gern mit Ihrem Sohn sprechen, Frau Thalheim.«

»Ich auch«, sagte sie und stand auf. Sie huschte nah an ihm vorbei, schlüpfte in ihre Pantoffeln und war schon an der Kellertür, bevor Fischer ihr hinterherkam.

Schuhe säumten die Kellertreppe, ungefähr zwanzig Paar. Fischer stützte sich an der Wand ab, um nicht zu stolpern.

Unten klopfte Linda an die linke der drei geschlossenen Türen. Aus einem der Räume drang das Brummen der Heizungsanlage. Hinter der Tür, an die Linda geklopft hatte, blieb es still.

»Marcel«, rief sie. »Hier ist Besuch für dich.« Sie schlug noch einmal gegen die massive Tür und drückte die Klinke. Es war abgesperrt.

Nach einer Weile drehte jemand den Schlüssel. Die Tür ging einen Spaltbreit auf. Fischer erkannte Marcels bleiches Gesicht und seine schwarzen dünnen Haare.

»Was ist?«, sagte der Junge.

Fischer stellte sich neben Linda. »Ich habe heut Mittag auf dich gewartet.«

»Tut mir leid.« In dem Raum brannte fahles Licht.

»Dürfen wir mal rein?«, sagte Linda.

»Ist jetzt schlecht.«

»Kennst du ein Mädchen mit dem Namen Silke Heinrich?«, fragte Fischer.

»Kenn ich nicht.«

»Du hast mit ihr am Marienplatz gesprochen.«

»Hab ich nicht.«

»Lass uns rein«, sagte Fischer. »Sonst kommst du in eine schwierige Situation.«

»Wie, schwierig?«

»Sehr schwierig, Marcel«, sagte Fischer, drängte sich an Linda vorbei, schob die Tür auf und den Jungen zur Seite und betrat den engen Raum.

Links hinten standen zwei Computer auf Sperrholzplatten, die über zwei Holzböcke gelegt waren. Zwischen den Böcken hing eine graue Wolldecke bis zum Boden, die von einer alten Schreibtischlampe angestrahlt wurde. Die Lampe stand auf einem schiefen Campingtisch. Auf einem Plastikklappstuhl lag eine Videokamera.

»Wer ist unter dem Tisch?«, sagte Fischer.

»Niemand«, sagte Marcel.

»Soll ich nachsehen?«

Linda versetzte ihrem Sohn einen Stoß in die Seite. »Du hast dem Herrn Fischer einen Brief geschrieben und mir kein Wort davon gesagt.« Sie schubste ihn noch einmal. »Du verheimlichst mir schon wieder was. Ist da jemand unter dem Tisch?«

Marcel stand da, mit hängenden Armen, in einer schwarzen Pluderhose und einem weiten schwarzen Hemd. Seine strähnigen Haare bedeckten die Hälfte seines Gesichts. Er schob den Mund hin und her und starrte zu den Computern.

»Wen hast du hier versteckt, Marcel?« Fischer hatte nur noch Augen für das Versteck.

Marcel gab einen knurrenden Laut von sich, nahm die Videokamera, schaltete sie an und sagte in Richtung der herunterhängenden Wolldecke: »Take sechs: Scarlett Peters berichtet aus ihrem Verlies. Du kannst weitersprechen, Scarlett.«

Dann hielt er die Kamera hoch, und die dünne, erschöpfte Stimme eines Mädchens ertönte.

13

»Deshalb fürcht ich mich nicht«

»Und dann«, sagte das Mädchen mit weicher Stimme in seinem Versteck, »bin ich nur noch in der Nacht auf die Straße gegangen, und niemand hat mich gesehen. Das war das Schönste. Ich war unsichtbar und konnte machen, was ich wollte. Und jeden Tag hat mir mein Freund etwas zu essen gebracht. Manchmal haben wir gemeinsam gegessen, und er hat mir erzählt, was in der Schule los ist und was sonst passiert auf der Welt. Bis in die Nacht hinein sind wir dagesessen, und ich hab mich an ihn angelehnt und ihm zugehört.

Ich glaub, niemand hat mich wirklich vermisst, meine Mutter bestimmt nicht. Die hat so viel mit sich selber zu tun, so viel den ganzen Tag, da vergisst die mich von selber. Allen Leuten sagt sie, dass sie mich liebt. Das sagt sie nur so, weil die Leute das hören wollen. Weil ich doch verschwunden und wahrscheinlich tot bin, und der Jockel ist verurteilt worden. Weil er mich umgebracht hat. Später mal werde ich ihm alles erklären. Ich werd zu ihm ins Gefängnis gehen und ihm sagen, dass es mir sehr leidtut, dass er wegen mir eingesperrt worden ist. Aber eigentlich ist das nicht meine Schuld.

Ich hab ihn nicht verurteilt, ich hab ihn nicht mal angezeigt, als er vor mir die Hose ausgezogen hat und mir sein ekeliges Ding gezeigt hat. Der weiß doch gar nicht, was mit ihm los ist, er macht einfach was und erschreckt die anderen Kinder. Dann lacht er sie aus und sich selber auch.

Vor dem Jockel hab ich nie Angst gehabt, ich bin gern mit ihm mitgegangen und hab den leckeren Schokokuchen von seiner Mama gegessen. Er hat sich immer ein riesiges Stück in den Mund gesteckt, dann war sein ganzer Mund verschmiert. Aber er hat bloß gelacht und ich auch, und dann haben wir Playstation gespielt, und er hat immer verloren. Das war ihm gleich. Ich wollt nicht, dass er wegen mir ins Gefängnis geht. Was hätt ich machen sollen? Ich werds ihm erklären, später mal, ganz bestimmt, versprochen, Jockel, das versprech ich dir. So war das alles …«

Hinter der herunterhängenden Wolldecke war das Rascheln von Papier zu hören, ein Schniefen, ein leises Schmatzen. Marcel setzte sich mit der Kamera auf den Klappstuhl.

»Marcel …«, sagte seine Mutter, und er machte »Psst«. Dann fing das Mädchen wieder an zu sprechen.

Fischer stand da, von einem Schrecken erfüllt, den er vor lauter Zuhören kaum begriff.

»Früher, als ich ein kleines Mädchen war, hab ich mich dauernd gefürchtet. Das weiß ich noch genau, aber ich weiß nicht mehr, wovor. Und ich glaub, das hab ich damals auch nicht gewusst. Aber gefürchtet hab ich mich, nicht nur in der Nacht, wenn ich im Bett gelegen bin und drüben meine Mutter gestöhnt und geschrien hat. Das war schlimm. Ich hab gedacht, gleich kommen die Nachbarn und schmeißen uns raus und ich muss in ein Heim. Weil jemand meine Mutter umgebracht hat. Ich hab immer Angst gehabt, dass sie so schreit, weil jemand sie erwürgen oder erschlagen will. Da waren so Geräusche, es hat gekracht und gescheppert. Am liebsten wär ich rübergelaufen und hätt an die Tür gepumpert. Hab mich nicht getraut. Das Schreien und das Wimmern hat dann auch aufgehört, und dann bin ich eingeschlafen.

Und im Traum hab ich mich weitergefürchtet. Da sind dunkle Wesen aus den Wäldern gekommen und haben mich verfolgt. Ich bin gerannt und gerannt, und oft bin ich hingefallen und konnt nicht mehr aufstehen. Ich konnt einfach nicht mehr aufstehen. Jedes Mal, wenn ich mich mit den

Händen abgestützt hab und schon fast wieder gestanden bin, sind meine Beine abgeknickt wie Streichhölzer. Das war das Schlimmste. Die dunklen Wesen waren schon ganz nah, ganz nah waren die. Ich wollt schreien, und das hab ich nicht können. Da ist kein Laut aus meinem Mund rausgekommen. Ich hab auf der Straße gekniet, mit offenem Mund, und konnt mich nicht bewegen.

Dann bin ich aufgewacht, und mein Herz hat über mich rausgeschlagen, bis in den Flur raus und ins Zimmer meiner Mutter. Die hat nichts gehört.

Mein ganzer Körper war voller Schweiß, ich hab die Decke auf den Boden geworfen und bin aufgestanden. Ich musst ja ganz leise sein, damit niemand was merkt. Ich hab mich nicht getraut, das Fenster aufzumachen. Ich bin bloß dagestanden, in meinem Schlafkleidchen, und hab geschwitzt und gezittert und hab mein Herz pumpern hören. Und Angst hab ich gehabt, und immer Angst, die ist nicht weggegangen, die ist in mir dringeblieben wie eine Fledermaus, die ist in mir rumgeflattert, rauf und runter. Deswegen hab ich so gezittert, weil die Angst so geflattert hat in mir, die Fledermausangst.

Das hab ich nie wem erzählt, erst später meinem Freund. Der weiß jetzt alles von mir, und meine Mutter weiß gar nichts. Für sie hab ich sowieso nicht richtig existiert. Sie hat mich bloß angezogen und hat mir zu essen hingestellt und ist mit mir in den Tierpark gegangen, wenn ich lang genug an sie hingebenzt hab. Weil ich doch so gern im Vogelpark gewesen bin, bei den lustigen Waldrappen mit den langen roten Schnäbeln und den Störchen hoch oben unter dem Eisennetz und den Enten und Gänsen. Da hab ich immer ein Glück gespürt, da wär ich gern geblieben. Musst aber wieder zurück in die Lukasstraße. Da wollt ich nie hin. Deswegen bin ich auch weg und hab beschlossen, dass ich wegbleib und schau, was passiert und wie lang ich überleb.

Und wenn ich verhunger, dann werd ich nicht traurig sein, denn trauriger, als ich in der Lukasstraße gewesen bin, kann man nicht werden. Und wenn ich erfrier, weiß ich, dass es, wenn man tot ist, ganz warm ist. Die Toten frieren nicht mehr, die leben nah bei der Sonne, sie kriegen jeden Tag ein Essen gratis und ein Wasser dazu oder eine Himbeersaftschorle, und in der Nacht haben sie ganz leichte Träume. Da kommen keine dunklen Wesen aus den Wäldern, es gibt nämlich keine Wälder mehr, wenn man tot ist. Wenn man tot ist, ist auch die Angst tot, und deshalb fürcht ich mich nicht vor dem Totsein.

Du musst keine Angst haben, ich sterb schon noch nicht. Solang du mir jeden Tag ein Essen bringst und mir Geschichten erzählst, bin ich fast so glücklich wie bei den Störchen in Hellabrunn.

Sechs Jahre leb ich jetzt schon so, alle halten mich für tot. Und wenn ich achtzehn bin, besuch ich den Jockel und red mit ihm. Und vielleicht geh ich vorher zu seiner Mama und bitt sie, dass sie einen Schokokuchen backt, den bring ich dem Jockel mit, und den essen wir dann gemeinsam, und er hat bestimmt wieder einen verschmierten Mund.

So wird das sein, ich hab gar keine Angst mehr. Ich freu mich schon, wenn du morgen wieder kommst. Vielleicht gehen wir bald mal zusammen spazieren. Jetzt kennt mich ja niemand mehr, ich bin ja sechs Jahre älter als damals, als ich für die anderen gestorben bin. Wir gehen an die Isar. Oder in den Tierpark, und ich schau mal, was der Waldrapp macht, ob der immer noch so einen roten langen Schnabel hat, oder ob der rote Schnabel auch grau wird wie das Gefieder der Vögel und die Haare der Menschen.

Jetzt muss ich schlafen. Wenn du zufällig meinen Papa auf der Straße siehst, darfst du ihm winken. Aber du musst schnell winken, denn er hat einen Porsche.«

Wieder raschelte etwas, wie Papier. Dann war es still hinter der grauen Decke.

Marcel legte die Kamera auf den Stuhl, warf Fischer einen Blick zu, der so dunkel war wie der seiner Mutter, und schlug die Decke zurück.

Unter der Sperrholzplatte kniete ein schmächtiges Mädchen mit blonden, fransigen Haaren, mit eingezogenen Schultern und einem Gesicht, das weiß war wie die Kellerwand. Tränen rannen aus ihren blauen Augen und über die tiefe Narbe auf ihrer linken Wange. Um den Hals trug sie eine Kette mit dunkelblauen runden Steinen.

Sie weinte stumm, mit zusammengepressten Lippen. Neben ihr auf dem Steinboden lagen verstreut karierte Blätter.

»Wer ist das, Marcel?«, sagte Linda Thalheim leise.

Der Junge warf die Decke auf den Boden und verharrte, mit dem Rücken zu uns.

»Sie sind Silke Heinrich«, sagte Fischer zu dem Mädchen.

Ihr Nicken dauerte den Bruchteil einer Sekunde.

»Bitte?«, sagte Linda. Sie wollte noch etwas sagen, zögerte und drehte sich um. »Ich koch jetzt Kaffee, und dann möcht ich informiert werden über alles, was ich noch nicht weiß.«

Nachdem Linda die obere Kellertür und die Wohnungstür geschlossen hatte, schniefte das Mädchen laut, wischte sich über die Augen und krabbelte unter dem Tisch hervor.

Als sie vor Fischer stand, hielt sie sich beide Hände vors Gesicht.

»Wieso hab ich das getan?«, sagte sie hinter ihren Händen. »Wie kann man nur so dumm sein? Ich schäm mich so.« Sie nahm die Hände herunter.

»Wer sind Sie eigentlich?«

»Polonius Fischer. Ich war mit Marcel verabredet, aber er ist nicht gekommen.«

»Er ist von der Polizei«, sagte Marcel.

»Dann müssen Sie sofort meine Eltern anrufen«, sagte Silke.

»Kannten Sie Scarlett Peters?«

»Ich kenn die nicht. Er hat mich angequatscht am Marienplatz, wie schon mal, und er hat gesagt, er dreht einen Film über ein verschwundenes Mädchen. Und ich soll dieses Mädchen spielen, und er gibt mir hundert Euro dafür, ich müsst aber sofort mit ihm mitkommen. Erst hab ich gedacht, der ist bekifft, aber dann … aber dann …«

»Dann fanden Sie die Idee interessant.«

»Ich spiel in der Schule in der Theatergruppe«, sagte Silke, schniefte wieder und rieb sich übers Gesicht, über die Narbe. »Ich will Schauspielerin werden, eine echte Schauspielerin, nicht in einer Soap oder so Kram, ich will in richtigen Filmen mitspielen, wie die Alexandra Maria Lara. Die weiß genau, was sie spielen will und was nicht. Kennen Sie die?«

»Nein.«

»Und da hab ich gedacht, warum nicht? Ein verschwundenes Mädchen, das angeblich ermordet worden ist, das aber noch heimlich lebt, klingt interessant. Er hat gesagt, er hat schon einen Text geschrieben und den soll ich spielen. Dann hat sich rausgestellt, dass er bloß Stichpunkte hat und dass ich alles improvisieren muss.« Sie hob den Kopf. »Du hast mich ganz schön gelinkt, du.«

»Entschuldige.« In seiner schwarzen Aufmachung, mit dem bleichen Gesicht, über das seine dünnen Haare wie ein schwarzer Vorhang fielen, den Augenringen und seiner verschwurbelten Haltung strahlte er die gleiche Traurigkeit aus wie das Mädchen. »Ich wollt nur … Du siehst halt genauso aus, wie die Scarlett heut aussehen würd …«

»Das weiß ich doch, das hast du mir schon dreißigmal erzählt …«

»Deswegen hab ich doch auch dem Kommissar einen Brief geschrieben. Ich hab dich gesehen, und du warst die Scarlett. Und die bist du ja auch, du hast genauso gesprochen wie sie. Deine Stimme hat genauso geklungen wie ihre. Du bist so echt, echter könnt nicht mal die Scarlett selber sein.«

Mit einem Ruck schüttelte Silke ihre Anspannung ab. »Wie fanden Sie das, was ich gespielt hab, Herr Fischer? Sie haben mich ja nicht gesehen, das wär natürlich noch stärker gewesen. Haben Sie das geglaubt, was ich gespielt hab, ich mein, was ich gesprochen hab und so?«

»Ja«, sagte Fischer und meinte es so. »Ich habe es hundertprozentig geglaubt.«

»Ehrlich?«

»Sie waren sehr überzeugend. Und Sie haben den ganzen Text improvisiert?«

»War ja kein Text da.«

»Doch«, sagte Marcel. »Ich hab genau aufgeschrieben, worum's gehen muss.«

»Stichpunkte. Sonst nichts. Das können nicht viele, eine Figur nur aus ein paar Stichpunkten entwickeln, das ist schwer. Man muss sich reinversetzen, man muss sich verwandeln, dann ist man die Figur. Dann redet man wie die Figur, die man vorher noch nie gesehen hat. Ich glaub, das kann ein guter Film werden, Marcel.«

»Die Sache mit dem Tierpark«, sagte Fischer zu Marcel. »Haben Sie die erfunden?«

»Die hab ich erfunden«, sagte Silke. »Ich kenn mich aus mit Tieren.«

»Das Stichwort ist von mir«, sagte Marcel und fuchtelte mit seinen beringten Fingern. »Das steht auf einem Zettel,

Sie können nachschauen, Herr Fischer, ich hab das aufgeschrieben.«

Fischer sagte: »Die Scarlett war gern im Tierpark.«

»Wir waren mal gemeinsam dort. Hat niemand wissen dürfen.«

»Sie haben mich ganz schön durcheinandergebracht, Sie beide«, sagte Fischer. In diesem Moment bemerkte er, dass er immer noch den Hut aufhatte. Mit einer überhasteten Bewegung griff er danach, und der Stetson glitt ihm aus den Fingern. Bevor er reagieren konnte, hob Silke den Hut auf und klopfte ihn an ihrem Bein ab.

»Danke«, sagte Fischer verlegen. Er hielt den Hut mit beiden Händen an der Krempe fest.

»Sie sind also bewegt und erschüttert«, sagte Silke.

»Ja.«

Silke griff nach Marcels Hand und schwenkte seinen Arm. »Dann haben wir gute Arbeit geleistet, du als Regisseur und ich als Schauspielerin. Ich dank dir.« Sie stellte sich auf die Zehenspitzen und drückte ihm einen Kuss auf die Wange. Fischer glaubte ein vages Erröten auf Marcels Schneegesicht zu erkennen.

»Wir müssen die Polizei anrufen«, sagte er. »Außerdem Ihre Eltern, auch Ihre Freundin Luisa, die haben Sie genauso versetzt, wie Marcel mich versetzt hat.«

»Für die Kunst muss man Opfer bringen.« Silke lächelte ernst wie eine Diva. Als wäre sie Marlene Dietrich an ihrem ersten Arbeitstag bei Joseph von Sternberg.

14

»Er hat kapiert, dass er nicht durchkommt«

Gegen drei in der Nacht kehrte Polonius Fischer in sein Zimmer im Hotel Brecherspitze zurück.

Er öffnete das Fenster, zog den blauen Anorak aus und sog die kalte Luft und den Geruch nach Erde und Pflanzen ein.

In ihm klang die Stimme des Mädchens unter dem Tisch nach. Er drehte sich um und schaute zur Tür, als habe er ein Geräusch gehört. Im Haus war es still. Die Geräusche waren alle in seinem Kopf, das Schlurfen von Linda Thalheims Pantoffeln auf den Steinstufen, das Schlagen der Kellertüren, das Zischeln der Kohlensäure im Wasserglas, das Marcels Mutter ihm gegeben hatte, die Stimme des Mädchens unter dem Tisch.

Gegenüber den beiden Streifenpolizisten hatte Linda sich so zurückhaltend benommen wie ihr Sohn. Auf die aggressiv vorgetragenen Fragen des Polizisten versicherte Marcel mehrmals, er habe das Mädchen nicht bedrängt und keinesfalls gezwungen mitzukommen, was Silke in unaufgeregtem Ton so oft bestätigte, wie die Polizistin es hören wollte. In der Zwischenzeit hatte sie ihre Eltern angerufen. Ihrer Freundin Luisa wollte sie morgen »alles in Ruhe erklären«. Schließlich fuhren die Polizisten sie nach Hause.

Das Mädchen vom Marienplatz war nicht Scarlett Peters.

Niedergeschlagen hatte Marcel sein verkehrtes Schauen eingestanden, und Fischer hatte ihm noch einmal für den Brief und seine Wachsamkeit gedankt. Beim Abschied hatte Marcel dem Kommissar eine schneekalte Hand gegeben, und ohne den Kaffee seiner Mutter angerührt und eine ihrer

Fragen beantwortet zu haben, war er wieder in seinem Kellerstudio verschwunden.

Damit war der Fall endgültig erledigt. Alles abgeschlossen, hatte Fischer zu Linda Thalheim an der Haustür gesagt, verzeihen Sie meine Aufdringlichkeit. Sie hatte ihn verwirrt angesehen.

Er war die Berger-Kreuz-Straße hinuntergegangen, den Hut tief in die Stirn gezogen, die Hände hinter dem Rücken verschränkt, im kalten Wind, mit ausladenden Schritten, sehr bestimmt auf den ersten Blick. Doch wer ihn eine Zeit lang beobachtet hätte, hätte ihn taumeln und innehalten und sich im Kreis drehen sehen, auf der Suche nach dem Weg. Ein Taxifahrer hielt an. Wie in Panik wich Fischer zur Seite, schüttelte den Kopf und eilte mit ruckenden Schultern davon.

Nach einer Stunde, die er stehend am Fenster verbracht hatte, legte er sich aufs Bett. Er presste die Arme an den Körper und schloss die Augen. Er hörte sein Herz zur Stimme des Mädchens schlagen. Er dachte an das Gespräch mit Hanno Rost, den er für einen Lügner hielt, ohne dass er, Fischer, einen Nutzen davon hatte. Er hörte das Sirren der Apparate neben Ann-Kristins Bett.

Mit einem Ruck setzte er sich aufrecht hin, um nicht ersticken zu müssen.

»Weningstedt ist wieder im Krankenhaus«, sagte Liz am Telefon. »Wahrscheinlich kriegt er einen dritten Bypass. Angeblich besteht kein Anlass zu größerer Sorge. Was die Ärzte halt so sagen müssen. Wo bist du?«

»Ich fahre jetzt los.«

Liz sagte: »Ich frag dich nicht, wo du heut Nacht warst.«

»Hat die Vernehmung schon angefangen?«, fragte Fischer. Er hatte keine Minute geschlafen und war nur mit größter Anstrengung aus dem Bett gekommen. Wenn Liz nicht angerufen hätte, wäre er vielleicht immer noch dagelegen, wie in einem Starrkrampf, umtost von Stimmen, umzingelt von Gesichtern.

»In einer halben Stunde«, sagte Liz. »Micha und Neidhard werden Dennis in die Zange nehmen. Außerdem, P-F, haben wir einen Mord an einem kleinen Jungen. Die Mutter ist flüchtig. Der Junge wurde erdrosselt oder erwürgt, das steht noch nicht fest. Nachbarn haben über den Balkon Schreie gehört. Könnte sein, dass die Mutter die Täterin ist.«

»Und das Motiv?« Fischer suchte auf der St.-Martin-Straße nach seinem Auto.

»Wissen wir noch nicht. Fünf Jahre alt ist der Bub. Ach ja: Das LKA hat den Mantel bringen lassen, die Untersuchung ist abgeschlossen. Sollen wir den wo hinschicken?«

»Ich bringe ihn dem Besitzer selber.« In einer Seitenstraße, die neben einem Blumenladen abzweigte, entdeckte Fischer den grünen Mitsubishi.

»Und noch was solltest du wissen.«

Fischer sperrte auf, öffnete die Fahrertür und stützte sich auf dem Dach ab. Ihm war schwindlig, ihm war schlecht vor Hunger.

»Hast du was zu essen?«, sagte er.

»Bitte?«

»Ich muss was essen, Liz.«

»Du sprichst so leise.«

»Kannst du mir zwei Semmeln besorgen, bitte?«, sagte Fischer. Seine rechte Hand flatterte auf dem Autodach, nicht weniger als die linke, mit der er das Handy ans Ohr drückte.

»Mach ich, P-F. Micha weiß übrigens von deinen Nachforschungen.« Weil Fischer nichts erwiderte, sagte sie: »Er hat Valerie ausgefragt, weil er die alten Unterlagen gesehen hat, die Tür zu deinem Zimmer war offen. Er ist sauer, das ist logisch, er war damals der Held.«

»Er war kein Held«, sagte Fischer laut. Das Handy rutschte ihm aus der Hand, schlug auf dem Asphalt auf und die Rückklappe sprang ab. Bis Fischer es schaffte, sich zu bücken, vergingen mehrere Minuten, in denen sein Zorn auf das Wort Held seinen Hunger vertrieb.

Er trug eine gemusterte Steppjacke, schwarze Jeans und klobige schwarze Schuhe und stand, als Fischer die Treppe heraufkam, im Türrahmen zum Sekretariat, in dem sich neben Valerie auch Emanuel Feldkirch, Sigi Nick und Liz Sinkel aufhielten. Ihre Gespräche verstummten sofort.

»P-F«, sagte Micha Schell. »Gut, dass du endlich da bist. Du machst in dem alten Fall rum? Die Sache ist vorbei.«

Wie nie zuvor hatte Fischer das Treppensteigen so angestrengt, dass er mit offenem Mund keuchte. Er blickte in die Runde und strich sich, nachdem er den Hut abgenommen hatte, durch die Haare.

»Ich habe Neuigkeiten in dem Fall«, sagte er und sah Liz dabei an und nicht Schell.

»Kann nicht sein«, sagte dieser. »Das Mädchen, Scarlett, wurde ermordet, der Mörder sitzt in der Psychiatrischen Klinik ein, rechtskräftig verurteilt, Revision abgelehnt. Was also treibst du, P-F? Du veranstaltest unnütz Aufregung, die niemand braucht. Entschuldige meine Direktheit, aber jemand muss es dir sagen.«

»Du hast das Recht dazu«, sagte Fischer. Er war damals der Held, sagte Liz' Stimme in seinem Kopf. Ihre Stimme war immer noch da.

»Genau«, sagte Schell. »Ich hab den Jockel damals geknackt. Ich hab immer gewusst, was mit dem los ist. Dass der uns was vormacht. Der ist nicht so blöde, wie er sich immer hingestellt hat, der hat genau gewusst, was los ist. Er hat uns ins Gesicht gelogen. Dir auch, P-F, aber du hast ihm geglaubt. Und das war eben der Unterschied: Ich hab ihm von Anfang an nicht geglaubt. Und je mehr Zeit verging, je mehr Zeit er hatte, sich neue Ausreden zu überlegen, desto weniger hab ich ihm geglaubt. Und ich hab recht gehabt. Er hat gestanden, und ich musst nicht mal nachhelfen. Ich saß nur da, ihm gegenüber, ich hab ihn in aller Ruhe gefragt, wie das war an dem Montag, und er hat angefangen zu erzählen. Weißt du doch. Er hat kapiert, dass er bei mir nicht durchkommt mit seinen Litaneien und seinen Sprüchen und seinem Heulen. Irgendwann hat er nur noch gejammert und sich in die Hose gepinkelt. Fünfmal, du warst nicht dabei, P-F, fünfmal mussten wir ihm eine neue Hose besorgen, armer Hund. Die Aufregung hat ihn fertiggemacht. Ich hab ihm Zeit gelassen, ich hab ihn nie unter Druck gesetzt, so was lehn ich von Haus aus ab. Ich hab Geduld, das weiß jeder. Der Jockel spielte sein Spiel, und ich hab mitgespielt, und zwischendurch hab ich eine Frage gestellt und noch eine, Stunde um Stunde, die ganze Nacht lang. Und dann ist alles aus ihm rausgebrochen, die Tat, sein Hass auf das Mädchen, das nichts von ihm wissen wollt, seine Rachegefühle. Alles schoss nur so aus ihm raus, er hat alles zugegeben. Wie er sie geschlagen, wie er sich auf sie geworfen, wie er ihr den Mund zugehalten hat. Wie er so lang gewartet hat, bis er sicher war, dass sie tot ist. Er wusste genau, was er tat. Er wollt, dass sie still ist, ein für alle Mal. Er wollt, dass sie nie wieder einen Ton zu ihm sagt, ihn nie wieder demütigt und auslacht, wenn er vor ihr die Hose runterzieht. In dem Moment hatte er den Entschluss gefasst zu töten, und dann hat er den Entschluss in die Tat umgesetzt. Kaltblütig.«

Fischer sagte: »Er hat alles widerrufen, sein ganzes Geständnis, jedes Wort.«

Schell winkte ab. »Danach hat er Schiss gekriegt, das kann man verstehen. Das geht den meisten Mördern so, das wissen wir doch. Er sah das Mädchen da liegen, auf dem Boden in seinem Zimmer, was sollte er tun? Er ging zu seinem Vater, erzählte ihm alles, der Vater brachte die Leiche weg. Der Vaters hats abgschafft, sagt er zu mir in der Vernehmung. Der Vater hats abgschafft. So einen Satz erfindet der Jockel nicht, so einen Satz nicht. So ein Satz entspringt keinem Schrumpfgehirn.« Schell tippte sich an die Stirn. »So ein Satz entspringt der Wahrheit. Und jetzt müssen wir rauf, Emanuel, da sitzt der nächste Mörder.« Er nickte Fischer zu. »Wir zerlegen den Kerl, der deine Freundin misshandelt hat. Und wegen der anderen Sache: Lass es.« Er wandte sich an Valerie. »Ich ruf dich, wenn wir dich brauchen, die nächsten zwei Stunden sicher nicht.«

Schell ging in den Flur hinaus, Esther Barbarov und Emanuel Feldkirch folgten ihm. Sigi Nick zupfte an seiner Schirmmütze.

»Du darfst ihm nicht bös sein«, sagte Valerie. »Isabel ist sieben, er hängt total an ihr, Verbrechen an Kindern nehmen ihn besonders mit, das ist ja klar.«

Isabels Mutter war bei einem Bankraub erschossen worden.

»Der Micha ist schon in Ordnung, manchmal kann er halt nicht an sich halten.«

Valerie ging zur Kaffeemaschine, holte eine Tasse aus dem weißen Schrank in der Ecke und schenkte ein.

»In deinem Büro liegen drei belegte Semmeln«, sagte sie zu Fischer und hatte Mühe, keinen Kommentar zu seinem Aussehen abzugeben. Sie reichte ihm die Tasse. Er legte den Stetson auf einen Stuhl, nahm die Tasse in beide Hände, und der Duft ließ ihn beinahe lächeln.

»Micha und Esther waren die einzigen von euch in der zweiten Soko«, sagte Liz.

»Koburg hat die beiden übernommen«, sagte Valerie. »Er

hielt sie für sein bestes Zweierteam. Er hatte Glück. Esther hat Jockel zu Hause befragt und Micha hier bei uns. Dann hat ihn Esther noch mal übernommen, schon in der U-Haft, und in der nächsten Nacht hat er vor Micha sein Geständnis abgelegt.«

»Micha hat ihn stundenlang vernommen«, sagte Fischer. »Ohne Anwalt, ohne Essen. Jockel hätte ihm alles erzählt.«

Valerie und Nick warfen sich einen Blick zu.

»Jockel hätte zugegeben, das Attentat auf Kennedy begangen zu haben, wenn man ihn lang genug danach gefragt hätte. Man kann Menschen mit der Art unserer Vernehmungen manipulieren. Du erinnerst dich an Jockel.« Nick nickte schnell.

»Der Jockel war unsere Spur Nummer eins. Aber es gab keinen einzigen Moment, in dem wir gedacht haben, er wars. Keinen einzigen«, sagte Fischer.

Nick nickte noch einmal, auch diesmal verrutschte seine Mütze keinen Millimeter.

»Nur Micha«, sagte Fischer. »Er war immer von Jockels Schuld überzeugt. Der Kollege Koburg auch. Sie haben gewonnen. Was mir und Weningstedt in der ersten Soko nicht gelang, schaffte Micha in der zweiten unter neuer Führung. Wir haben nicht viel darüber gesprochen. Der Staatsanwalt machte das Geständnis und das psychiatrische Gutachten zur Basis seiner Anklage. Jockel hat sein Geständnis nie erneuert. Der Rest ist bekannt.«

Jeder Schluck brannte in seinem Magen. Aber der Kaffee wärmte ihn auch, machte ihn ruhiger. Zumindest bildete Fischer sich das ein.

»Ich glaub bis heute nicht an Jockels Schuld«, sagte Sigi Nick. »Trotzdem glaub ich an das Urteilsvermögen des Gerichts.« Er nahm seine Tasse und trank.

»Und ich habe Neuigkeiten.« Fischer umklammerte die

bauchige Tasse. »Und ich lass mich kein zweites Mal abservieren.«

Sie konnte nicht anders. Liz stand auf, ging zu Fischer und strich ihm über die Wange. Und er neigte den Kopf ein wenig zu ihr hin. Seine Bartstoppeln fand sie fehl am Platz.

15

»So eine Mutter ist eine Schande«

Er schmiegte seine Wange ans Weißbierglas. Schaum tropfte ihm vom Mund, sein Blick schweifte andächtig ins Nichts.

Fischer wartete. Luggi hatte Fischers Mantel an und sämtliche Knöpfe bis zum Kinn geschlossen.

An den meisten Tischen im Torbräu saßen Männer, sie tranken Bier und lasen die Sonntagszeitung. Aus den Lautsprechern tönte Schlagermusik der Achtzigerjahre.

»Bist du blöd?«

Luggi hatte sein Bierglas vor sich hingestellt und fixierte es bedrohlich. Vielleicht meinte er gar nicht den Kommissar. »Ich wart hier seit gestern, und? Wo ist mein Mantel, du Depp?«

»Gefällt dir meiner nicht mehr? Hast du gefroren?«

»Wo ist mein Mantel?«

Fischer zog ihn aus der Plastiktüte, klopfte ihn ab und hielt ihn hoch. »Er ist unversehrt.«

»Her damit.«

»Dann möchte ich meinen Mantel wiederhaben.«

»Was trinken?« Plötzlich stand der Wirt hinter Fischer.

»Nein, danke.«

»Mir bringst noch eins, Charly«, sagte Luggi. Er grapschte nach dem Mantel, betrachtete ihn und warf ihn auf die Bank neben sich. Dann verfiel er in Schweigen.

»Gib mir meinen Mantel, Luggi«, sagte Fischer.

»Hast du's eilig? Bist im Stress? Bist du depressiv? Brauchst eine Frau?«

»Ich brauche keine Frau«, sagte Fischer.

Vom Kommissariat aus hatte er im Krankenhaus angerufen und nichts Neues erfahren. Es gibt nichts Neues, sagte die Schwester, und das kam ihm merkwürdig vor, da er seit gestern überzeugt war, er müsste bei jedem Gespräch, jeder Begegnung mit etwas Neuem, Unerwartetem rechnen. Dieser Gedanke trieb ihn voran, bildete er sich ein.

Luggi trank sein Glas leer, rülpste in sich hinein und roch an seinem ausgestreckten Zeigefinger. Mit aufgerissenen Augen starrte er zur Wand, ehe es ihm gelang, den Kopf zu drehen. »Fischer, wo warst du so lang?«

»Die Untersuchungen haben länger gedauert.«

»Ist er jetzt wieder xund, mein Mantel?« Er pfriemelte die Knöpfe aus den Ösen, schälte sich mit komplizierten Verrenkungen aus dem Mantel und reichte ihn Fischer. Zur Feier des Tages trug Luggi ein sauberes schwarzes Hemd mit roten Punkten, Bügelfalten und gestärktem Kragen.

Fischer zog seinen Mantel an und roch einen fremden Geruch, der ihn nicht störte.

»Ist was?«, sagte Luggi, als habe er den Kommissar schnuppern hören.

»Danke, dass du mir deinen Mantel geliehen hast, das war sehr hilfsbereit von dir.«

»Gibts eine Belohnung?«

Darüber hatte Fischer mit Liz und Sigi Nick gesprochen.

Er wartete, bis der Wirt das frische Weißbierglas hingestellt hatte und wieder gegangen war. »Vermutlich zweitausend Euro«, sagte Fischer. »Das muss noch genehmigt werden, es wird aber klappen. Ein Kollege von mir wird dich demnächst ins Dezernat bringen, du musst den Betrag quittieren.«

Ludwig Dorn hob sein Glas, prostete Fischer zu und tunkte die Hälfte seines Gesichts in den Schaum.

Vom Wohnzimmerfenster aus konnte man den schwarzen Porsche sehen. Robert Borkham hatte ihn nicht vor der Hecke seines Hauses in der Grenzstraße, sondern auf dem schmalen Endstück der Balanstraße geparkt. Die Straße lief an einem offenen Feld aus, nachdem sie zuvor als eine der meistbefahrenen Verbindungsstraßen vom Rosenheimer Platz im Osten Münchens bis zum Fasangarten im Süden vier Stadtteile durchquert hatte.

Das Auto glänzte sogar im trüben Licht dieses Februartages. Es war das Einzige, was in diesem Straßenabschnitt stand. Borkham schien den Ausblick zu genießen. Er blickte, während er mit Fischer redete, ständig nach draußen, vermutlich darauf bedacht, so desinteressiert wie möglich zu erscheinen. Er habe, sagte er, Besuch von einer Freundin, sie wollten gleich an den Starnberger See zum Kaffeetrinken fahren. Fischer versprach, nicht lange zu stören.

Während Fischers Anwesenheit tauchte Borkhams Freundin nicht auf.

»Der Zeuge ist sich ganz sicher, Herr Borkham.«

Wie vor jeder Antwort ließ Borkham einige Zeit vergehen.

Er war zweiundvierzig, hatte breite, durchtrainierte Schultern, große Hände und kurz geschnittene blonde Haare. Er trug einen weißen Rollkragenpullover und eine dunkle, enge Hose. Wenn er sich bewegte, schob er die Hüften vor. Er blinzelte wenig, seine Augen waren ozeanisch blau. Fischer bildete sich ein, Borkhams Gesicht würde ihn an das von Scarlett erinnern, das er von den Fotos kannte.

»Ich war in Augsburg«, sagte Borkham zum zweiten Mal.

»Bitte denken Sie noch einmal genau nach.«

Der Mann schaute nach draußen, stemmte die Hände in die Hüften, schüttelte den Kopf. »Was Sie hier treiben, das macht meine Tochter nicht mehr lebendig, es reißt nur alte Wunden auf.«

Draußen flogen Krähen über das Feld, Fischer hörte ihre Schreie. Er hörte sie so deutlich, als flögen sie direkt am Fenster vorbei.

Borkham spitzte den Mund. »Sind Sie bei meiner Exfrau auch gewesen?«

»Ja. Sie zieht weg aus München.«

»Ist Ihr Chauffeur gestorben? Warum erzählen Sie mir das?«

»Wussten Sie es?«

Er ließ sich Zeit. »Ist mir egal, was die Frau macht. Diese Frau ist eine Null in meinem Leben, die existiert nicht. Manchmal fällt mir nicht mal ihr Vorname ein, glauben Sie das?«

»Nein«, sagte Fischer. »Sie ist die Mutter Ihrer Tochter.«

»Das hat die Scarlett nicht verdient gehabt. So eine Mutter ist eine Schande. Die Scarlett hat sich geschämt wegen ihr, wegen der Typen, die sie dauernd angeschleppt hat, wegen ihrer ganzen Art, ihrer Rumhurerei, ihrer Sauferei, ihrem beschissenen Leben. Soll ich Ihnen was sagen? Sie haben zwar nicht das Recht, das zu erfahren, aber ich sags Ihnen trotzdem. Die Scarlett hat mich heimlich angerufen. Nicht nur einmal im Jahr, jeden Monat mindestens einmal, oft zweimal in der Woche. Das arme Mädchen hat am Telefon geweint, die wollt ihre Mutter nicht mehr sehen, die wollt nur noch weg. Raus da, weg da, weit weg.

Ich hab sie getröstet und ihr zugeredet. Unfassbar, dass ich das getan hab. Ich hab ihre Mutter praktisch verteidigt. Ich hab zur Scarlett gesagt, sie darf nicht so traurig sein, sonst wird sie krank davon. Solche Sachen hab ich zu ihr gesagt. Und ich hab ihr gesagt, die Mama muss viel arbeiten und sie darf dann auch mal ausgehen und länger im Gasthaus bleiben und sie darf auch einen Freund haben. Solche Sachen. Unfassbar.

Ich hab mich selber fast geschämt. Was hätt ich sagen sollen? Die Scarlett wollt bei mir leben, das ging natürlich nicht. Ihre Mutter war die Erziehungsberechtigte, ich bin ja weg, da war die Scarlett noch ganz klein, zwei Jahre oder so. Wir hatten wenig Kontakt. Trotzdem fing sie irgendwann an, mich anzurufen, in der ersten Klasse Grundschule. Sie hat von sich aus angerufen, die Nummer hatte sie von der Auskunft, können Sie das glauben? Sie rief bei der Auskunft an, mit knapp sechs, und dann hat sie nicht mehr lockergelassen. Ihre Mutter hatte keine Ahnung davon, die war eh nie zu Hause, die hat sich einen Dreck gekümmert. Sie ist lieber mit den Typen mitgegangen als nach Hause zu ihrer Tochter. Die war doch froh, als die Scarlett verschwunden war, da hat sie sofort wieder neue Kerle getroffen und ist mit denen ins Bett. Für die ist der Tod von der Scarlett das Beste, was ihr passieren konnt. Und ich war an dem Tag, an dem sie verschwunden ist, in Augsburg.

Und jetzt gehen Sie, sonst lass ich Sie von Ihren Kollegen abholen. Ich respektiere, dass Sie als Kommissar weiterhin am Schicksal von der Scarlett teilnehmen, und ich versteh auch, dass ein Mordfall, bei dem es keine Leiche gab, irgendwie nie abgeschlossen ist. Aber was ich damals ausgesagt hab, gilt immer noch, mehr ist nicht. Ich bring Sie zur Tür.«

Noch im Flur gab er Fischer die Hand, und er schloss sofort hinter ihm ab.

Ein kalter Wind fegte über das offene Feld. Aus der Ferne hörte Fischer das Verkehrsrauschen von der Salzburger Autobahn. Er ging durch den unauffälligen, mickrigen Abschnitt der Balanstraße. Ohne hinzusehen, bemerkte er, wie Borkham ihn vom Fenster aus beobachtete.

Borkham hatte gelogen. Seine Hände hatten etwas anderes erzählt als sein Mund.

Und das beunruhigte Fischer mit jedem Kilometer mehr,

den er in seinem Wagen bis zum Hotel Brecherspitze zurücklegte.

Den Nachmittag verbrachte er als einziger Gast im Restaurant des Hotels.

Es gelang ihm, seine Beobachtungen und Gedanken niederzuschreiben. Sogar eine Kartoffelsuppe aß er zur Hälfte auf, und er trank drei Flaschen Mineralwasser. Seite für Seite füllte er in dem unlinierten Heft, das er aus seiner Wohnung mitgebracht hatte. Und je länger er schrieb, desto klarer glaubte er Zusammenhänge zu erkennen und desto zorniger wurde er. Auf seine Kollegen. Auf Micha Schell. Auf sich selbst. Auf seine Arbeit, seine Unzulänglichkeiten, die vor lauter Routine niemandem mehr auffielen. Auf seine so perfekt eingeübten polizeimäßigen Verhaltensweisen, die alles entschuldigten, jede Blindheit, jede Taubheit, das ganze schmierige Schauspiel im Angesicht der Medien und der Angehörigen. Ein Mörder wurde verurteilt und die Wahrheit ans Licht gebracht. Aber das war kein Licht, das war pure Einbildung. Und es war auch nicht die Wahrheit, sondern nichts als ein Urteil, die Verdammung scheinbar unerklärlicher Ereignisse und deren Umwertung in Tatsachen zum Behufe einer Bestrafung. Fischer schrieb: »Hexenhammer, 21. Jahrhundert.« Seine Hand zitterte. Dennoch unterstrich er die Formulierung mit zwei völlig geraden Linien.

Als ältester der »Zwölf Apostel« hatte der neunundfünfzigjährige Walter Gabler kommissarisch die Leitung der Mordkommission übernommen. Wann der Erste Kriminalhauptkommissar Silvester Weningstedt zurückkehren würde, wusste niemand, am wenigsten er selbst. Valerie Roland hatte mit ihm kurz im Krankenhaus telefoniert. Wie sie ihren Kollegen hinterher berichtete, habe der Chef bei ihr einen gedrückten, pessimistischen Eindruck hinterlassen. Sie habe auch mit seiner Frau sprechen wollen, diese aber nicht erreicht.

In einer Vernehmungspause kam Micha Schell in Gablers Büro, das dieser sich mit Fischer teilte.

»Hast du was von ihm gehört?«, fragte Schell mit grimmigem Unterton.

»Er kommt.« Über Fischers eigenmächtige, unverständliche Ermittlungen hatte Gabler sich noch keine Meinung gebildet, und er wollte jetzt nicht darüber sprechen.

»Wenn von den Leuten jemand zur Presse geht, dann gut Nacht.«

»Niemand wird zur Presse gehen.«

»Wo ist die Mutter?«

»Auf dem Weg zu uns. Liz und Nick haben sie zum Erkennungsdienst gebracht und sind gleich da. Wie weit bist du mit Dennis Socka?«

Schell deutete auf die Wasserflasche auf Gablers Schreibtisch. Gabler nickte. Schell holte ein Glas aus dem Regal und goss es bis zum Rand voll. »Er weiß jetzt, wie's Maulhalten geht.« Schell trank das Glas leer, hielt einige Sekunden die Luft an und stellte das Glas verkehrt herum auf das im Regal ausgelegte Geschirrtuch. »Zum Glück verspätet sich sein Anwalt.« Er ging zur Tür. »Lass dir von P-F bloß nichts dreinreden.«

»Viel Glück«, sagte Gabler. Fischer und er hatten seinerzeit intensiv über den Ausgang des Falles Scarlett Peters gesprochen, und auch wenn seine Zweifel an der Täterschaft von Jockel Krumbholz im Verlauf der Ermittlungen und des Prozesses nicht geringer geworden waren, akzeptierte er am Ende doch die Begründung des Gerichts und hielt das Geständnis für glaubhaft.

Er stand auf, streckte den Bauch vor und setzte sich wieder, eine Angewohnheit, die er auch in Besprechungen beibehielt. Wenn Fischer kam, wollte er ihn fragen, welche Neuigkeiten er eigentlich herausgefunden hatte und wieso er so ein Geheimnis daraus machte.

Dass er die Abteilung vorübergehend leitete, gefiel Walter Gabler nicht. Zum Führen hatte er kein Talent, das wusste er, und er hatte es schon gewusst, bevor seine beide Exfrauen ihn in kontinuierlicher Unbarmherzigkeit darauf hingewiesen hatten, nicht nur bei Tanzabenden.

Als er schnelle Schritte im Parterre hörte, dachte er, dass ihm zum Tanzen schon ewig nicht mehr zumute gewesen war.

16

»Ich kann das gar nicht mit anschauen«

Ermittlungsergebnisse, Beweise, sogar Geständnisse, sagte Polonius Fischer, waren nichts weiter als »Annäherungen an den Radius der Wahrheit«. Sie reichten aus, einen Verdächtigen zu überführen und anzuklagen. Vor dem jedoch, was wirklich in dem einen Moment geschieht, der die Welt aller Beteiligten für alle Zeit verändert, versagt die Leuchtkraft der Beweise. Gerichtsverwertbare Fakten, sagte Fischer manchmal vor jungen Kollegen, mochten als Grundlage für ein unanfechtbares Urteil dienen, als Teleskop zum Erkennen eines Lichtjahre entfernten, blutenden Sternes taugten sie nicht im Geringsten.

Sie schwankte vom Alkohol, den sie den Tag über getrunken hatte.

Als sie das Kruzifix in der Ecke sah, zeigte sie mit ausgestrecktem Arm hin und streckte dem Gekreuzigten die Zunge raus.

Die langen braunen Haare hingen ihr in Strähnen vom Kopf. Sie kratzte sich ständig, nicht nur am Kopf, auch an den Handgelenken und den Oberschenkeln. Sie hatte ein schmales, fein geschnittenes, beinah schönes Gesicht und trug einen rosafarbenen Anorak und ein bis über die Knie reichendes weißes Kleid voller dunkler Flecken.

Auf dem Stuhl beugte sie sich vor und stützte sich mit beiden Händen auf dem Tisch ab, erschöpft, mit wirrer Miene und flatternden Blicken. Vermutlich hatte sie auch Tabletten oder Drogen genommen, aber Fischer wollte, nachdem Liz

Sinkel und Sigi Nick die Frau in einem Stehausschank in der Nähe des Stiglmaierplatzes aufgespürt und zum Erkennungsdienst gebracht hatten, zuerst mit ihr sprechen, bevor sie von einem Arzt untersucht und in die Ausnüchterungszelle gebracht wurde. Da Valerie wie erwartet bei den noch immer andauernden Vernehmungen der Taxifahrermörder nicht dabei sein musste, protokollierte sie Fischers Gespräch.

Die achtunddreißigjährige Eva-Maria Rinke war unter dem dringenden Verdacht festgenommen worden, ihren fünf Jahre alten Sohn getötet zu haben.

Vor ihr auf dem kleinen viereckigen Tisch stand ein Plastikbecher mit Mineralwasser, den sie nicht anrührte. Ihre Antworten musste sie mehrmals wegen eines Hustenanfalls unterbrechen. Dann zog sie mit zitternden Fingern ein benutztes Stofftaschentuch aus der Jackentasche und tupfte sich die Nase. Ihre Alkoholfahne vermischte sich mit dem Geruch nach Zigarettenrauch und modriger Kneipenluft.

»Sie hatten gestern Streit mit Ihrem Sohn José«, sagte Fischer. Wie so oft hatte er die Hände auf dem Tisch gefaltet und saß scheinbar seelenruhig da. Doch seine Seele war alles andere als ruhig.

»Hatt ich nicht. Wer sagt so was?«

»Nachbarn haben gehört, wie Sie geschrien haben.«

»Ich? Ich nicht. Wann denn?«

»Heute Morgen.«

»Heut Morgen.« Sie hustete, kratzte sich an den Beinen, ihr Oberkörper wankte. »Weiß ich nicht mehr. Wo ist José? Ist er zu Haus?«

»Nein«, sagte Fischer. »Er ist nicht zu Hause. Haben Sie eine Ahnung, wo er sein könnte?«

Sie schüttelte heftig den Kopf. Valerie notierte das Verhalten der Frau auf ihrem Schreibblock.

»Wann haben Sie José zum letzten Mal gesehen?«

»Weiß nicht mehr. Heut früh.«

»Haben Sie mit ihm gemeinsam gefrühstückt?«

»Ja. Wir haben gefrühstückt, er und ich, und ich ... und ... ja ...« Sie umklammerte mit der rechten Hand die Tischkante, ließ aber wieder los, als sie bemerkte, dass Fischer ihr zusah. Sie zeigte auf seine Nase. »Das ist mal ein Zinken, damit riechen Sie doppelt und dreifach so viel wie andere Leute. Ich wollt Sie nicht beleidigen, Herr ...«

»Fischer. Wie alt ist Ihr Sohn, Frau Rinke?«

»Fünf ist der, im Juli wird er sechs, im Juni, neunzehnter Juni.« Sie betrachtete den Wasserbecher und hustete wieder. »Mir ist, glaub ich, nicht gut.«

»Können Sie sich erinnern, was Sie nach dem Frühstück getan haben, Sie und José? Haben Sie ferngesehen?«

»Das stimmt.«

»Und dann haben Sie die Wohnung verlassen.«

»Ja«, sagte Eva-Maria Rinke. »Immer sonntags, wir treffen uns bei der Kathie in der Schleißheimer vorn. Die Kathie macht Brunch für uns, Lachs, Schinken, Käse, Sekt, sie richtet das immer schön her, am Sonntag. Sie verlangt bloß zehn Euro von jedem, Getränke extra, das ist klar, sonst rechnet sich das nicht.«

»Und Ihr Sohn bleibt immer zu Hause.«

»Das ist da nichts für ihn, die rauchen ja alle, wir sind ja ein Raucherclub.«

»Bevor Sie heut früh die Wohnung verlassen haben, hatten Sie einen Streit mit Ihrem Sohn. Wäre er gern mitgekommen?«

Ohne auf die Tasten zu schauen, tippte Valerie an ihrem Bistrotisch jedes Wort in den Laptop.

Eva-Maria Rinke zog die Schultern ein, kratzte sich mit fünf Fingern am Hinterkopf, stöhnte schwer. »Mitkommen wollt der doch nicht. Der kommt doch nie mit, das hab ich doch schon gesagt. Ich hab Kopfweh, ich kann gar nicht richtig denken. Was war die Frage?«

»Worüber hatten Sie mit José Streit, Frau Rinke?«

»Nichts Besonderes, das Übliche. Er macht halt immer Krach am Sonntag. Ich hab schon tausendmal zu ihm gesagt, er soll nicht so wild auf seinen Trommeln rumschlagen oder in seine Trompete reinblasen, das ist schrecklich. Ich krieg jedes Mal einen Schreikrampf, wenn er das macht. Er dreht total durch, kann nicht mehr aufhören, haut auf allem rum, was er findet. Und dann brüllt er, als würd ihn jemand abstechen. Ich kann das nicht ertragen, ich brauch Ruhe am Sonntagmorgen. Ich steh gern langsam auf, mach mir einen Kaffee, schau eine halbe Stunde schön fern, zieh mich an und mach mich fertig zum Brunch. Und wenn er dann so rumplärrt, flipp ich aus, das kapiert er einfach nicht, er ist so trotzig. Im Kindergarten ist der nämlich nicht so, ich hab mich extra erkundigt. Da sitzt er brav auf seinem Stuhl und macht, was die Frau Wegmann ihm sagt. Da gehorcht er, nur bei mir nicht. Bei mir veranstaltet er jeden Sonntag diesen Wahnsinn.«

»Und heute früh war es besonders schlimm«, sagte Fischer.

»Ich hab zu ihm gesagt, wenn er nicht sofort aufhört, passiert was Schlimmes. Er hat nicht aufgehört. Hat nicht aufgehört. Wollt einfach nicht still sein. Nicht still. Ich bin rüber und hab ihn gepackt, und er hat weitergebrüllt, und ich hab zu ihm gesagt, wenn er nicht sofort still ist, drück ich ihm den Hals zu. Hat nichts genützt. Der wollt nicht still sein, wollt mir nicht gehorchen. Das war alles so laut, so laut, mir ist der Kopf geplatzt. Ich frag mich immer, wo er diese Stimme herhat, das ist fast unmenschlich. Ein Fünfjähriger hat doch normalerweise nicht so eine Stimme. Das können Sie sich nicht vorstellen, wie der José schreien kann. Und nur bei mir. Immer nur bei mir.«

»Als er endlich still war, sind Sie weggegangen«, sagte Fischer.

»Erst musst ich mich anziehen, ich war ja noch im Nachthemd.« Sie hustete und röchelte und kratzte sich an der Hand. »Duschen musst ich auch noch und mich schminken. Ich hab dann alles gemacht. Dann bin ich gegangen. Irgendjemand ist mir im Treppenhaus entgegengekommen und hat was zu mir gesagt, hab ich aber nicht verstanden. Ich hatts eilig, ich war ja spät dran, viel zu spät war ich. Bei der Kathie hab ich erst mal einen Prosecco gekriegt, dann gings mir besser. Jetzt gehts mir nicht gut, ist da ein Aspirin in dem Wasser?«

»Nein«, sagte Fischer. »Sie haben José am Hals gepackt und zugedrückt, bis er still war.«

»Das ging ja nicht. Er hat ja weitergebrüllt wie verrückt. Da lag das Schuhbändel auf dem Bett, er zieht doch immer die Schuhbändel aus den Schuhen raus. Das Bändel hab ich genommen, ich hab zu ihm gesagt, wenn er nicht aufhört, rumzubrüllen, dann bind ich ihm den Hals zu. Das hat er lustig gefunden. Er hat gelacht, geweint hat er auch, aber auch gelacht. Ich hab das Schuhbändel um seinen Hals gebunden und zugezogen. Da war er still. Das ging schnell. Zugezogen, still. Das war eine schöne Stille, ich hab das richtig genossen ein paar Sekunden. Dann bin ich ins Bad. Still wars in der Wohnung, überall still. Ich trink jetzt doch mal einen Schluck.«

Sie griff zum Becher, hielt ihn mit zittriger Hand, nippte daran und trank einen Schluck, seufzte und stellte den Becher wieder hin. Da fiel ihr auf, dass Fischer an ihr vorbei zur Tür schaute, und sie wandte den Kopf um.

Über Valeries Gesicht liefen Tränen. Aufrecht wie immer saß sie da, mit gestrecktem Rücken, die Hände über der Tastatur. Ihre Tränen tropften auf die Marmorplatte. Valerie verzog keine Miene, ihre Lippen waren nur zwei schmale Striche.

»Wieso weinen Sie denn so?«, sagte Eva-Maria Rinke. »Haben Sie sich wehgetan? Was ist denn passiert? Ich kann das gar nicht mit anschauen.«

»Ich kann das gar nicht mit anschauen«, sagte Fischer. »Beinah hätte sie selber angefangen zu weinen. Wegen Valerie. Ich muss dir das erzählen, weil ich es nicht glauben konnte. Immer noch erlebe ich Dinge in meinem Beruf, die ich nicht glauben will. Nach all der Zeit.«

Vielleicht hörte Ann-Kristin ihm aus der Ferne zu.

Es war fast Mitternacht.

»Das Schuhband«, sagte er mit starrem Blick, »haben die Kollegen in einem Plastikeimer im Bad gefunden, zwischen Wattepads, Wattestäbchen, Taschentüchern und sonstigem Abfall. Sie hat den Jungen im Kinderzimmer liegen lassen, auf seinem Bett. Sie hat wohl nicht mal seinen Puls gefühlt. Er war still, das hat ihr genügt.«

Er sah seine Freundin an, ihr Gesicht, ihre Augen, die vom Verband nicht bedeckt wurden. »Ich habe Valerie noch nie weinen sehen, sie gilt als die disziplinierteste Protokollantin im Präsidium. Manchmal, wie du weißt, lese ich Zeugen oder Verdächtigen vor dem Gespräch einen Vers aus der Bibel vor, oder ich sag einen Spruch auf, das ist mir diesmal nicht gelungen. Ich wusste, ich würde die Frau zum Sprechen bringen, und ich habe geahnt, dass es ein grausames Geständnis sein würde. Jetzt denke ich, vielleicht hätte ich vor dem Gespräch doch etwas vorlesen sollen.«

Er saß auf dem Plastikstuhl, den Hut auf den Knien. Den Mantel, in dem noch immer ein fremder Geruch hing, hatte er aufgeknöpft, aber nicht ausgezogen.

Er fror. Daran war er mittlerweile gewöhnt.

»Der Vater des Jungen ist vor drei Jahren nach Rostock gezogen«, sagte Fischer. »Dort arbeitet er als Koch in einem Hotel in Warnemünde. Ein gebürtiger Spanier, er will morgen herkommen. Sie haben sich getrennt, er hatte eine neue Freundin, Eva-Maria hat ihm verboten, das Kind zu sehen. Sie waren nicht verheiratet. Er hat sich gefügt. Am Telefon brachte er kaum ein Wort raus. Er ist schockiert. Eine Oma gibt es auch noch, die Mutter von Eva-Maria. Angeblich durfte sie sich nur selten um ihren Enkel kümmern, ihre Tochter mochte es nicht, wenn sie auf José aufpasste, sie behauptete, die Großmutter ginge viel fürsorglicher und liebevoller mit José um als früher mit ihr. Immer dieselben Geschichten, dieselbe Egozentrik, dasselbe innere Gefängnis.«

Er sah, dass Ann-Kristin schlief. Sie schlief schon die ganze Zeit. Außerhalb jeder Nähe, dachte Fischer. Dann streckte er den Arm aus und berührte die Bettdecke und blieb so, bis er beinah vornüberkippte. »Ich werde weitersuchen«, sagte er. »Obwohl der Brief, den der Junge mir geschickt hat, aus einem Hirngespinst entstanden ist.«

Da war etwas wie ein Lächeln unter seiner wuchtigen Nase.

Es fiel ihm nicht auf.

»Marcel glaubte, was in Österreich möglich ist, könnte auch bei uns passieren. Dass ein Mensch über Jahre gefangen gehalten wird und überlebt. Auch ein kleines Mädchen, das dann heranwächst und sich normal entwickelt. Erinnerst du dich an das österreichische Mädchen? Als es in die Normalität zurückkehrte, war es selbstbewusst und hatte klare Vorstellungen von der Zukunft. Marcel malte sich aus, dass Scarlett freiwillig weggegangen ist, um frei von den Vorschriften ihrer Mutter groß zu werden. Und dann, stell dir das vor, sah er sie, mitten auf dem Marienplatz, und dieses fremde Mädchen, Silke, entsprach so sehr seinem Bild von

Scarlett, dass er nicht anders konnte, als alles daranzusetzen, sie zu finden, auch mit meiner Hilfe. Und tatsächlich begegnete er ihr wieder, und es gelang ihm, sie zu überzeugen, sein Spiel mitzuspielen. Was für ein Glück für ihn: Das Mädchen will Schauspielerin werden, sie hat keine Probleme damit, in die Haut einer anderen Person zu schlüpfen. Du hättest den Text hören sollen, den er für sie geschrieben und den sie ausgeschmückt hat. In Marcels Welt lebt Scarlett. Er beschützt sie vor den Monstern der Realität. Das ist seine Funktion, so hat er sich selbst eine Rolle gegeben, eine Lebensrolle.«

Er verstummte. Aber weil er das Sirren der Apparate nicht ertrug, sagte er: »Ich werde jetzt eine Stunde neben dir schlafen. Und danach suche ich weiter nach dem Mörder von Scarlett Peters. Bist du einverstanden? Denn dass sie noch lebt, glaube ich nicht.«

Er schob den Stuhl zum Fenster, breitete seinen Mantel auf dem Boden neben dem Bett aus und legte sich auf den Rücken, den Hut auf dem Bauch, die Arme an den Körper gepresst.

So fand ihn die Nachtschwester, gegen halb sechs Uhr am Morgen.

DRITTER TEIL

17

»Die Zeit geht drüber«

Der Neue Südfriedhof in Perlach wirkt wie eine weitläufige Parkanlage mit kleinen Wäldern, wilden Wiesen, einem Weiher, über den eine Brücke führt, und gewundenen, von Gänseblümchen und Löwenzahn gesäumten Wegen. Obwohl auf den asphaltierten Zufahrtsstraßen gelegentlich die Fahrzeuge der städtischen Gärtnerei und der Friedhofsverwaltung unterwegs sind, hört man kaum Geräusche, höchstens das Rauschen von der nahen Unterhachinger Straße und der Salzburger Autobahn und vereinzelt das Zwitschern einer Amsel. Keine Krähen, wie auf anderen Friedhöfen. Hier und da ein Spaziergänger, der kein Grab besucht, sondern das geruhsame Schauen genießt.

Im Gegensatz zu den Grünflächen abseits des Gewässers, wo sich gepflegte Gräber aneinanderreihen, gibt es rund um den Dudweilerweiher bis hinauf zur Aussegnungshalle fast nur unberührte Wiesen, abgesehen von ein paar wie zufällig angeordneten Grabstätten in der Nähe des Südufers. Beschattet von Bäumen und Sträuchern, säumen sie eine ungewöhnliche Bepflanzung.

Auf der Parzelle 301 haben die städtischen Gärtner aus Gräsern, Blumen und Nadelgewächsen ein Herz geformt, auf dem im Frühjahr Rosen und später Gladiolen blühen. Es ist etwa zwei Meter breit und auf den ersten Blick nicht zu erkennen. Hat man es jedoch einmal entdeckt, nimmt die Form, so scheint es, immer klarere Konturen an.

Vermutlich hätte Polonius Fischer das zu dieser Jahreszeit braune und unscheinbare Herz übersehen, hätte sich nicht links daneben das kleine Holzkreuz befunden, das er suchte.

Auf dem Kreuz stand der Name Scarlett Peters, ihr Geburtsdatum und – zuerst dachte Fischer, er hätte sich verschaut – ihr Sterbedatum: der 8. April vor sechs Jahren. Der Tag, an dem sie verschwunden war.

Heute, am 18. Februar, wehte ein biestiger Wind. Aber nicht vom Wind war Fischer kalt oder weil er den Mantel offen trug und viel zu wenig geschlafen hatte.

Als Fischer und seine Kollegen damals mit der Suche gerade begonnen hatten und erste Pläne für eine Besondere Aufbau-Organisation erstellten, als noch niemand wusste, wann genau das Mädchen verschwunden und noch kein einziges Alibi überprüft, noch niemand aus dem Freundeskreis der Familie vernommen worden und noch keine Suchmannschaft im Aufbruch war – schon zu diesem Zeitpunkt hatte Michaela Peters offensichtlich jede Hoffnung aufgegeben und beschlossen, von ihrer Tochter für immer Abschied zu nehmen.

Oder sie hatte gewusst, was mit dem Kind geschehen war und dass es nicht zurückkehren würde.

Dann hätte sie sich mit der Inschrift verraten, allerdings ohne Konsequenzen. Einen Tag nach der Verurteilung von Jockel Krumbholz unterschrieb Michaela Peters bei der städtischen Friedhofsverwaltung den Vertrag für ein leeres Grab auf dem Neuen Südfriedhof. Das bedeutete, dass sie sich auf das Todesdatum lange vorher festgelegt haben musste. Niemand kümmerte sich darum. Fischers Kollegen erfuhren erst ein halbes Jahr später davon. Eine Frau, die das Grab ihres verstorbenen Mannes besuchte, hatte das Kreuz entdeckt und, da sie den spektakulären Fall aus der Presse kannte, gegenüber der Polizei ihren Unmut über das »gottlose Verhalten der Mutter« kundgetan.

Was hätten die Ermittler tun sollen? Sie wunderten sich. Sie überprüften noch einmal Michaelas Aussagen und stellten erneut Unstimmigkeiten fest. Doch da der Bundesgerichtshof ein Jahr später das Urteil bestätigte, blieb ihnen nichts, als die Akten endgültig zu schließen.

Moralische Bedenken? Bei dem einen Kommissar mehr, bei dem anderen weniger. Die Moral, sagte Fischer oft, ist eine launische Diva, die bei der Aufklärung eines Verbrechens niemandem hilft. Ihn selbst trieben die größten Zweifel um, doch sein Respekt vor der Justiz verbot ihm, laut Kritik zu üben.

Nun stand er hier, vor einem leeren Grab, noch immer getrieben von Zweifeln, wie er sie seit seiner Zellenzeit nicht mehr gehabt hatte. Als die Krankenschwester ihn geweckt hatte, war er sofort wach gewesen und nach einem Kuss auf Ann-Kristins Stirn aus dem Zimmer gestürzt und in die Burgstraße gefahren, wo er zwei Stunden lang ein weiteres Mal die alten Akten studierte. Bevor der erste seiner Kollegen erschien, saß er schon in seinem Auto in Richtung Perlach.

Der kleine Rosenstrauch, den Michaela Peters vor dem Kreuz gepflanzt hatte, sah vertrocknet und abgestorben aus. Das Grab hatte keine Umrandung. Die braune, trockene Erde war rechteckig aufgeschüttet, ein paar mickrige Grashalme sprossen hervor.

Eine halbe Stunde stand Fischer da und sprach leise den Namen und die Daten vor sich hin, wieder und wieder. Einmal blieb eine Frau mit einem schwarzen Kopftuch neben ihm stehen. Sie sah ihm ins Gesicht, aber er wollte kein Gespräch beginnen. Nachdem sie das Kreuz betrachtet hatte, ging sie mit müden Schritten weiter.

Fischer war gekommen, um etwas zu sehen, das er nicht begreifen konnte und das er, je länger er es anschaute, nur noch weniger begriff.

Was hatte Michaela Peters sich beim Kauf des Grabes gedacht? Im Krankenhaus hatte er sie nicht danach gefragt. Warum nicht? Falls sie nach Weimar zu ihrer Mutter ziehen würde, bliebe das Grab bestehen, und vielleicht verlängerte sie den Vertrag für weitere zehn Jahre.

War das ihre Art zu trauern? Zu gedenken? Zu lieben? Konnte ein solches Empfinden wahr sein?

Lebte womöglich nicht sie, die keine Rücksicht auf das an Schablonen gewöhnte Verhalten der Leute nahm, außerhalb der Liebe, sondern wir, dachte Fischer, die Spezialisten für alles Beweisbare?

Waren sie überhaupt fähig, jemanden wie Michaela Peters in ihr System, für das sie bezahlt wurden, einzuordnen?

Das Datum.

Der 8. April.

An diesem Tag hatte Michaela ihre Tochter für tot erklärt.

Kein Glauben mehr.

Geboren am 21. März, gestorben am 8. April, im Alter von neun Jahren.

Zahlen. Ein Name. Das Grab neben dem Herzen aus Gras.

Ohne einen Vorgedanken kniete Fischer nieder und nahm den Hut ab. So verharrte er und atmete den Geruch nach nasser Erde und altem Laub ein und senkte den Kopf.

Er betete nicht. Er konnte nicht verstehen, warum er das Grab bis heute nicht besucht hatte.

Vor dem Aufstehen schlug er ein Kreuz.

Auf dem Weg zum Ausgang in der Nähe des hinter Strauchwerk und Bäumen liegenden Verwaltungsgebäudes drehte er sich noch einmal um. Er hob, als hätte er es beabsichtigt, die Hand und winkte. Ein flüchtiges, hilfloses Winken. Er sah wieder die Frau, die vorhin irritiert und neugierig neben ihm gestanden hatte. Sie kam den Weg vom Hügel herunter. Bei Fischers Anblick blieb sie stehen, zupfte an ihrem schwarzen Kopftuch, folgte mit den Augen der Richtung seines Winkens und bekreuzigte sich.

Fischer wandte sich ab und spürte den Wind im Gesicht, der noch kälter geworden war. In der Manteltasche brummte sein Handy. Er sah auf die Nummer, wartete, bis das Geräusch verstummt war, und schaltete das Gerät ab. Was sollte er auf die Fragen seiner Kollegen groß antworten? Solange sie nicht wussten, was er tat, trugen sie keine Verantwortung. »Polizeiliche Integrität gewährleistet«, sagte Fischer auf dem Parkplatz zu Ann-Kristin und sah sie lächeln unter dem Kopfverband.

Vom Foto her hätte Fischer ihn nicht erkannt.

Eberhard Krumbholz war alt und dick geworden, nicht auf die gewöhnliche Weise, das Alter hatte ihn aufgedunsen, seine Fettleibigkeit hatte ihn altern lassen. Seine gelblich grauen Haare klebten ihm am Kopf, sein Gesicht zeigte keine Regungen, seine Blicke begegneten jedem Gast mit derselben trostlosen Leere.

Jedes Mal, wenn Krumbholz seinen Platz hinter der Theke verließ, um zu servieren, stieß er einen Seufzer aus und zögerte eine Sekunde, bevor er sich in Bewegung setzte. Er zog das rechte Bein nach und schlurfte mit seinen abgetragenen flachen Schuhen über den Holzboden.

»Bei Hardy« hieß sein Pilsstüberl in der Hechtseestraße, unweit des Michaelibades. Die Einrichtung bestand aus fünf ungedeckten Tischen, der Theke und zwei unaufhörlich blinkenden und schrille Töne von sich gebenden Spielautomaten. Niemand spielte. Zwei Männer saßen an der Bar und rauchten. Einer saß allein am Tisch vor dem Durchgang zu den Toiletten, trank Weißweinschorle und hielt sich die Zeitung so nah vors Gesicht, dass Fischer vermutete, der

Wein, den Krumbholz ausschenkte, sei auf Dauer ein Risiko fürs Augenlicht. Vielleicht versuchte der Gast auch nur die trübe Beleuchtung in der Kneipe zu überlisten oder so wenig Rauch wie möglich zwischen Pupillen und Schlagzeilen zu lassen.

Fischer verkehrte selten in solchen Lokalen, ausschließlich dienstlich. Er trank nicht gern, er hielt sich für einen ungeselligen Gast, und wann er zum letzten Mal betrunken gewesen war, wusste er nicht mehr. Aber als er sich vorhin umgeschaut hatte, bekam er Lust auf ein frisches kaltes Bier, und er bestellte eines. Sogar der Zigarettenrauch störte ihn nicht wie sonst.

An der Eingangstür hatte er ein gelbes Schild bemerkt: »Raucherclub. Werden Sie Mitglied.« Doch der Wirt sprach ihn nicht darauf an.

Seit er das Lokal betreten, vielleicht schon seit er am leeren Grab gestanden hatte, war Fischer in einen inneren Strudel geraten, der ihn euphorisierte und wehrlos machte gegen alle Bedenken wegen seines unpolizeilichen Verhaltens. Er wollte nur noch handeln, zuhören, Fragen stellen und dem einen absurden Ziel folgen, einen Fall zu lösen, der längst gelöst, einen Mörder zu überführen, der längst überführt war. Er befand sich, dachte er vage, und das genügte, in einem Zustand außerdienstlicher Besessenheit, ausgelöst von einem unwirklichen Brief.

Wie aus Gewohnheit sog Fischer den Rauch ein, und der leichte Schwindel, der ihn sofort erfasste, passte, wie er fand, gut dazu.

Krumbholz zog an seiner Zigarette. »Nicht mehr, Meister, nicht mit mir, ist alles vorbei, was soll das?«

Die beiden Raucher am Tresen sahen den Kommissar aus bierverwunschenen Augen an, möglicherweise zum Schaden ihrer Nackenmuskulatur.

»Die Akten sind voller Widersprüche«, sagte Fischer. »Und Sie konnten Ihren Sohn nie entlasten.«

Als hätte er ihn gemeint und sich bloß versprochen, sagte der Mann, der am nächsten zu Fischer auf dem Barhocker saß: »Ich bin der Kare.« Weiter sagte er nichts.

Dafür beugte sich der andere behutsam nach vorn. »Hannes«, sagte er.

Etwas in Kare schien Anlauf zu nehmen. Er richtete sich auf, verzog den Mund und nickte. Daraufhin zeigte er mit dem Daumen über die Schulter, holte mehrmals Luft, schwankte und stieß hervor: »Das da ist der Willi, der Willi, das ist der Willi da hinten.«

Er meinte den Zeitungsleser am Tisch. Kare knallte das halb volle Bierglas auf den Tresen, hob es hoch, prostete seiner Umgebung zu, ohne jemanden anzusehen, und trank das Glas leer.

Trillernd gab einer der Spielautomaten eine Melodie von sich und blinkte überschwänglich. Was folgte, waren »Sultans Of Swing« von den Dire Straits und ein Stereohusten von Kare und Hannes. Fischer stand am Rand des Tresens, größer als die auf dem Barhocker sitzenden Männer, überhaupt zu groß gewachsen für die niedrige Kneipe, in der sich jeder wie geduckt verhielt.

Krumbholz spülte Gläser und tupfte sich mit einem Geschirrtuch den Nacken ab. Willi blätterte um und brauchte eine Weile, bis er die Seiten gefaltet bekam. Aus dem Raum hinter der Theke, vermutlich der Küche, drang ein Klappern.

»Haben Sie eine Suppe?«, fragte Fischer.

»Gulaschsuppe.« Krumbholz zündete sich eine Zigarette an, drehte sich um, schob die Holzklappe an der Wand nach oben und bückte sich schwerfällig. »Eine Gulaschsuppe.« Mit einem Krachen landete die Klappe wieder auf der Ablage.

Nach einem Moment, der Fischer eigenartig lang erschien, drehte Krumbholz sich zu ihm um. »Ist wahrscheinlich gut gemeint von Ihnen. Nützt aber nichts mehr. Mein Sohn ist verurteilt worden, er hat alles zugegeben, jetzt sitzt er in der Psychiatrie. Es geht ihm nicht schlecht, er wird betreut. Wir besuchen ihn regelmäßig, meine Frau und ich. Ist halt alles so gekommen. Das Mädchen wird nicht mehr lebendig. Irgendwann hört das alles auf.«

»Was hört auf?«, sagte Fischer.

»Das alles. Die Sache mit dem Mädchen. Was mein Sohn getan hat. Die Zeit geht drüber. Da können Sie nichts ausrichten. Wenigstens haben sie meinen Sohn nicht in ein richtiges Gefängnis gesteckt.«

»Ist ja gar nicht erlaubt«, sagte Kare unvermittelt. »Dein Sohn ist doch nicht gesund, der ist ja noch ein Kind. Verstehst du das, Fischer?« Seine Stimme wurde lauter. »Die haben den damals sowieso fertiggemacht, deine Kollegen und die Presse. Die haben gesagt, der Depp, der wars, das ist ja klar, entschuldige, Hardy. Die haben doch immer ... der hat keine Chance gehabt, der Jockel ... alles abgekartet. Und die Mutter? Was hat die eigentlich gemacht? Die war doch früher auch immer bei dir, Hardy. Die hätt ihre Tochter auf den Strich geschickt, so eine ist das ...«

»Hör auf, Kare«, sagte Krumbholz.

»Die Zeit geht nicht drüber«, sagte Fischer zu Krumbholz. »Glauben Sie heute, dass Ihr Sohn ein Mörder ist?«

»Wie, heute?« Krumbholz stöhnte. Nichts in seinem Gesicht verriet, was in ihm vorging. »Ob mein Sohn das Mädchen ermordet hat? Das ist doch nicht mehr wichtig jetzt. Das Urteil ist gesprochen.«

»Scarlett«, sagte Fischer.

Die drei Männer sahen ihn an. Er trank.

Aus der Küche war ein Klirren zu hören.

»Was wolltst du sagen mit Scarlett?« Hannes streckte den Kopf vor.

»Ich wollte nur ihren Namen erwähnen«, sagte Fischer.

»Scarlett, wissen wir ja«, sagte Kare. »Und ihre Mutter Michaela. Soll ich dir was verraten? Ich verrat dir jetzt mal was. Pass auf.«

»Ich passe auf.«

»Pass auf.«

Die Klappe an der Durchreiche wurde hochgeschoben. Fischer sah zwei weiße, dünne Frauenarme, die eine Terrine auf einen Teller stellten. Auf dem Teller lag eine Semmel. Krumbholz rührte sich nicht von der Stelle.

»Essen«, sagte eine Frauenstimme aus der Küche.

Krumbholz stützte sich neben dem Spülbecken ab und schien auf etwas zu warten.

»Iss erst mal«, sagte Kare. »Wir reden hinterher.«

»Sags mir gleich.«

»Essen«, wiederholte die Stimme aus der Küche.

Krumbholz wuchtete seinen Körper herum, zog die Terrine aus der Durchreiche, knallte die Klappe nach unten und kam um den Tresen herum. »Ich stells Ihnen hin«, sagte er und hatschte zu einem Tisch.

»Danke«, sagte Fischer, wandte sich an Kare und wartete ab. Er spürte den Alkohol. Das störte ihn nicht.

Kare inhalierte. »Pass auf. Wenn jemand das Mädchen, die Scarlett, umgebracht hat, dann die Mutter. Ist doch klar. Aber die Mutter … die Michaela … heilige Kuh. Die haben die nicht mal richtig verhört, deine Kollegen, alles Augenwischerei. Verstehst du das?«

Kare drückte die Kippe im Aschenbecher aus. »Die Typen von der Soko, kennst du die? Die uns alle verhört haben, kurz bevor sie den Jockel erledigt haben. Das hättst du nicht geglaubt. Da hättst was lernen können über deine Kollegen.«

»Was hätte ich lernen können, Kare?«

»Da hättst du lernen können, wie man was nicht rausfindet, wenn man was nicht rausfinden will, weil man nämlich nicht will, dass was rauskommt. Verstehst?«

»Nein«, sagte Fischer.

»Verstehst du nicht. Weil du bist auch von dem Verein. Die Typen wollten die Michaela nicht verhören, weil die Schiss hatten, dass dann rauskommt, dass die einen von denen kennt, von deinen Kollegen. Verstehst? Das ist die Sache. Deswegen hat der Jockel von Anfang an herhalten müssen. Weil dann die Mutter aus dem Schneider war. Jetzt schaust. Iss deine Suppe, die wird kalt.«

»Die Michaela Peters kannte einen Polizisten«, sagte Fischer. »Was ist daran seltsam? Ich kenne auch Frauen, die nicht bei der Polizei sind. Polizisten sind nicht nur mit Polizistinnen zusammen.«

»Gutnacht.« Kare trank und betrachtete sein leeres Glas. »Iss deine Suppe und denk nicht weiter drüber nach.«

»Du sollst mit mir reden«, sagte Fischer.

»Ihre Suppe wird kalt«, sagte Krumbholz.

Weil Fischer nicht zum Tisch ging und Hannes seinem Freund aufmunternd zunickte, setzte Kare eine verschwörerische Miene auf. »Der Kollege von dir hat die Michaela nicht einfach bloß so gekannt, die hatten ein Verhältnis. Und dieser Kollege, Fischer, der hat die dann verhört, aber so, dass nichts, aber null dabei rausgekommen ist. Und der hat den Jockel auch verhört. Verstehst? So gehts zu bei euch. Ich sag dir das, weil, wie der Hardy schon gesagt hat, die Sache vorbei ist und der Jockel eh nie mehr aus der Psychiatrie rauskommt. Dein Kollege damals, der hat das alles eingefädelt, und hinterher ist er befördert worden. Hast du nicht gewusst. Macht nichts. Hat sich dein Besuch doch schon gelohnt. Jetzt iss deine Suppe, sonst wird die Luisa sauer.«

Fischer setzte sich an den Tisch, mit dem Rücken zum Tresen, und rührte die Fleischstücke um. Die Suppe schmeckte würzig. Unaufgefordert brachte Krumbholz ihm ein frisches Bier und humpelte wortlos an seinen Platz zurück. Fischer tunkte die Semmel ein und glaubte kein Wort von dem, was Kare erzählt hatte.

Wer sollte der Polizist gewesen sein, der ein Verhältnis mit Michaela Peters hatte? Micha Schell? Er hatte Jockel vernommen, aber er war nicht der Einzige gewesen.

Fischer wandte sich zum Tresen um. »Weißt du noch, wie der Polizist hieß, Kare?«

»Beim Essen redet man nicht.«

18

»Für den Jockel war die Scarlett ein Wunder«

Im Radio spielte Musik, die Spielautomaten blinkten, die Männer redeten nicht mehr.

Eine Viertelstunde saß Fischer vor seiner halb leer gegessenen Terrine und seinem leer getrunkenen Glas, bevor er aufstand und beides auf die Ablage hinter der Theke stellte. Während des Essens hatte er sich den Blick vorgestellt, den Ann-Kristin und er von den Dünen aus teilten, wenn sie bei Sonnenuntergang auf die Nordsee schauten, manchmal mit einem Weinglas in der Hand, manchmal bloß Hand in Hand, verschönt von Staunen. In diesem Jahr würden sie wieder dort sein, wir werden dort sein, dachte Fischer, bestimmt werden wir dort sein.

Vornübergebeugt stand Krumbholz an der Zapfanlage, rauchte und starrte vor sich hin. Die beiden Männer auf den Barhockern sahen Fischer an.

»Warum habt ihr das damals niemandem erzählt?«, sagte er. »Ihr hättet zur Presse gehen können. Wir waren unter Druck, die Reporter hätten euch mit offenen Armen empfangen.«

Kare trank und betrachtete wieder sein Glas, als wundere er sich über dessen Leere. »Wer braucht Reporter? Ich nicht. Die waren eh überall im Viertel. Ich muss mich nicht im Fernsehen sehen, ich hab denen kein Interview gegeben. Denen erzähl ich nichts. Was denn erzählen?« Er stellte sein Glas auf die andere Seite des Tresens. Krumbholz machte keine Anstalten, ein neues Bier zu zapfen.

In der Küche war es still.

»So eine Geschichte muss man doch erzählen«, sagte Fischer. »Ein Kommissar hat ein Verhältnis mit einer Tatverdächtigen. Wer verschweigt so eine Geschichte?«

»Frag doch deinen Verein«, sagte Kare laut. Hastig griff er nach seiner Zigarettenschachtel, die leer war. »Gib mir deine Karte, Hardy, ich brauch Nachschub. Pass auf, Fischer, jetzt noch mal: Ich gehör nicht zu den Leuten, die was rumerzählen, was ich nicht beweisen kann. Verstehst? Das mit dem Bullen haben die Leute in Ramersdorf erzählt, die haben behauptet, sie hätten den Polizisten in der Lukasstraße, wo die Michaela gewohnt hat, ein und aus gehen sehen. Ich nicht. Ich hab den da nicht gesehen. Die Leute, die das behauptet haben, kenn ich, die reden kein Zeug, die wollen sich genauso wenig wichtig machen wie wir. Trotzdem hab ich den Bullen nicht mit eigenen Augen in der Lukasstraße gesehen. Verstehst? Darum gehts.«

»Den Mord an Scarlett konnte niemand beweisen«, sagte Fischer. »Trotzdem ist der Jockel verurteilt worden.«

Krumbholz hob den Kopf. »Er hat ein Geständnis abgelegt«, sagte er mit belegter Stimme. Er blickte zwischen Fischer und Kare hindurch zur Tür. »Und der Psychologe hat in seinem Gutachten geschrieben, dass der Jockel die Tat begangen haben könnt. Und der Kommissar Koburg hat uns genau erklärt, wie alles passiert ist. Der ist extra zu uns in die Wohnung gekommen, allein, der Chef von der Soko. Der hat bedauert, dass er den Jockel verhaften muss. Hat er gesagt. Zu meiner Frau und zu mir. Ob da jemand ein Verhältnis gehabt hat, ist scheißegal.« Mit einer ruckartigen Bewegung griff er nach Kares leerem Glas, spülte es aus und stellte es unter den Zapfhahn.

»Ich habe alle Akten noch einmal gelesen«, sagte Fischer. »Was wirklich passiert ist, steht nicht drin.«

»Was?« Krumbholz stellte das volle Glas auf Kares Bierdeckel. Dann warf er Fischer einen abweisenden Blick zu und machte einen Strich auf einem der Zettel für die Tresengäste. »Was soll da sonst drinstehen, in den Akten? Das hat der Koburg doch da alles reingeschrieben.«

»Vermutungen. Die Kollegen haben keine Blutspuren gefunden, keine DNA, keine Fingerabdrücke. Niemand kennt den Tatort. In Ihrer Wohnung haben wir nichts gefunden, Herr Krumbholz. In den Akten steht, dass Scarlett in Ihrer Wohnung gestorben ist und dass Sie die Leiche im Auto weggebracht haben. In Ihrem Auto waren keine Spuren.«

Krumbholz zündete sich eine Zigarette an, schnaufte, trank Kaffee aus einer weißen, mit Blumen verzierten Tasse. Als Fischer sich zu den Tischen umdrehte, bemerkte er, dass Willi aufgehört hatte zu lesen und zuhörte.

Eine Zeit lang sagte niemand ein Wort.

Dann hob Hannes den Zeigefinger. »Deswegen, sag ich doch, ist der Jockel ja auch unschuldig. Die Mutter ist verstrickt. Die Mutter von der Scarlett. Aber die Mutter ... hat der Kare ja gesagt, die Mutter geht nicht, weil ... Beischlaf mit einem Kommissar.«

»Ich glaube euch kein Wort«, sagte Fischer.

Das war nicht das, was er sagen wollte. »Ist Ihre Frau gegangen, Herr Krumbholz?«

Der Wirt nickte. Fischer fand es ungewöhnlich, dass Luisa Krumbholz sich nicht von ihrem Mann und den Stammgästen verabschiedet hatte.

»Ist sie zu Hause?«

Krumbholz reagierte nicht. Es sah aus, als wäre er versteinert.

»Heut Abend komme ich wieder«, sagte Fischer und hielt dem Wirt einen Zwanzigeuroschein hin. »Vielleicht fällt euch noch etwas ein, was mir helfen könnte, Jockels Unschuld zu beweisen.«

»Wieso denn?«, sagte Kare. »Du bist doch mit schuld dran, dass er verurteilt worden ist. Was willst du überhaupt von uns? Dein schlechtes Gewissen kannst du dir sparen. Und jetzt schleich dich.«

»Bis heut Abend«, sagte Fischer.

»Mal nachdenken«, sagte Hannes und prostete Fischer zu.

»Bist du betrunken?« Liz Sinkel sprach laut ins Telefon. »Wir gehen doch nicht mit Zeugen und schon gar nicht mit Tatverdächtigen ins Bett. Das ist doch Mumpitz, P-F.«

»Weißt du etwas darüber oder nicht?«, sagte Fischer zum zweiten Mal. Er stand vor seinem Wagen in der Hechtseestraße, nicht weit von Hardys Stüberl entfernt.

»Nein«, wiederholte Liz. Fischer hörte das Rascheln von Papier. »Erstens war ich damals nicht dabei, zweitens hätt ich, wenn ich so was mitgekriegt hätt, garantiert Alarm geschlagen. Das wär ja irrsinnig. Ich dachte, du hast irgendwelche echten Neuigkeiten, du willst neue Fenster öffnen, die uns vielleicht eine neue Sicht auf den Fall ermöglichen. Und jetzt treibst du dich in Gerüchteküchen rum. Wo bist du überhaupt?«

»Habe ich dir doch gesagt, in Ramersdorf. Ich war in der Kneipe von Jockels Eltern. Die Männer haben keinen Grund, mir Unsinn zu erzählen.«

»Du bist fertig, P-F.« Aufgebracht suchte Liz nach Worten. »Hör auf, mir so peinliche Sachen zu erzählen. Natürlich reden die Leute Unsinn, du bist Polizist, sie sind auf der Seite von Jockels Vater, und das werden sie immer bleiben. Was für eine Geschichte! Micha hat ein Verhältnis mit Scarletts Mutter, und deswegen zwingt er einem geistig behinderten Tatverdächtigen ein Geständnis auf. Du drehst langsam durch.«

»Ob es sich um Micha handelt, steht nicht fest.«

»Das muss auch nicht feststehen, denn es stimmt nicht.«

»Ich brauche vielleicht deine Hilfe«, sagte Fischer.

»Wenn du so weitermachst, kann ich dir nicht helfen.«

»Du hörst wieder von mir.« Er legte auf, bevor Liz noch etwas erwidern konnte.

Der Himmel war voller dunkelgrauer Wolken. Fischer bildete sich ein, erste Regentropfen zu spüren. Er war sich nicht sicher. Er war zu angespannt, um länger über das Wetter nachzudenken, über den Wind in den Sträuchern der Vorgärten, über das verwaschene Laub auf dem Vorplatz des ehemaligen griechischen Restaurants Akropolis.

Wie aus Lautsprechern klangen die Stimmen der Männer aus der Kneipe in ihm nach, am eindringlichsten die des Wirts, obwohl er weniger als die anderen geredet hatte. Was Fischer hörte, war eine heisere, hohl klingende Stimme, die aus einem vergessenen Keller zu kommen schien, so, als habe Eberhard Krumbholz sie lange nicht mehr gebraucht oder sich lange nicht mehr an sie erinnert.

»Es gibt nichts mehr zu erzählen«, sagte Luisa Krumbholz und hielt mit beiden Händen eine bauchige weiße Kaffeetasse fest, die dasselbe Blumenmuster hatte wie die ihres Mannes in der Kneipe.

Aus dem Heizkörper unter dem Küchenfenster drang ein gleichmäßiges leises Rauschen. Auf dem Herd standen zwei Töpfe, aus denen der Duft nach frischer, vor sich hin köchelnder Gulaschsuppe stieg.

Luisa Krumbholz hatte Fischer an der Tür aus müden, abwesenden Augen angesehen, ihm wortlos zugehört und dann mit dem Kopf in Richtung Küche gedeutet.

Außer nach Suppe roch es in der mit hellen Möbeln vollgestellten Wohnung nach Reinigungsmitteln und Rasierwasser. An der Wand in der Küche hing ein Kreuz. Darunter saß die fünfundsechzigjährige Frau, die mit ihren schwarzen Ringen unter den Augen, dem zermarterten Gesicht und den grauen Haaren wesentlich älter aussah. Das kurzärmelige, schwarze, schlichte Kleid ließ ihre Arme noch bleicher und dünner erscheinen. Im Vergleich zu ihrem Mann wirkte sie ausgemergelt, gebrechlich.

»Wieso setzen Sie sich nicht?«, sagte sie mit leiser, aber klarer Stimme.

Fischer stand neben der Tür und presste die Hände hinter dem Rücken gegen die Wand. »Wie geht es Ihrem Sohn, Frau Krumbholz?«

Sie stellte die Tasse auf das weiße Tischtuch, nahm die Hände nicht weg. »Er hört den ganzen Tag Musik. Und er spielt Basketball im Hof.«

»In einer Mannschaft.«

»Nein«, sagte sie. »Mit sich selbst. Er wird wütend, wenn ein anderer mehr Körbe wirft als er.«

»Welche Musik hört er?«

»Schlagermusik. Deutsche Schlager, er hat ungefähr hundert CDs.«

»Die haben Sie ihm geschenkt.«

»Ja.«

»Und wie geht es Ihnen, Frau Krumbholz?«

Einige Sekunden lang zuckte ihr Mund, als schaffe er es nicht, ein Lächeln zu formen. »Das hat mich seit Jahren niemand mehr gefragt. Wie es mir geht? Weiß nicht genau. Ich steh jeden Morgen um sechs auf, länger kann ich nicht schlafen. Mein Mann kommt vor neun nicht aus dem Bett. Ich bereite Essen vor, Suppe, Fleischpflanzerl, Salate, gelegentlich einen Kuchen. Ich arbeite lieber hier als in der Kneipe, ich nehm die Sachen dann mit. Ist ja nicht weit. Wie's mir geht? Warum wollen Sie das wissen?«

»Ich glaube nicht, dass Ihr Sohn schuldig ist«, sagte Fischer. Das war ein verbotener Satz, doch er hätte ihn am liebsten wiederholt. Wieder musste er an Ann-Kristin im Sommer denken, wieder katapultierte ihn dieser Gedanke zurück in seine selbst gewählte, irrwitzige Gegenwart.

Luisa Krumbholz ließ die Tasse los, schaute zu den Töpfen, legte den Kopf schief. »Er ist verurteilt worden, und das Urteil kann man nicht anfechten.«

»Das könnte man schon, wenn Scarletts Leiche gefunden würde.«

Sie sah den Kommissar an. »Was wollen Sie von mir? Sie haben mit meinem Mann gesprochen, mehr gibts nicht zu sagen. Es ist geschehen, was geschehen ist, wir haben dafür gebüßt, alle drei, und wir werden bis an unser Lebensende büßen.«

»Sie mussten Ihr Restaurant schließen.«

Wieder zuckten ihre Lippen, sie verschwanden fast nach innen. »Wir hätten schon nach einer Woche zusperren können, eine Woche nach dem Urteil. Vorher sind die Leute gekommen und haben uns bedauert, danach haben sie gedacht, wir sind doch schuld. Wir alle drei. Mein Sohn, der das Mädchen erwürgt oder sonst wie umgebracht hat, mein Mann, der die Leiche versteckt hat, und ich, die alles gewusst hat. Sie haben vorhin an der Tür gesagt, das Urteil muss nicht der Schlusspunkt sein. Das Urteil ist der Schlusspunkt, Herr Fischer, für uns geht nach so einem Urteil das Leben nicht mehr weiter, es ist aus. Acht Monate haben wir noch jeden Tag aufgesperrt, eingekauft und sauber gemacht. Manchmal kamen noch ein paar Neugierige oder Durchreisende, die das Restaurant zufällig gesehen haben. Journalisten kamen auch immer noch. Die hab ich nicht bedient, die hat mein Mann bedient, der hat da weniger Skrupel. Wahrscheinlich hatte er recht, die Journalisten haben auch Umsatz gemacht. Erfahren haben sie nichts von uns. Dann mussten wir unsere beiden Köche und die beiden Helfer entlassen, dann hab ich mich in die Küche gestellt. Hab ich früher nur sonntags getan, die Woche über hab ich mich um Jockel gekümmert. Das Restaurant lief sehr gut. Die Leute gingen gern griechisch essen. Wir haben es gemeinsam aufgebaut, Sie wissen, dass ich Griechin bin.«

»Geboren in Thessaloniki«, sagte Fischer. »Dort haben Sie auch Ihren zukünftigen Mann kennengelernt.«

»Sie haben die Akten gelesen. Wir waren Anfang zwanzig, er reiste mit einem Freund durch Griechenland. Am Ende bin ich mit ihm nach Deutschland gereist. Nach München. Zuerst Giesing, dann Ramersdorf. Und da bin ich immer noch.« Sie faltete die Hände und senkte den Kopf.

»Sie haben ein Kind bekommen, ein Mädchen, das später bei einem Unfall starb.«

Nach einem Blick zum Kreuz an der Wand trank sie einen Schluck Kaffee und behielt die Tasse in beiden Händen. »Esther. Sie war sechs, als sie starb. Mein Mann war nicht schuld. Wir waren auf Chalkidike auf dem Weg zum Meer, ein Tagesausflug. Ein betrunkener Autofahrer. Er kam uns entgegen, auf unserer Seite. Unser Wagen überschlug sich und blieb in der Wiese liegen. Esther wurde rausgeschleudert, sie ist verblutet. Mein Mann ist dem Betrunkenen in letzter Sekunde ausgewichen, das war ihr Tod. Vielleicht hätt sie überlebt, wenn wir ganz normal zusammengestoßen wären. Sieben Jahre danach hab ich noch mal ein Kind gekriegt, da war ich schon sechsunddreißig. Den Jonathan. Weiß auch niemand, warum der an Hirnhautentzündung erkranken musste. Wir haben uns nicht geschämt, niemals. Er hat lesen und schreiben gelernt, und er wär vielleicht ein guter Klavierspieler geworden. Er hat immer gern gespielt, gesungen auch. Dann nicht mehr. Er hat im Restaurant mitgeholfen, die Gäste mochten ihn. Jetzt wissen Sie alles. Aber das wussten Sie ja schon vorher.«

»Nein«, sagte Fischer. »Ich wusste nicht, dass Jockel als kleines Kind Klavier gespielt und gesungen hat.«

»Ist das denn wichtig?«

»Diese Erinnerung hilft Ihnen, wenn Sie für Ihren Sohn CDs aussuchen und ihm einen Schokoladenkuchen backen.«

Die Tasse rutschte ihr aus der Hand, fiel auf den Tisch und kippte nicht um. »Woher wissen Sie, dass ich für Jockel Schokokuchen backe?«

»Sie haben es immer getan, auch für Scarlett.«

»Ja.« Sie schob die Tasse von sich weg und faltete wieder die Hände, presste sie fest aneinander. »Für die Kinder hab ich viel gebacken. Ja, auch für die kleine Scarlett, obwohl ich sie nie besonders mochte. Sie war mir immer zu selbstverliebt. Aber für den Jockel war sie ein Engel, für den Jockel war die Scarlett ein Wunder, das er immer nur angestaunt hat. Der hat sie Tag und Nacht umschwärmt, auch wenn er gar nicht verstanden hat, was er da tut. Sie haben zusammen Kuchen gegessen, ferngesehen, gespielt, gemalt, sogar gesungen, wenn er sich mal getraut hat. Ich glaub, dieses Mädchen war der einzige Mensch, der den Jockel dazu gebracht hat zu singen, wie früher. Sonst hat er sich nicht mehr getraut. Oder er hat vergessen, dass er singen konnt. Aber mit dem Mädchen ...«

Auch Eberhard Krumbholz hatte – ob mit Absicht oder aus Oberflächlichkeit, das war Fischer nicht klar geworden – immer wieder von dem »Mädchen« gesprochen und es vermieden, ihren Namen zu nennen. Welche Absicht sollte dahinterstecken? Half ein Mädchen ohne Namen ihnen bei der Bewältigung der Schuldgefühle? Verachteten sie Scarlett, weil diese ihren Sohn mit ihrer ganzen Art und »Selbstverliebtheit« möglicherweise dazu gebracht hatte, außer Kontrolle zu geraten und sie zu töten?

»Sie waren enge Freunde, Scarlett und Ihr Jockel«, sagte Fischer. Obwohl es in der Küche angenehm warm war, hatte er kalte Hände.

»Der Jockel …« Erschöpft, oder wie ergeben, lehnte sie den Kopf an die Wand. »Manchmal war es auch gut, dass er nichts mitgekriegt hat, manchmal war seine Krankheit richtig ein Segen. Eine Erleichterung für mich.«

»Sie waren erleichtert, weil Ihr Sohn nicht mitbekam, wenn Sie und Ihr Mann Streit hatten.«

»Sie kennen sich aus«, sagte sie mit müder Stimme. »Oder steht darüber was in den Akten? Wir haben uns auch früher schon gestritten, der Hardy und ich, eigentlich von Anfang an. Ich bin eine aufbrausende Frau gewesen, auch selbstbewusst, ich hab mir wenig sagen und noch weniger anschaffen lassen. Anschaffen, schönes deutsches Wort. Das war nicht leicht für den Hardy. Nach Jockels Erkrankung hat er sich verändert, mein Mann. Er wurde stur und böse, er ließ sich gehen, er hat mir die Schuld an allem gegeben, obwohl er das nie laut gesagt hat. Dass sein Sohn plötzlich geistig behindert ist, das hat er nicht verwunden, bis heut nicht. Stellen Sie sich vor, er ist sogar aus der Kirche ausgetreten. Einmal, als er mal wieder stockbetrunken war, hat er gesagt, dass Gott ihn bestraft, weil er unsere Esther zu Tode gefahren hat. So hat er geredet. Gott und ich haben ihn bestraft, das war seine Sicht der Dinge. Und dann fing er an, Frauen anzumachen, mit einer hatte er tatsächlich ein Verhältnis. Sie kommt heut noch fast jeden Abend in die Kneipe, eine Trinkerin. Selbstverliebt. Hält sich für attraktiv. Sie geht anschaffen. Ich weiß das. Jeder weiß das. Sie gibt Inserate auf, sie geniert sich nicht für ihr Alter, sie ist Anfang sechzig, kaum jünger als ich. Als mein Mann sie kennenlernte, war sie Anfang vierzig und auch schon versoffen und verhurt.«

Ihre Stimme wurde immer schwächer. Den Kopf an die

Wand gelehnt, klopfte sie mit den gefalteten Händen auf den Tisch. »Davon hat der Jockel nie was mitgekriegt, was für ein Glück. Wenn er uns zufällig erwischt hat, wenn wir uns angeschrien haben, hat er einfach mitgeschrien, so laut er konnte. Und dann haben wir zu dritt so lange rumgeschrien, bis Jockel anfing zu lachen. Manchmal hab ich sogar mitlachen müssen. Wir haben dann nie darüber gesprochen, wieso wir uns überhaupt gestritten haben, sein Vater und ich. Jetzt schreien wir uns schon lang nicht mehr an. Wenn mein Mann vor mir sterben sollt, geb ich die Kneipe sofort auf und geh zurück nach Griechenland zu meiner Schwester. Und den Jockel nehm ich mit. Und die Esther lass ich auch umbetten.«

Sie verstummte. Ihre Hände lagen still auf dem Tisch. Das leise Rauschen der Heizung und das kaum hörbare Köcheln der Suppe in den beiden Töpfen waren minutenlang die einzigen Geräusche.

Als Fischer sich von der Wand abstützte und einen Schritt machte, hob Luisa Krumbholz ruckartig den Kopf. »Ich würde gern das Zimmer Ihres Sohnes sehen«, sagte er.

Mit einem Seufzer, der ihn an die Schwerfälligkeit ihres Mannes erinnerte, erhob sie sich, die Hände immer noch vor dem Bauch gefaltet. Sie drehte den Strom am Herd ab, zog die Töpfe von den heißen Platten und nickte, wie zu Beginn von Fischers Besuch, zur Tür hin. Fischer ließ sie vorausgehen.

Nachdem sie eine der zwei geschlossenen Türen im Flur geöffnet hatte, lehnte sie sich an den Türrahmen und wartete, bis Fischer einen Blick hineinwarf.

An einer Wand stapelten sich Schuhkartons, Kisten und Aktenordner, vollgestopft mit Papieren, Zeitungen, Klarsichtfolien, Schreibblöcken und losen Zetteln. Vor dem Fenster stand ein einfacher Küchentisch mit einem blauen Klappstuhl, daneben ein Beistelltisch mit Rädern, beide Tische voller Büroutensilien, Quittungen, Schreibmappen, Tassen, in denen Kugelschreiber und Filzstifte steckten, ein Taschenrechner und, vergraben unter einem Berg zum Teil abgehefteter Rechnungen und Briefe, ein grauer Laptop. Außer einem etwas schiefen, breiten Kleiderschrank an der anderen Wand und einer altmodischen Stehlampe mit vergilbtem Schirm neben dem Arbeitstisch gab es noch ein schmales Holzbett, über dem eine rote Wolldecke mit Sternenmuster ausgebreitet lag.

»Das war Jockels Bett«, sagte er.

»Das war Jockels Zimmer«, sagte Luisa Krumbholz und wandte sich zum Flur, hielt inne und warf Fischer einen kurzen, hellen Blick zu. »Sein jetziges Zimmer ist viel schöner, mit Blick in den Garten, wo die Vögel singen und Elstern herumspringen. Das hier ist das Büro meines Mannes.«

»Er hat alle Artikel und Berichte über den Fall gesammelt.«

»Jeden einzelnen.«

»Und er liest immer noch darin.«

»Jedes Wochenende. Ich darf ihn nicht drauf ansprechen. Jeden Sonntag sperrt er sich ein, er sagt, er muss Büro erledigen. Sieht das aus, als würde er regelmäßig Büro erledigen? Er hat einen Freund bei der Brauerei, sonst hätten sie ihm das Lokal schon längst zugesperrt, Rechnungen bezahlt er grundsätzlich zu spät. Haben Sie genug gesehen?«

»In diesem Zimmer hat Jockel angeblich Scarlett getötet«, sagte Fischer.

Sie zuckte mit der Schulter, sah zu Boden.

»Sie haben Playstation gespielt, wie schon oft.«

»Wacky Races.«

Fischer hatte nicht zugehört. »Bitte?«

»Das Spiel«, sagte Luisa Krumbholz. »Wacky Races hieß

das Spiel. Den Namen hab ich mir gemerkt, ich weiß nicht, was das bedeutet. Ein Autorennen, glaub ich. Das hat er gespielt, stundenlang. Und das Mädchen auch.«

»Scarlett.«

»Ja.«

»Braucht man für das Spiel keinen Fernsehapparat?«

»Mein Mann hat ihn weggeworfen. Wir haben keinen Fernseher mehr. Das Geld sparen wir uns. Ich muss langsam wieder rüber in die Kneipe.«

In diesem Zimmer mischte sich der Geruch einer trostlosen Gegenwart mit den Ausdünstungen einer absterbenden Vergangenheit. Nichts in diesem Zimmer vermittelte den Anschein von Versöhnung. Als Fischer beim Hinausgehen, wie aus Versehen, auf den Lichtschalter drückte, warf die nackte Glühbirne, die verstaubt an der Decke hing, ein schäbiges Licht auf die Dinge.

»Mein Sohn wird nie wieder gesund«, sagte Luisa Krumbholz an der Haustür. »Egal, wo er leben muss.«

Seine Frage hätte er eher stellen sollen, aber es hatte sich nicht ergeben. Oder er hielt sie für unangemessen. »Trauen Sie Ihrem Mann zu, Scarletts Leiche versteckt zu haben?«

Luisa wirkte nicht so, als würde die Frage sie schockieren oder überraschen. Mit einem unmerklichen Zucken in den Mundwinkeln sah sie Fischer ins Gesicht. »Ich dachte, Sie haben die Akten studiert. Dann müssten Sie wissen, was meine Meinung dazu ist.«

»Sie haben ausgesagt, dass Sie Ihren Sohn nicht für schuldig halten.«

»Das hab ich gesagt.«

»Und Ihren Mann?«

»Wenn ich meinen Sohn für unschuldig halte, muss ich auch meinen Mann für unschuldig halten, das ist logisch.«

»Das ist nicht logisch«, sagte Fischer. »Ihr erwachsener

Sohn ist nach seiner Krankheit ein Kind geblieben, ein geistig geschädigtes Kind, und wenn er Scarlett umgebracht haben sollte, dann niemals mit Absicht. Er wäre nicht schuldig. Er wäre allenfalls schuld an Scarletts Tod, aber schuldig wäre er nicht. Ihr Mann wäre schuldig, wenn er die Leiche beseitigt hat. Halten Sie ihn für fähig, so etwas zu tun?«

Obwohl sie im Flur stand, fuhr der kalte Wind durch ihre grauen Haare und wirbelte sie auf. Hastig strich sie sie mit beiden Händen glatt. Sie wollte etwas sagen.

Fischer stand vor der Tür, mit dem Rücken zur Straße. Schritte kamen näher. Aus den Augenwinkeln sah er eine ältere Frau mit einer Einkaufstasche am Haus vorübergehen, sie hielt den Kopf gesenkt.

Nachdem die Schritte verklungen waren, öffnete Luisa Krumbholz den Mund, zögerte und trat einen Schritt auf Fischer zu. Im abgenutzten Licht des Nachmittags schien ihr Gesicht zu verblassen. Fischer drehte den Kopf ein wenig zur Seite. Sie beugte sich näher zu ihm, berührte ihn mit ihrer kalten, dürren Hand behutsam an der Wange und flüsterte ihm die Antwort ins Ohr.

Damit war das Gespräch beendet. Ohne Fischer noch einmal anzusehen, schloss sie die Tür und drehte den Schlüssel zweimal um.

Fischer trat auf die Auflegerstraße hinaus, zog die Gartentür hinter sich zu und spürte noch immer Luisas Lippen an seinem Ohr.

Ja, hatte sie geflüstert, und ein weiteres Mal: Ja. Und dann, schon in der Bewegung weg von ihm: Dafür bitt ich den lieben Gott um Verzeihung.

19

»Ein Scheißtag, von der Früh bis in die Nacht«

Niemand hatte nachgefragt. Warum nicht?

Fischer ging durchs Viertel, er ging immer weiter, manchmal dieselbe Straße auf und ab, auf beiden Seiten, er ging mit mächtigen Schritten und nach vorn gebeugtem Körper gegen den wütenden Wind an.

Monatelang hatten die Mitglieder der Sonderkommission 1 Nachbarn, Bekannte und Schulfreunde von Scarlett Peters befragt. Er selbst hatte viermal mit Jockel Krumbholz gesprochen, ohne auf einen konkreten Hinweis, geschweige denn auf eine Spur zu stoßen. Nichts deutete auf eine Verbindung zwischen dem jungen Mann und dem Verschwinden des Mädchens hin.

Nichts, sagte Fischer in der Adam-Berg-Straße, nichts, nichts.

Die Aussagen von Luisa Krumbholz umfassten eine Seite, die von Eberhard Krumbholz drei Seiten. Ihn hatten die Ermittler mehrmals aufgesucht und einmal ins Dezernat bestellt, weil sein Sohn sich in Widersprüche bei seinen Zeitangaben verstrickt hatte. Doch letztlich tauchten keine Indizien für einen begründeten Verdacht auf.

Keine Beweise, sagte Fischer in der Ballaufstraße, keine Beweise.

Im Neuperlacher Ostpark, der nicht weit von der Lukasstraße entfernt lag, fanden Suchaktionen statt, außerdem punktuelle Nachforschungen auf dem Neuen Südfriedhof, im Perlacher Forst und an anderen Plätzen der näheren Umgebung, die als Verstecke dienten konnten.

Jockel hat kein Täterwissen offenbart, sagte Fischer in der Segenstraße und blieb an der Ecke zur Lukasstraße stehen und sagte laut: »Bei einem offensichtlichen Mordfall, bei dem eine Leiche an einem bestimmten Ort aufgefunden wird, hätte eine Anmerkung in einem Vernehmungsprotokoll den Verdächtigen zumindest vorübergehend entlastet.« Niemand hörte ihm zu. »Aber im Fall Scarlett Peters gab es keinen Tatort, keine Leiche, keinen nachvollziehbaren Tathergang.«

Wie also wollte er zu diesem Zeitpunkt beweisen, dass Jockel kein Täterwissen besaß?

Er hatte keins.

Wer beweist das?

Zum vierten Mal ging Fischer die Lukasstraße bis zur Auflegerstraße und wieder zurück bis zur Berger-Kreuz-Straße.

Nicht einmal nach der siebenundzwanzig Stunden andauernden Vernehmung durch Micha Schell in der Sonderkommission 2, in der Jockel die Tat gestanden hatte, konnte der Ablauf hundertprozentig rekonstruiert werden. Die Widersprüche blieben bestehen. Was mit der Leiche geschehen war, wusste niemand. Eberhard Krumbholz leugnete, die Tote in seinem Auto weggeschafft zu haben, und verweigerte ansonsten die Aussage, wozu er als Vater des Hauptverdächtigen das Recht hatte.

Jockel, sagte Fischer zu den Häusern, war die Spur Nummer eins, doch es hat nie ein echter Verdacht gegen ihn bestanden.

Der behinderte junge Mann galt als Spur Nummer eins, weil er zugegeben hatte, dass Scarlett ihn am 8. April besucht hatte. Sie hätten Kuchen gegessen und Playstation gespielt. Dann sei Scarlett nach Hause gegangen. Wann das gewesen sein sollte? Jockel sagte, gegen halb drei. Dann sagte er, um halb vier. Dann: um halb fünf. Dann: Um dreiviertel vier.

Fischer ging mitten auf der Straße.

Nicht einmal Micha Schell wagte sich auf eine konkrete Zeit festzulegen. Dennoch wertete er die Widersprüche als Täuschungsmanöver. Für ihn war Jockels Verhalten hochgradig verdächtig. Es diente, schrieb er ins Protokoll, zur Ablenkung vom Sachverhalt und werde vom Verdächtigen geschickt eingesetzt, um die Ermittler glauben zu lassen, er sei wegen seiner Krankheit unzurechnungsfähig. Seiner Einschätzung nach, notierte Schell, sei Jonathan Krumbholz trotz seiner krankheitsbedingten kindhaften Art bei wachem Verstand und wisse sehr wohl, was er sage und was er verschweige.

Was denn?, sagte Fischer zu einem blauen Lieferwagen, dessen Fahrer ihn angehupt hatte. Mit trägen Schritten war Fischer ausgewichen, ohne die Straße zu verlassen.

War das, was Jockel aussagte, Täterwissen?

Für einen Moment blieb Fischer stehen, holte Luft, horchte seinen Gedanken nach. Dann ging er weiter, auf der Hauptstraße mit den Bushaltestellen in nördlicher Richtung.

War Scarlett so gestorben, wie Jockel im Kreuzverhör und in einem Zustand extremer Erschöpfung erklärt hatte? Keine Leiche. Keine solide Tatrekonstruktion, vor allem vor dem Hintergrund, dass Jockel sein Geständnis widerrufen hatte. Er sei bloß so müde gewesen, sagte er zu Hauptkommissar Rainer Koburg, dem Leiter der Soko 2, der ihm kein Wort glaubte. Er, Jockel, würde doch der Scarlett niemals was antun.

Und sein Vater schwieg.

Wenn Luisa Krumbholz ihrem Mann zutraut, die Leiche eines ermordeten Mädchens verschwinden zu lassen, sagte Fischer zu den vorbeifahrenden Autos, traut sie dann auch ihrem Sohn ein Verbrechen zu? Niemand hat ihr bis heute diese Frage gestellt. Auch sie hat das Recht, die Aussage zu verweigern, und das hat sie getan, abgesehen von ihrer Erklärung gegenüber ihm, Fischer, und später gegenüber Koburg, ihr Sohn sei unschuldig.

Wusste sie etwas? Ahnte sie etwas? Deckte sie ihren Mann und verachtete ihn deswegen umso mehr? Weil sie gezwungen war, ihn wegen ihres Sohnes zu schützen? Weil sie niemals zugeben würde, dass ihr Sohn einen Menschen getötet hatte?

Ja? Ja? Fischer erreichte das verlassene griechische Restaurant und ging weiter, im Fahrtwind der entgegenkommenden Autos. Passanten wichen ihm aus und sahen ihm nach.

Jockel hatte nicht freiwillig ein Geständnis abgelegt. Er war eingeschüchtert, unter Druck gesetzt und ohne Verteidiger in zwei Tagen und einer Nacht – siebenundzwanzig Stunden lang, davon elf am Stück – zermürbt worden.

Eine elfstündige Vernehmung ohne Pausen durchzuführen ist nicht ungesetzlich, sagte Fischer. Es ist unmenschlich.

Einen geistig behinderten Vierundzwanzigjährigen elf Stunden lang ohne Pausen zu vernehmen ist nicht unmenschlich, sagte Fischer auf der Berger-Kreuz-Straße, die er jetzt hätte verlassen müssen. Es ist eine Schande für die Polizei.

Einen behinderten Mann mit dem Geisteszustand eines Zehnjährigen elf Stunden lang ohne Pausen und ohne Rechtsbeistand zu vernehmen, sagte Fischer an der Kreuzung, grenzt an Folter.

Zu dem älteren Mann, der mit ihm die Straße überquerte und nichts verstand, denn Fischer redete in sich hinein, sagte er: Niemand hat einen Verdächtigen gefoltert. Nichts davon steht in den Protokollen. Dennoch ist es geschehen, wissen Sie.

Der Pflichtverteidiger hatte eine Woche Urlaub genommen. In dieser Zeit nutzte Koburg seine Chance. Als der Anwalt zurückkehrte, hatte die Staatsanwaltschaft aufgrund der vorliegenden psychologischen Gutachten bereits eine Anklageerhebung gegen den Tatverdächtigen Jonathan Krumbholz in Aussicht gestellt. Auf einer Pressekonferenz lobten der Ermittelnde Staatsanwalt Dr. Frank Steidle und Polizeipräsident Dr. Veit Linhard »den aufwendigsten Einsatz in der Geschichte der bayerischen Polizei«. Unabhängig von der Aussage des Verdächtigen gebe es, sagte Steidle, »keine weiteren Anhaltspunkte« für den Ablauf des Geschehens. Allerdings sprächen die Ermittlungen eine »klare Sprache« und seien durch die Vernehmungen »letztendlich zweifellos« bestätigt worden: »Für alle anderen Tatvarianten lassen die bisherigen Ergebnisse der Soko keinen Spielraum.« Steidle forderte Eberhard Krumbholz auf zu gestehen, wo er die Leiche vergraben habe, da er strafrechtlich nicht belangt werden könne.

Und wenn Krumbholz die Leiche tatsächlich vergraben hat?, sagte Fischer in der Krumbadstraße, wo er nicht hinwollte. Und wenn die Vernehmung durch Micha Schell die Wahrheit ans Licht gebracht hat?

Und wenn Jockel nicht nur schuld war, sondern doch schuldig?

Fischer kehrte um, er hatte die Orientierung verloren. Er musste telefonieren. Er brauchte einen Rat. Er brauchte eine Stimme außerhalb seiner eigenen. Er sollte, bevor er zum zweiten Mal in die Kneipe »Bei Hardy« ging, Liz anrufen und ihr von seinen Überlegungen berichten und mit ihr, falls sie dazu bereit war, seine weiteren Schritte besprechen.

Das musste er tun. Also holte er das Handy aus der Manteltasche, das er die ganze Zeit umklammert hatte. Es war immer noch ausgeschaltet. Er faltete die Hände um das Gerät und hielt sie hoch wie zum Gebet.

Er musste es einschalten, das Krankenhaus könnte anrufen.

Das Klingeln eines Fahrrads trieb ihn näher zur Kneipe hin.

Was er tat, war ungesetzlich.

Jockel Krumbholz konnte unschuldig sein.

Du bist zu spät, sagte er zur Eingangstür mit dem gelben Raucherclub-Schild.

Nein, sagte er, als er eintrat und das Handy schon wieder eingesteckt hatte.

Am voll besetzten Tresen redeten Männer aufeinander ein. Die Gäste, die an den Tischen saßen, redeten kaum, oder Fischer hörte ihre Stimmen schlecht.

Die einzige Frau in der Kneipe unterhielt sich mit wedelnden Händen mit einem bärtigen Mann gegenüber von Willis Tisch, an dem Fischer Platz nahm. Alle Gäste sahen zu ihm hin, um ihn augenblicklich wieder zu vergessen oder zu ignorieren. Grußlos brachte der Wirt ihm das bestellte Mineralwasser und verschwand wieder. Ab und zu kam Luisa Krumbholz aus der Küche und servierte einen Teller Suppe. Beim ersten Mal warf sie Fischer einen kühlen Blick zu, danach beachtete sie ihn nicht mehr.

Willi, ein Mann unbestimmten Alters, in einem dunkelgrünen Anorak, unter dem er einen braunen Rollkragenpullover trug, lehnte in der Ecke, seinen Weißwein im Visier, die linke Hand auf der Zigarettenschachtel. Manchmal nickte er Fischer rätselhaft zu.

Der Kommissar beugte sich vor. »Ich möchte Sie gern etwas fragen, Willi.«

»Ich heiß nicht Willi.« Vielleicht hatte er ein kleines Loch im Hals, das in den Rauchschwaden nicht zu sehen war. Den Mund hatte er zum Sprechen jedenfalls nicht geöffnet.

»Dann habe ich mich heut Mittag verhört.«

Inmitten ihrer Freunde saßen Hannes und Kare am Tresen. Wie alle anderen hatten sie Fischer beim Hereinkommen angesehen und sich dann abgewandt.

»Ich heiß Hermann.« Er steckte sich eine Zigarette zwischen die Zähne und zündete sie mit einem Plastikfeuerzeug an, das er jedes Mal, nachdem er es benutzt hatte, aufrecht hinstellte.

»Polonius Fischer.«

»Das weiß ich.«

»Ich würde Sie gern etwas fragen.«

Er inhalierte und nickte.

»Kannten Sie die kleine Scarlett Peters?«

Anstatt Fischer anzuschauen, gaffte er die Frau am Tisch auf der anderen Seite an. Sie griff nach der Hand ihres Begleiters, und dieser zog sie weg.

»Flüchtig«, sagte Hermann. Jetzt erwiderte die Frau seinen Blick.

»Er ist schüchtern«, sagte sie in Fischers Richtung.

Der bärtige Mann stand auf und ging an Willis Tisch vorbei zu den Toiletten.

»Sie kennen auch Scarletts Mutter«, sagte der Kommissar.

Hermann wandte den Kopf von der Frau ab. »Alles Schlampen, so wie sie da hocken. Ich kenn die Mutter von der Scarlett, kopfgesteuert ist die nicht, nie gewesen.«

»Sie meinen, sie lässt sich mehr von anderen Körperteilen steuern.«

»Das haben Sie gesagt.«

»Und Sie haben es verschwiegen.«

Der Mann nahm sein Weinglas, behielt die Zigarette zwischen den Fingern, trank, prostete Fischer zu und nickte.

»Sie kennen auch den Sohn des Wirts, den Jockel.«

»Was ist?« Hermann stellte das Glas auf den Deckel und deutete auf sein linkes Ohr. Also beugte Fischer sich noch ein Stück vor.

»Der Jockel und die Scarlett waren Freunde.« Fischer legte die Hand neben seinen Mund, weil er nicht wollte, dass die Frau am Nebentisch jedes Wort mitbekam.

»Kann sein«, sagte Hermann. »Hat er sie jetzt doch nicht umgebracht, der Jockel?«

»Warum hätte er sie umbringen sollen?«

Hermann drückte die Zigarette aus, schob den Aschenbecher zur Wand, legte die Arme auf den Tisch, stieß Luft durch die Nase. »Das wissen Sie doch.« Er hustete und wischte sich über den Mund. »Hab ich Sie angespuckt? Der Jockel ist ein Kind, und er spielt halt gern ... auch mit sich selber, macht ja jedes Kind. Aber als Erwachsener ... das sind dann die Perversen. Der Jockel ist kein Perverser, ist halt ein Kind geblieben. Und er hat halt die Scarlett angemacht. Nicht richtig angemacht ...«

»Er hat sich vor ihr entblößt.«

»So heißt das bei der Polizei. Ein Exbit... Ein Exhibitionist. Wie heißt das bei euch?«

»Ein Gliedvorzeiger.«

»Was soll man machen?« Mit einem schnellen Schluck leerte Hermann sein Glas und knallte es auf den Deckel. »Hat er halt gern sein Glied vorgezeigt. Vor-gezeigt, weil nach hinten kann er damit ja nicht zeigen.« Er grinste nicht, er nickte nur mehrmals wie zur Bestätigung. »Das hat doch jeder gewusst hier. Im Sommer, wenns heiß war, ist er manchmal in der Unterhose die Kreuzstraße rauf und runter gelaufen, hat den Autofahrern gewunken, und die haben ihm auch gewunken. Der hat niemand was getan, der Jockel. Hat sich vor die kleinen Kinder hingestellt und sie erschreckt. Das macht man nicht, aber er hat nie einem Kind was getan, das sagt Ihnen jeder hier. Er ist nie angezeigt worden, oder?«

»Nein«, sagte Fischer. »Aber er war eine Zeit lang in der Psychiatrie.«

»Ist ja klar. Da kommt so einer schnell hin. Und? Sie haben ihn wieder rausgelassen. Er ist harmlos, ein armer Junge. Früher hat der im Akropolis ausgeholfen, nicht nur in der Küche, er hat auch bedient. Ja, der Jockel war Kellner, er hat Essen verteilt und Bestellungen aufgenommen. Er ist ja nicht völlig behämmert, er ist halt etwas zurückgeblieben. Der kann schon was, der hat sich die Bestellungen gut merken können, der hat nie was aufgeschrieben. Nicht wie manche Bedienungen, die sich zwei Wein nicht merken können. Der ist nicht blöd, der Jockel, der wirkt vielleicht manchmal so, aber wenns drauf ankommt, funkts in seiner Birne schon noch. Schachweltmeister wird der natürlich nicht mehr, das ist logisch. Jetzt wär ein Weinderl recht, aber der Hardy ist am Würfeln.«

»Haben Sie damals bei der Polizei Aussagen gemacht, Hermann?«

»Sag du zu mir. Ich bin der Willi.«

»Polonius.« Er fragte nicht weiter nach dem Geheimnis von Willis Vornamen. »Hat die Polizei nach Scarletts Verschwinden mit dir gesprochen?«

»Wozu denn?«

»Du kennst die Verhältnisse.«

»Die kennen andere auch.«

»Du hast dich nicht freiwillig gemeldet.«

»Wirklich nicht. Die haben den Jockel fertiggemacht von Anfang an, das war ja ein Witz.«

»Ihr hättet ihn verteidigen können.«

Bevor er seine nächste Zigarette anzündete, klopfte er mit dem Filter eine Weile auf den Tisch. »Die haben uns gefragt, was wir wissen, und wir haben gesagt, der Jockel bringt niemand um. Sie haben uns dummes Zeug gefragt, die hatten keine Ahnung. Warst du nicht dabei?«

»Ich war in der ersten Soko.«

Willi rauchte und nickte. »Damals waren wir noch drüben im Akropolis. Da sind die rein und raus, deine Leute, und irgendwann haben sich zwei von ihnen den ganzen Tag reingesetzt und uns beobachtet. Wegen dem Jockel. Der konnt sich nicht wehren, der war das einfachste Opfer. Alles abgekartet. Und die Mutter von der Scarlett hat das alles manipuliert, die wollt, dass der Jockel schuld ist, und das hat sie auch geschafft am Schluss. Sie hatte die richtigen Verbindungen.«

»Welche Verbindungen?«

Willi hob sein Glas in Richtung Tresen. »Bring mir noch einen. Und ein Wasser.« Er stellte das Glas wieder hin. »Oder wolltst du keins mehr?«

»Doch«, sagte Fischer. »Danke.«

»Bist im Dienst, versteh ich.«

Fischer erwiderte nichts. Die Musik kam ihm unerträglich laut vor. Ihm war heiß. Er hatte den Mantel aufgeknöpft, aber ausziehen wollte er ihn nicht. »Welche Verbindungen hatte Michaela Peters zur Sonderkommission?«, sagte er.

Willi unterdrückte seinen Husten. »Angeblich kannte sie einen von denen. Ob das stimmt, weiß ich nicht, ich habs gehört. Sie hatte mal was mit dem, deswegen waren die auch so scharf auf den Jockel. Weil die Peters denen das eingeredet hat, speziell ihrem Liebhaber. Falls das so war.«

»Du hast es geglaubt.«

Er nickte.

»Die anderen hier haben es auch geglaubt.«

Wieder nickte er und lehnte sich zurück.

Krumbholz stellte das Weinglas auf Willis Deckel, das Wasserglas auf den anderen Deckel und nahm die leeren Gläser. »Wohlsein, Willi«, sagte er und verschwand.

Willi hob sein Glas. »Für ihn gehts jetzt wieder von vorn los, seit du hier aufgekreuzt bist«, sagte er. »Deine Leute haben seinen Sohn fertiggemacht. Er hat praktisch seine Existenz verloren. Hast du mal seine Frau gesehen, die Luisa? Das war eine Schönheit, lang ist das noch nicht her. Und jetzt? Ein Wrack. Die haben sich nichts mehr zu sagen, die zwei, der Hardy und sie. Prost.«

Sie tranken. Die Musik dröhnte. Der Rauch ließ Fischers Augen tränen.

Am Nebentisch rieb die Frau ihre Beine an denen des Mannes, dem die Fluchtgedanken schon auf der Stirn geschrieben standen.

Fischer neigte den Kopf zu Willis linkem Ohr.

»Kennst du die Frau?«

»Die Mimi? Die kannst kaufen, wennst willst.«

»Eine Prostituierte?«

»Prost«, sagte Willi. Er nahm einen tiefen Schluck, wischte sich mit dem Ärmel seines Anoraks über den Mund und trank einen weiteren Schluck. Vermutlich mochte er keinen geräucherten Silvaner.

»Früher hat sie inseriert«, sagte er. »Sie wohnt drüben in der Michaeliburgstraße. Frag sie, ob sie Zeit hat für dich.«

»Und der Mann?«

»Den kenn ich nicht. Der Hardy war eine Zeit lang regelmäßig bei der, die Luisa hat nichts mitgekriegt, aber wir haben das alle gewusst. Wir haben ihn gefragt, was er an der findet. Er hat behauptet, das können wir uns nicht vorstellen, was man bei der alles finden kann.«

»Geht er immer noch zu ihr?«

»Schon lang nicht mehr. Seit dem Prozess.« Willi trank. »Wenn die Luisa das mitgekriegt hätt, hätt sie ihn eigenhändig erstochen. Die war ziemlich temperamentvoll. Vor der Sache mit der Scarlett. Danach ist alles den Bach runtergegangen, und jetzt hocken wir hier. Könnt schlimmer sein.«

»Die Mimi war früher auch im Akropolis«, sagte Fischer.

»Wo sonst?«

»Und die Luisa hat nie was gemerkt.«

»Nein.«

»Glaub ich nicht.«

»Dann glaubs halt nicht.«

Sehr abrupt stand der bärtige Mann am Nebentisch auf, hielt nach dem Wirt Ausschau, zeigte ihm einen Zehneuroschein, legte diesen auf den Tisch und ging zur Tür, verfolgt von Mimis ebenso wehmütigem wie resigniertem Blick.

»Jetzt bist du dran«, sagte Willi zu Fischer.

In Gablers Büro herrschte Schweigen.

Minutenlang hatte Micha Schell noch einmal seine Wut über Fischers Verhalten ausgedrückt, ohne sich von Gabler, der ihn mehrmals unterbrechen wollte, irritieren zu lassen. Nach Schells Meinung befand Fischer sich in einer Ausnahmesituation, in der man ihn vor sich selber schützen sollte. Das sei jedoch nicht möglich, da er sich jedem Kontakt entziehe. Zum Beweis wählte Schell Fischers Handynummer. Obwohl es klingelte, ging niemand dran, und die Mailbox schaltete sich ein. Das, meinte Schell, passiere die ganze Zeit. Neidhard Moll erklärte, es erschiene ihm sehr seltsam, wenn Fischer keinen triftigen Grund hätte, sich mit dem alten Fall zu beschäftigen, noch dazu in einer Phase, in der die Männer, die beinah seine Lebensgefährtin getötet hatten, endlich gefasst seien und vernommen würden. Fischer sei wegen Ann-Kristin komplett neben der Spur, sagte Schell. Als er Liz fragte, wann sie das letzte Mal etwas von Fischer gehört habe, antwortete sie: »Gestern.« Mehr sagte sie nicht. Gabler sah sie eindringlich an und schien auf eine Stellungnahme von ihr zu warten. Sie war nicht weniger erbost als ihr Kollege und überlegte, wie sie Fischers Spur finden, wie sie in seine Nähe gelangen könnte. Sie war gekränkt, weil er nicht nur sämtliche anderen Kollegen, sondern auch sie missachtete und aus seinen Plänen ausschloss. Das war noch nie vorgekommen. Nie zuvor – zumindest nicht, seit sie mit ihm zusammenarbeitete – hatte er sich derart abgekapselt und egoistisch verhalten. Sie hatte ihn immer als stolz und selbstbewusst und gelegentlich als etwas selbstherrlich empfunden, aber nie als egoistisch und ausgrenzend.

Sie hatte Mühe, im Büro zu bleiben, Protokolle zu tippen, Papierkram zu erledigen, weitere Befragungen im Umfeld von Yilmaz und Socka durchzuführen, die inzwischen behaupteten, sie hätten sich nur wichtig machen wollen und in Wirklichkeit mit den Überfällen und dem Mord nicht das Geringste zu tun. Zudem, erklärten ihre Anwälte, seien die Geständnisse unter Druck und in Abwesenheit eines Rechtsbeistandes zustande gekommen und somit wertlos.

Auch deswegen war Micha Schell bleich vor Zorn. Wenn er die offensichtlichen Lügen, die ihm Zeugen oder Verdächtige präsentierten, nicht binnen kurzer Zeit widerlegen konnte, fing er innerlich an zu toben. Er musste dann immer wieder Pausen einlegen, um sich zu beruhigen. Als er gemeinsam mit Feldkirch Gablers Büro verließ, schlug er mit der Faust gegen den Türrahmen und trat, wie ein trotziges Kind, mit der Schuhspitze dagegen.

Er hatte ihr einen Weißwein und einen Grappa spendiert und ihr zweimal Feuer gegeben, weil sie ihm jedes Mal – die Zigarette im gespitzten Mund – das Feuerzeug hingehalten hatte. Sie fragte ihn, warum er sich in dieses Lokal verirrt habe, was sie, wie sie betonte, eine »gelungene Überraschung« fand. Ob er verheiratet sei, wollte sie wissen, und ob er Kinder habe.

Seinen Antworten hörte sie mit einem ergebenen Lächeln zu. Krumbholz brachte die neuen Getränke, und Fischer sagte ihm, er solle sie auf seinen Deckel schreiben, da spürte er ihr Bein an seiner Wade. Sie hob ihr Glas und stieß einen geübten Seufzer aus, bevor sie sehr damenhaft einen Schluck trank.

Wie Luisa Krumbholz schätzte auch Fischer Mimi auf Anfang sechzig. Sie hatte gefärbte dunkelblonde Haare und ein von munteren Falten durchzogenes Gesicht. In ihren braunen Augen lag eine stille Traurigkeit, die die Variationen ihres Lächelns, mit denen sie ihr Sprechen und Zuhören begleitete, nicht wettmachten. Sie hatte schmale, von braunen Flecken übersäte Hände und unlackierte Fingernägel und trug keine Ringe. Durch ihre blassblaue Bluse schimmerte ein dunkler BH, die Knöpfe hatte sie bis zum Hals geschlossen. Ihre Stimme klang ein wenig mädchenhaft. Doch wenn sie sich mit Daumen und Zeigefinger über die Mundwinkel strich und ihre Wangen schmal wurden, wirkten ihre Handbewegungen wie Gesten des Alters und der Erschöpfung.

Natürlich war Mimi ihr Spitzname, in Wahrheit hieß sie Miriam Oberhaus. Früher, erklärte sie, habe sie zum Team des Gärtnerplatztheaters gehört und in verschiedenen Operetten mitgewirkt. Das sei alles lange her.

In dieser Nacht wollte Fischer, dass es kein Früher gab und nichts mehr lange her, sondern alles jetzt war und niemand sich auf eine abgeschriebene Zeit herausreden konnte.

»Erinnerst du dich an den Tag, an dem die kleine Scarlett verschwunden ist?«

Zunächst stellte sie sich lächelnd ahnungslos, umfasste sein Handgelenk, wenn er ihr Feuer gab, tippte mit dem Knie gegen sein Bein und hörte nicht auf, ihn anzusehen. Er bestellte ihr einen neuen Wein, den Krumbholz, wie vorhin, aus einer bauchigen Zweiliterflasche in dasselbe Glas schüttete, ohne es vorher gespült zu haben. Unaufgefordert brachte er Fischer ein frisches Glas Mineralwasser, und weil Mimis

Blick dem Kommissar keine andere Wahl ließ, zeigte er auf seinen Deckel, und der Wirt machte seine Striche.

Mimi hob ihr Glas. Sie stießen an. Als sie noch einmal behauptete, sie könne sich beim besten Willen nicht mehr an einen Tag vor sechs Jahren erinnern, beugte Fischer sich über den Tisch und küsste sie auf die Wange. Sekundenlang vergaß sie zu rauchen.

»Hardy Krumbholz war an dem Tag bei dir zu Besuch«, sagte er. »Er kam mittags zu dir in die Michaeliburgstraße, wie schon oft.«

Sie leckte sich die Lippen, spitzte den Mund und drehte mit einem Ruck den Kopf.

Willi kam aus dem Staunen nicht mehr heraus. Er starrte Fischer an, dann nickte er, gab ein Knurren von sich und trank weiter.

»Der Polizei hast du nichts davon erzählt«, sagte Fischer. »Du verrätst deine Freier nicht.«

»Hardy war kein Freier.« Sie drückte die Zigarette aus und strich sich über die Mundwinkel. »Er war mein Freund. Er hat nie was bezahlt, höchstens, wenn er es unbedingt wollte. Ich hab nichts verlangt, ich schlaf auch mit Männern ohne Geld. Wenn ich sie mag. Da gabs einige hier im Viertel. Ist das verboten, sich lieben? Alles sauber und ordentlich. Du hast was Verschlagenes, Polonius, genau wie deine Kollegen.«

»Ich habe nichts Verschlagenes. Hör auf, mich zu beleidigen. Ich will wissen, ob Hardy an dem Tag bei dir war. Das ist sehr wichtig.«

»Ich kann mich nicht erinnern.«

Während sie trank, sagte er kein Wort mehr. Mimi hörte auf, an seinem Bein zu reiben. Sie gab sich selbst Feuer. Ab und zu warf Willi ihnen einen Blick zu. Suzi Quatro schrie aus den Siebzigerjahren herüber. Unter den Messingfassungen der Thekenlampen waberte Zigarettenrauch.

Nachdem Mimi zwei weitere Zigaretten geraucht, am Glas genippt und Fischer mit Blicken abgestraft hatte, seufzte sie, tiefer als vorher.

»Das war ein Scheißtag«, sagte sie. Ihre Stimme klang nicht mehr mädchenhaft, eher unbestimmt und fremd. »Um halb acht haben die Bullen bei mir geklingelt. Kontrolle. Irgendein Kerl hatte blöd gequatscht. Der wollt mich hinhängen. Du kennst meine Wohnung nicht, da kannst du vom Teppich essen, so sauber ist die. Das ist kein Puff. Ich krieg Hartzvier, und wenn du jetzt meinst, du musst mich fertigmachen, dann tus. Ist mir egal. Im Juni werd ich dreiundsechzig, schau mich an. Vierzehn Jahre Garderobiere am Gärtnerplatztheater. Dann mussten sie Personal einsparen. Verständlich. Ich kann gut mit Männern, aber inzwischen reichts mir. Zeig mich an wegen illegaler Prostitution. Glaubst du, das ändert was an meinem Leben?« Sie schaute ihm ins Gesicht. »Wieso hast du das gemacht? Hast du das Recht, mich einfach zu küssen? Glaubst du, du kannst dir alles rausnehmen, weil du ein Bulle bist?«

Fischer sagte: »Wieso war das ein Scheißtag, der 8. April vor sechs Jahren?«

»Geht dich nichts an.«

Über das, was Fischer jetzt sagte, hatte er keine Sekunde nachgedacht. »Ich gebe dir zweihundert Euro für Sex oder für eine ehrliche Auskunft.« Im selben Moment wollte er sagen, dass er nur einen Witz gemacht habe. Aber er sagte es nicht. Er saß da und sah sie an, als meinte er es ernst.

Eines von Mimis bewährten Lächeln kehrte auf ihr Gesicht zurück. »Das ist verboten, was du da machst«, sagte sie. »Das ist Anstiftung zur Prostitution, das darfst du gar nicht in deiner Position.« Mit einem listigen Flackern in den Augen hielt sie ihm das Feuerzeug hin. Ihr Mund war so spitz, dass es aussah, als würde sie die Zigarette küssen.

»Gib mir vierhundert, dann kriegst du beides.«

»Ich gebe dir dreihundert für die Auskunft.«

»Ich bin nicht bestechlich.«

»Das bist du schon«, sagte Fischer. »Und ich bin der Bestecher.«

»Du bist ein Stecher, der sich nicht traut.«

»Ich habe dich vor allen Leuten geküsst«, sagte Fischer, und es kam ihm vor, als spräche er einen fremden Text, wie die Schülerin Silke im Keller des schwarzhaarigen Handyregisseurs.

»Das ist ja wohl was anderes. Zwischen küssen und stechen ist ein großer Unterschied. Wie alt bist du?«

»Erzähl mir von dem Scheißtag.«

Sie lächelte und rauchte und lächelte. »Die Bullen mussten wieder abziehen. Keine Beweise. Dann bin ich ins Theater, weil da eine Vormittagsvorstellung für Kinder war. Und sie haben mir mitgeteilt, dass ich nächsten Monat meinen Job verlier. Ich hab denen gesagt, ich bin vierzehn Jahre dabei ... Da macht man sich nur lächerlich, wenn man so was sagt. Hab ich denen erklärt, dass ich heut Abend nicht kommen werd, weil ich mich betrinken muss. Hab ich dann auch getan. Erst bin ich nach Hause und hab mir die Augen ausgeheult, dann hatt ich noch Besuch. Am Nachmittag bin ich ins Akropolis. Da war nicht viel los. Der Hannes war da, der Kare, der Willi und ich. Und am nächsten Tag hats dann gewimmelt von Bullen. Die wollten alle den Jockel sprechen und ihn ausquetschen, da ging das schon los. Gleich am nächsten Tag fing die Hatz auf den armen Kerl an. Wir waren natürlich alle da, der Willi, der Kare, der Hannes, die ganze Mannschaft. Die Bullen wollten, dass wir was Negatives über den Jockel sagen. Dass er sich immer vor andern ausgezogen hat, dass er die Kinder belästigt und angeblich sogar ein Mädchen vergewaltigt hat. So Zeug. Sind die bei uns nicht weit gekommen. Schweine waren das. Und dass der Jockel am Ende der Schuldige war, das hätt ich dir gleich sagen können.«

»War Hardy Krumbholz an jenem Montag bei dir?«, sagte Fischer. »Hattest du mittags oder am frühen Nachmittag Besuch von ihm?«

Sie trank und strich sich hastig über den Mund. »Er wollt eigentlich kommen, das hat er mir am Sonntag gesagt. Er wollt kommen, aber dann ist er nicht gekommen. Weiß nicht, wieso, wir haben nie mehr drüber gesprochen. Und er ist dann auch nie mehr bei mir gewesen, nach der ganzen Geschichte mit seinem Sohn. War schon schad. Manchmal sind wir aufs Land rausgefahren, nicht weit, halbe Stunde hin, halbe Stunde zurück, dazwischen Liebe in der freien Natur. Ich könnt mit dir mal da hinfahren, das ist lauschig da, keine Spaziergänger, wir sind ganz unter uns. So was macht Spaß und ist gesund.«

»Wo ist dieser lauschige Ort, Mimi?«

»Verrat ich dir nicht. Aber ich fahr mit dir hin, wenn du willst.«

»Wo seid ihr hingefahren, der Hardy und du?«

Ihr Bein machte sich wieder an die Arbeit.

»Bist du auch mit anderen Männern hingefahren?«, sagte Fischer.

»Manchmal.«

»Mit Männern aus Ramersdorf.«

»Vielleicht.«

»Mit Freunden von der Michaela Peters auch?«

Sie streckte den Kopf vor. »Küss mich noch mal.«

»Wollt ihr noch was?« Unbemerkt war Krumbholz aus der Nebelwand aufgetaucht.

»Spendierst du mir noch ein Glaserl?« Mimi gab sich keine Mühe, ihre Beinakrobatik zu verbergen.

»Ja.«

»Und einen Grappa, bitte.«

»Und einen Grappa«, sagte Fischer.

Krumbholz ging zum Tresen zurück.

Bevor ihr Hals starr wurde, küsste Fischer Mimi ein zweites Mal auf die Wange, und als er sich zurücklehnte, schloss sie die Augen und leckte sich die Lippen.

Dann gab sie sich einen Ruck und streckte den Rücken.

»In der Zeit damals hab ich keinen Besuch gehabt. Ganz Ramersdorf war voll von Polizei und Reportern, wochenlang. Schrecklich war das.«

»Ihr hattet fest vereinbart, dass Hardy am Montag zu dir kommt.«

»Ja, wie immer. Wie öfter. Ich hab mit ihm gerechnet.«

»Er ist doch dann später ins Akropolis gekommen. Hast du ihn nicht gefragt, wieso er dich versetzt hat.«

»Doch, glaub schon. Er hat gesagt, er muss was erledigen. Er war schlecht drauf. Außerdem war die Luisa immer in der Nähe. Das war einfach ein Scheißtag, und am Ende war auch noch die Scarlett verschwunden, und der Jockel war der Mörder.«

»Kennst du den Hanno Rost?«

»Wer soll das sein?«

»Ein Freund von Scarletts Mutter.«

»Kenn ich nicht. Hanno? Nein.«

»Und Robert Borkham?«, sagte Fischer. »Scarletts Vater?«

Sie nahm das Feuerzeug und zog eine Zigarette aus der Packung. »Du meinst den Ringo. Den kenn ich. Nicht so gut, aber ... Der hat angerufen an dem Tag! Jetzt, wo du seinen Namen erwähnst. Er hat mich angerufen, das erste Mal seit Jahren.«

»Wann hat er dich angerufen? Um wie viel Uhr?«

»Um wie viel Uhr. Hallo? Das ist sechs Jahre her. Mittag rum. Hat gesagt, er ist in der Nähe und ob er mal vorbeischauen könnt, wie früher. Hat mir nicht gepasst. Der hatte immer so Nummern drauf, die mir nicht gefallen haben, Scheißnummern.«

Fischer gab ihr Feuer. Sie rauchte mit finsterer Miene. »Mag ich nicht drüber sprechen, ist vorbei. Ich hab zu ihm gesagt, ich hab keine Zeit, er hat rumgedrängt und gesagt, er hat genug Geld dabei. Ich lass mich nicht bestechen. Ich hab dann gesagt, ich muss weg. Aber ich hab Schiss gehabt, dass er trotzdem vorbeikommt, obwohl ich am Telefon das Gefühl hatte, er weiß nicht mehr, wo ich wohn. Er ist nicht aufgetaucht, Gott sei Dank.«

»Und du bist sicher, das war an dem Tag, an dem Scarlett verschwunden ist.«

»Ganz sicher. Ein Scheißtag, von in der Früh bis in die Nacht.«

»Wann genau der Ringo angerufen hat, weißt du nicht mehr.«

Sie bohrte die Schuhspitze in seinen Oberschenkel und warf ihm einen verständnislosen Blick zu.

20

»Ich fleh dich an, hab Erbarmen mit mir«

Vielleicht hätte er sein Leben in dieser Nacht nicht zu persönlich nehmen und weniger draußen sein und weniger telefonieren sollen.

»Sie haben mich aufgeweckt«, sagte sie mit lädierter Stimme.

»Ich muss mit Ihnen sprechen. Sind Sie allein?«

»Ja.«

»Wo ist Ihr Freund?«

»Was wollen Sie von mir? Wie spät ist es?«

»Wir müssen uns treffen.«

»Wozu denn?«

»Es geht um Ihre Tochter, Frau Peters, immer noch und immer wieder.«

»Haben Sie was getrunken?«

»Wo ist Ihr Freund, Frau Peters?«

»Unterwegs, Dienstag ist sein Fußballtag, danach gehen sie einen trinken. Lassen Sie mich in Ruhe.«

»Nein. Wir treffen uns in der Kneipe am Eck zur Pilgersheimerstraße, in fünfzehn Minuten.«

»Ich bin im Bett.«

»Sie sind vor dem Fernseher eingeschlafen«, sagte Polonius Fischer. Die Stimmen im Hintergrund waren nicht zu überhören. »In fünfzehn Minuten.«

»Da können Sie lange warten.«

Das Lokal war ein dunkler, beinahe leiser Ort, an dem zwei Männer am Tresen in ihren Stimmen nach Sprache buddelten. Es schien sie nicht zu stören, dass sie nur noch skelettierte Wörter fanden. Mit ihren Zigaretten fochten sie wie mit Schwertern gegen den Raum zwischen ihren Gesichtern. Der Wirt schaute fasziniert zu, als spiele sich vor seinen Augen ein Ereignis in Cinemascope ab.

Fischer setzte sich ans Fenster, vor eine gelbliche, nach allem Möglichen riechende Gardine. Kaum hatte der Wirt ihm ein Glas Wasser gebracht, kam Michaela Peters herein, keine fünf Minuten nach ihm.

Sattelfest im Begrüßen, wandten die Männer am Tresen sich zu ihr um.

»Grüß dich, Micha.«

»Micha, grüß dich.«

Fischer dachte an einen männlichen Micha.

»Wo ist der Hanno?«, fragte der Wirt, als er Michaela einen Fernet auf Eis servierte.

»Fußball.«

Der Wirt, ein Mann jenseits allen Alters, knetete ein Geschirrtuch und kehrte zu den Totengräbern zurück.

Ihren schwarzen Mantel trug Michaela Peters offen. Darunter hatte sie ein beigefarbenes Wollkleid an, dessen enger Schnitt ihren Bauch und ihre Hüften stark zur Geltung brachte. Sie hatte sich flüchtig geschminkt, aber ihre rot unterlaufenen Augen und die schweren Lider verrieten ihren Zustand ebenso wie das leichte Zittern ihrer Hände.

Ich sollte nicht hier sein, dachte Fischer, es ist falsch, was ich tue. Und er dachte, dass dies alles nicht im Mindesten dem entsprach, was man als Hauptkommissar von ihm erwartete. Und dass er mit seinem Verhalten noch im Nachhinein das ehrliche Ansinnen von Marcel Thalheim in den Dreck zog, indem er sich einredete, seiner Intuition zu folgen.

Sofort aufstehen und gehen, dachte er.

Was er in den vergangenen Stunden erfahren hatte, reichte aus für neue Ermittlungen. Wenn sie die Anwesenheit von Robert Borkham am 8. April in München beweisen konnten und die Stelle außerhalb Münchens fanden, an der Mimi Oberhaus mit Borkham und anderen Freiern Sex gehabt hatte, und wenn nicht Eberhard Krumbholz, sondern Scarletts Vater die Leiche dort …

Und er dachte an Marcel und das Mädchen unter dem Tisch, die sich in Scarlett verwandelt hatte.

Und er fror und ignorierte die Kälte und sein Schaudern.

»An dem Tag, als Ihre Tochter verschwand«, sagte er, »war Scarletts Vater in der Nähe Ihrer Wohnung.«

»Ja, und?«

»Er könnte Scarlett getroffen haben.«

»Ja, und?«

»Sie hatten Streit.«

»Worüber denn?«

»Über Sie, über Ihr Leben, über Scarletts Nöte.«

»Sie haben meine Tochter nicht gekannt.« Sie inhalierte, bis kein Rauch mehr kam. »Was wollen Sie von mir? Wieso haben Sie mich hierher bestellt, mitten in der Nacht?«

»Sie sind gekommen«, sagte Fischer.

Sie sah an ihm vorbei, trank einen Schluck, rieb mit der Faust über ihr Bein. »Scarletts Nöte«, sagte sie mit kleiner Stimme. »Das klingt, als wär sie in Not gewesen. War sie aber nicht, Not gabs bei uns nicht. Und ihren Vater hat sie seit Jahren nicht mehr gesehen gehabt, der ist abgehauen, das wissen Sie doch.«

»Ich habe mit Ringo Borkham gesprochen. Scarlett hat sich ihm anvertraut, sie hat zu ihm gesagt, sie würde am liebsten weggehen von zu Hause. Sie sagte, sie würde Ihre Freunde nicht ertragen, sie mochte die Männer nicht.«

»Glauben Sie, Sie erzählen mir was Neues? Ich hab ihr erklärt, das sind meine Freunde, meine Männer, wenn Sie das so ausdrücken wollen, und da hat sie nichts dreinzureden. Das hab ich ihr klargemacht.«

»Sie haben Scarlett geschlagen, wenn sie wieder damit angefangen hat.«

»Ich hab sie nicht geschlagen.«

»Sie haben sie bestraft, Sie haben sie eingesperrt, Sie haben sie beschimpft.«

»Was wissen denn Sie, Sie Lump?« Sie trank ihr Glas leer und schaute auf die runde Uhr über der Theke. »Seien Sie so gut und bezahlen Sie mein Getränk, ich muss gehen.«

»Sie kommen mit mir, Frau Peters.«

»Was?«

»Wir fahren wohin.«

»Ich mit Ihnen? Sie sind besoffen.«

Fischer hob den Arm, um den Wirt, der nach wie vor gebannt die verbalen Ausgrabungen seiner beiden Stammgäste bestaunte, auf sich aufmerksam zu machen. »Rufen Sie uns ein Taxi.« Selber fahren wollte er nicht, er musste auf Michaela aufpassen.

Nach einem Zögern und einem zweifelnden Blick zu Michaela griff er nach dem unter der Theke liegenden Telefon.

»In einer Stunde sind wir zurück«, sagte Fischer.

»Glauben Sie das im Ernst?« Wieder zündete sie sich eine Zigarette an. »Werden Sie wieder nüchtern, ich geh nirgends mit Ihnen hin.«

Fischer sagte: »Ihre Tochter hat mich gebeten, Sie zu ihr zu bringen.«

Die Zigarette glitt ihr aus der Hand und rollte brennend über den Holztisch. Fischer nahm sie und drückte sie im Aschenbecher aus. Mit halb geöffnetem Mund sah Michaela Peters ihn an, während er einen Geldschein an den Rand des Tisches legte. Dann stand er auf und packte Michaela am Arm.

»Schaffen Sie das, Ihrer eigenen Tochter ins Gesicht zu sehen?«

Als hätte er ihr einen Faustschlag versetzt, taumelte sie hinter ihm her aus dem Lokal. Der Alkohol, den sie den ganzen Abend über getrunken hatte, entfaltete seine Wirkung.

Das Taxi bog in die Winterstraße ein. Fischer öffnete die hintere Tür, schob Michaela auf die Rückbank und setzte sich neben sie.

»Nach Perlach«, sagte er zum Fahrer. »Unterhachinger Straße.«

»Welche Nummer?«

»Die Nummer weiß ich nicht, ich kenne nur das Haus.«

»Welches Haus?«, fragte Michaela Peters laut. »Was für ein Haus? Ich will da nicht hin. Lassen Sie mich los.«

Der Taxifahrer schaute in den Rückspiegel.

»Fahren Sie einfach weiter«, sagte Fischer.

Michaela rammte ihm den Ellenbogen in die Seite. Er packte ihren Arm, presste ihn an ihren Körper und umklammerte sie so fest, dass sie nach Luft schnappte. Für eine Gegenwehr war sie zu betrunken.

Nach einem Kilometer fing Fischer an, sie zu duzen, was ihr offensichtlich nicht auffiel.

»Reiß dich zusammen und überleg dir, was du gleich sagen wirst.«

Erfolglos rüttelte sie mit dem Oberkörper an seiner Umklammerung.

»Ich sag gar nichts, du Lump. Du willst mich austricksen, du lügst doch. Ich zeig dich an. Was du hier machst, ist Kidnapping. Ich lass mich von dir nicht schanghaien, du betrunkener Bulle.«

Den Ausdruck hatte er noch nie gehört.

»Was heißt das?«, sagte Fischer.

»Was?«, schrie sie und zerrte an seinen Händen. »Was? Was?«

»Schanghaien, was bedeutet das?«

»Lass mich los.«

»Nein.«

»Lass mich los. Wenn Hanno heimkommt, und ich bin nicht da, dann ruft er die Polizei, dann bist du fällig.«

»Hanno ruft bestimmt nicht die Polizei.«

»Woher willst denn du das wissen?«, schrie sie.

»Denkst du, er meldet dich als vermisst?«

»Was denn sonst?« Sie musste husten. Sekundenlang bebte ihr Körper.

»Die Polizei wird nichts unternehmen«, sagte Fischer. »Du bist erwachsen, du kannst gehen, wohin du willst.«

»Du bist so schlau.« Eine Weile ruckelte sie noch hin und her und krallte ihre Fingernägel in seinen Mantel. Immer wieder warf der Taxifahrer einen Blick in den Rückspiegel, und Fischer tat, als bemerkte er es nicht.

Als sie die Hochäckerstraße zwischen Ramersdorf und Perlach erreichten, lehnte Michaela Peters an der Tür, schnaufte leise und schlug in Abständen den Kopf gegen die Fensterscheibe.

»Vorne bei der Bushaltestelle steigen wir aus«, sagte Fischer nach einigen Metern auf der Unterhachinger Straße zum Fahrer.

Das Taxi hielt auf dem Parkplatz hinter dem Bushäuschen. Durch die Tür auf seiner Seite zog Fischer die Frau ins Freie und stellte sie wie eine Puppe aufrecht hin. Mit schlenkernden Armen wankte sie hin und her, ihr Kopf kippte von einer Seite auf die andere.

Als das Taxi im Dunkeln außer Sichtweite war, griff Fischer nach Michaelas Hand und zerrte sie hinter sich her auf das Tor zu.

»Was machen wir hier?«, lallte sie und schaute sich verwirrt um.

»Wir steigen drüber.«

»Spinnst du?«

Sie wollte zuschlagen. Ihr Arm schnellte nach hinten. Er packte sie unter den Achseln, wuchtete sie in die Höhe, stemmte sie hoch und schob sie so lange nach oben, bis sie aus Angst, über das Tor zu kippen, die Beine nachzog und sich am Gitter festhielt.

Mit einem ungelenken Sprung landete sie auf der anderen Seite. Da sie mit den flachen Händen auf dem Asphalt aufgeschlagen war, schrie sie vor Schmerz. Sie kniete auf dem Boden. Der Mantel war ihr halb von den Schultern gerutscht. Sie pustete ihre Handflächen an.

Wenn sie Fischer beim Klettern über das Gitter beobachtet und gesehen hätte, dass er sich nicht gerade sportlich anstellte, hätte sie sich vielleicht mehr Widerstand zugetraut. So aber stieß sie nur einen kurzen Schrei aus, als er sie wieder unter den Achseln packte, in die Höhe zog und sich mit ihr auf den Weg über den Friedhof machte.

Sie stolperte über ihre Beine. Sie wusste nicht wohin mit den Armen, ihr Körper bebte. Tränen rannen ihr übers Gesicht. Sie schniefte und keuchte mit offenem Mund.

Fischer packte sie fester und schleifte sie neben sich her.

Schwarz lag der Weiher hinter der Wiese. Der Wind ließ das Wasser leise plätschern und die Blätter rascheln. Kein Mondlicht drang durch die Wolken. Das Schleifen von Michaelas Schuhen auf dem asphaltierten Weg entfachte mit jedem Meter neuen Zorn in Fischer.

Von diesem Zorn war er lange verschont geblieben. Er

kannte ihn aus den Nächten in seiner Zelle, als seine Zeit dort zu Ende ging und das Schweigen Gottes ihn in einen Wahn trieb, den er aus sich herausschreien musste, Nacht für Nacht, wochenlang, mit rasendem Herzen und einer Stimme, die aus den Untiefen seiner Furcht kam.

In dieser Nacht auf dem Neuen Südfriedhof in Perlach raste sein Herz wieder, in seinem Kopf wüteten Gedanken, er war nicht bei Sinnen, und was er tat, war sinnenlos.

Und er hatte die Kraft nicht, umzukehren.

Er trieb nicht nur Michaela Peters mitten in der Nacht über einen Friedhof, er trieb sich selbst immer weiter, seit er in Hardys Lokal angefangen hatte, mit Willi zu reden, mit Mimi Oberhaus, mit den Geistern aus Scarletts Vergangenheit.

»Lass mich los«, schrie Michaela Peters und heulte. »Lass mich los, ich krieg keine Luft.«

Er packte sie im Nacken und drückte ihren Kopf auf die Erde des Grabes.

»Ich ersticke«, schrie sie. »Ich fleh dich an, was willst du von mir?«

»Ich will, dass du deiner Tochter zuhörst. Du sollst ihr zuhören.«

Sie lag unter ihm auf dem Grab. Er kniete auf ihr, seine Knie auf ihren Beinen, eine Hand in ihrem Nacken, eine Hand in ihren Haaren. Er drückte ihre Stirn ins nasse Gras.

»Die kann doch nichts sagen.« Sie spuckte aus und hustete und rang nach Luft.

»Du sollst deine Tochter nicht anspucken«, sagte Fischer mit lauter Stimme. »Was sagt deine Tochter?«

Er zog an ihren Haaren, bog ihren Kopf nach hinten. Ihr Gesicht war nass, es roch nach Gras, nach lehmiger Erde.

»Scarlett ist nicht da.« Sie keuchte. Speichel tropfte ihr

aus dem Mund. »Ich weiß doch nicht, wo sie ist. Ich weiß nicht, was passiert ist. Warum … warum machst du das mit mir? Ich bin doch ihre Mutter, ich hab sie doch nicht umgebracht … ich schwörs dir … ich schwöre es bei Gott …«

»Woher weißt du, dass sie tot ist?«

Sie schrie vor Schmerz.

»Weil … sie ist doch tot seit … seit dem Tag am … Das weißt du doch.«

»Nein.«

»Doch, das weißt du doch, das wissen doch alle seit … Das hat der Micha doch allen gesagt.«

»Welcher Micha?«

»Das tut so weh am Kopf.«

»Es tut noch lang nicht weh genug.«

»Doch, doch … Der Micha hat gesagt, die Scarlett ist tot, sie ist tot am … sie ist am Tag gestorben, an dem sie weggegangen ist, an dem Tag …«

»Welcher Micha?«

»Der Micha, dein Kollege.«

Micha Schell. Micha Peters.

Micha Peters. Micha Schell.

»Du hast ein Verhältnis mit ihm«, sagte Fischer und wollte die Antwort nicht hören.

Er wollte ihr die Haare ausreißen, die er in der Faust hielt. Er wollte ihren Kopf auf die Erde schlagen, aufs gottverdammte leere Grab.

Beim Sprechen verschluckte sie sich. Sie musste immer wieder von vorn anfangen. Jedes Mal, wenn sie ins Stocken geriet, zerrte er an ihren Haaren und bog mit dem anderen Arm ihren Oberkörper zu sich her. Er spürte ihre Brüste, sie trug keinen BH.

»Ich hab doch kein Verhältnis mit ihm … Das ist doch schon ewig vorbei … Ewig, du … Ich krieg keine Luft, du hast … Du hast gesagt, wir fahren zu einem Haus, wo … Du hast mich … Ich bin dir nicht bös. Mir ist ganz kalt im … ganz kalt im Kopf. Der Micha und ich, das sag ich dir, obwohl du das … obwohl du das nicht wissen darfst. Niemand darf das wissen. Und wenn du das jemandem sagst, bring ich mich um, ich … Sag doch was. Ich krieg keine Luft.«

»Du kriegst genug Luft.«

Sie drehte ein wenig den Kopf, sie wollte, dass er etwas sagte.

Fischer unterdrückte sein Schreien und zerrte stattdessen an ihren Haaren, fester, noch fester.

»Der Micha hat … Die Scarlett, der Ringo … Der Ringo ist nicht der Vater von der Scarlett. Sondern der Micha.«

Sie schrie vor Weinen. Es war, als hallte ihr Schreien in der Dunkelheit wider. »Das ist doch … das ist so lang her, das schwör ich dir, und als … Als ich schwanger war, hab ichs nicht geschafft, dem Ringo zu sagen, dass ich nicht von ihm schwanger bin. Der hätt mich doch totgeschlagen. Der hätt mich umgebracht, mich … und das Baby in meinem Bauch. Das darfst du niemand sagen, du musst es schwören. Wenn der Micha das erfährt, dann … dann bringt er mich um. Weil ich ihn angelogen hab und weil und weil und weil …«

»Schell weiß nicht, dass er Scarletts Vater ist? Oder weiß er es doch?« Fischer drückte ihren Kopf wieder nach vorn, nah zum Holzkreuz.

»Bitte, ich bitt dich so, ich kann nicht mehr, mir ist so schlecht … Der Micha weiß nichts, ich schwörs dir, ich hab … Am Anfang, also … als die … Als die Scarlett verschwunden war und der Micha und seine Kollegen sie gesucht haben, da hab ich gedacht … Weil er doch den Jockel so verdächtigt hat und immer mehr verdächtigt … Da hab ich gedacht, er weiß was und will die Scarlett rächen und ist deswegen so streng und lässt den Jockel nicht mehr frei und macht … macht das alles, damit er die Scarlett wiederfindet. Aber … aber das ist unmöglich, er weiß nichts. Er hat doch selber … die Isabel … seine kleine Tochter … Ich hab doch die Scarlett allein durchgebracht, der Ringo … der Ringo hat nie was gezahlt, alle heiligen Zeiten hat er mir einen Hunderter gegeben … Trostpreis … Ich weiß doch nicht, was mit der Scarlett passiert ist … Ich fleh dich an, hab Erbarmen mit mir.«

»Und der Schell hat zu dir gesagt, dass Scarlett am 8. April gestorben ist«, sagte Fischer laut und ließ sie nicht los.

»Im Auftrag von … Er ist gekommen und hat gesagt … Sein Chef von der Soko, der Herr … ich weiß nicht mehr, wie er hieß …«

»Koburg.«

»Koburg, ja, wie die Stadt. Der hat gesagt … Micha hat gesagt, der Herr Koburg ist auch der Meinung, dass … dass die Scarlett am 9. April gestorben ist und dass … und dass das feststeht und dass ich …«

»Warum am 9. April?« Fischer schlug ihren Kopf gegen das kleine Holzkreuz.

Es passierte einfach.

Er tat es noch einmal.

»Hier steht 8. April. Warum sagst du, am 9. April?«

»Hab mich versprochen, ich schwörs …«

Zweimal, dreimal schlug er ihre Stirn gegen das Kreuz. Ein dumpfes Geräusch erfüllte die Finsternis. Das Kreuz wackelte. Fischer ließ ihre Haare nicht los.

»Bitte nicht, bitte nicht …«

Er umklammerte ihren Hals. »Sag die Wahrheit, Michaela, sag die Wahrheit ein für alle Mal.«

»Ja … ja …« Ihre Stimme war leer.

»Sprich mir nach.«

»Ja … ja …«

»Micha Schell ist der Vater …«

»Micha … Micha Schell ist der Vater …«

»… von meiner Tochter Scarlett …«

»… von meiner Tochter Scarlett, ich erstick, ich erstick …«

»… und er weiß es nicht.«

»… und … und er weiß es nicht, das stimmt doch, das …«

»Und ich …«

»Und ich …«

»Lass mich aussprechen.«

»Entschuldige, ich krieg … nicht mehr so fest drücken, bitte …«

»Und ich bin unschuldig an Scarletts Verschwinden…«

»Und ich … ich bin unschuldig … ja, an … an Scarletts Verschwinden und …«

»Und ich weiß nicht, wo sie heute lebt oder was mit ihr geschehen ist.«

»Und ich weiß nicht, dass … ich weiß nicht, wo sie lebt und … und was mit ihr geschehen ist. Darf ich noch was sagen, bitte …«

»Was willst du sagen?«

»Ich … ich möcht, dass sie wiederkommt, ich schwörs, ich …«

»Und das Grab hier?« Er nahm ihren Kopf in beide Hände und drückte zu. »Du hast ein Grab für sie gekauft. Du hast sie beerdigt. Du hast deine Tochter für tot erklärt. Du wolltest, dass sie weg ist.«

»Nein. Nein.«

»Hörst du, was sie sagt? Hörst du, was Scarlett zu dir sagt? Du sollst zuhören.«

»Ich hör sie nicht … ich bitt dich … Wir sind doch ganz allein hier …«

»Du sollst zuhören.«

»Ich kann nicht.«

»Du sollst still sein«, schrie er so laut, wie er seit den Nächten in seiner Zelle nicht mehr geschrien hatte.

Sie duckte sich unter ihm. Er hörte das irre Schlagen ihres Herzens. Aus ihrer Nase tropfte Schleim. Sie unterdrückte ihr Schluchzen. Sie wagte nicht, sich zu bewegen, ihr Kopf zwischen seinen Händen.

Eine Minute lang, reglos.

Das Rascheln der Blätter, vorüberfahrende Autos in der Ferne. Michaelas Röcheln, das lauter wurde.

Dann, mit letzter Anstrengung, öffnete sie den Mund.

»Ich bitte ... ich bitt dich um Verzeihung, Scarlett, für ... Dass ich dich geschlagen hab und schlecht ... schlecht behandelt hab und so viel ... und weg gewesen bin und ... Und ich bitt dich um Verzeihung, dass dir die ... Ich hätt meine Freunde nicht mitbringen dürfen, die du ... die dir doch nicht gefallen haben, das hab ich ... gewusst. Und ich bitt dich ... bitt dich um Verzeihung, dass du geglaubt hast, dass der Ringo dein Vater ist, obwohl ... Ich hab alles falsch gemacht, und ich nehm ... ich nehm auch das Grab wieder weg, ich schwörs dir, gleich ... gleich schon morgen nehm ich das Grab weg ... Du bist ja vielleicht gar nicht tot, wie ... Das hat der Micha vielleicht nur behauptet und sein Chef. Die haben mir das eingeredet. Und wenn du ... und wenn du wiederkommst ... wenn du wieder zurückkommst zu mir, dann ... dann bist du nicht mehr allein, weil du hast dann eine kleine Schwester oder ... oder einen kleinen Bruder, das weiß ich noch nicht ... Du bist dann nicht mehr allein, wenn ich weg bin und arbeiten muss. Und Freunde, die du nicht magst, bring ich ... die kommen nicht mehr zu uns nach Hause, das schwör ich dir. Das schwör ich dir.«

Sehr langsam drehte sie den Kopf. Fischer hatte sie losgelassen, und sie bemerkte es erst jetzt.

»Du bist schwanger«, sagte er.

Sie nickte und ließ erschöpft den Kopf sinken.

Er kniete sich neben sie. Er half ihr, sich aufzusetzen, und schlang die Arme um sie. Sie zitterte, ihr Herz schlug schnell.

Fischers Herz raste. Alles in ihm raste.

»Niemand hat mir geglaubt«, sagte Michaela. Ihr Bauch bewegte sich auf und ab, Fischer rieb behutsam darüber. »Mach weiter, bitte ... Sie haben alle gedacht, ich hab die Scarlett umgebracht ... Oder weggebracht, ins Ausland, verkauft. Nur ... nur der Micha hat mir geglaubt, der hat gewusst, dass ich so was nicht mach. Aber ... aber ich weiß nicht, ob der Jockel sie wirklich umgebracht hat. Glaubst du das?«

»Nein.«

Es war kalt.

Sie saßen im nassen Gras. Fischer versuchte sich zu erinnern, was gerade geschehen war.

Michaela schmiegte den Kopf an seine Schulter. »Die Scarlett hat ihn so gemocht, er war ihr großer Freund. Aber er hat sich vor ihr ausgezogen und hat ... Ich geh bald weg. Ich zieh zu meiner Mama nach Weimar, mein Kind ... das wird in Thüringen geboren. Ich sag Hanno, dass er der Vater ist, und wenn er erfährt, dass ich wegzieh, dreht er durch. Wenn er mitkommt, solls mir recht sein, wenn nicht, ists mir auch recht. Ich schlag mich schon durch.«

Sie seufzte, dann legte sie eine Hand auf seine. »Ich hab gedacht, du willst mich umbringen. Du warst so verändert auf einmal. Ich hatte solche Angst. Wenn ich nicht so betrunken gewesen wär ... Ab dem Wochenende hör ich auf mit trinken und rauchen, das hab ich mir fest vorgenommen.«

»Und morgen löst du das Grab auf«, sagte Fischer.

»Ja. Das Grab. Schau, es ist in der ersten Reihe. Das kostet doppelt. Ab der zweiten Reihe muss man nur die Hälfte zahlen. Ich wollt aber, dass die Scarlett ganz vorn liegt. Nächsten Monat wär sie sechzehn geworden.«

»Vielleicht wird sie es ja.«

»Ja«, sagte Michaela. »Vielleicht wird sie es irgendwo, oder im Himmel. Halt mich noch ein bisschen fest. Ich werd nicht so oft festgehalten. Die Kranken halten mich manchmal fest, dabei sollt ich ja sie festhalten. Ach nein, die halten sich ja nur an mir fest, die meinen mich gar nicht. Das macht nichts, das ist mein Job. Aber dein Job ist es jetzt, mich festzuhalten.«

Ja, wollte er sagen, das tue ich. Aber er kam nicht dazu, etwas zu sagen.

»Was tun Sie hier?«, rief eine Stimme aus der Dunkelheit. »Polizei. Wir haben eine Waffe auf Sie gerichtet. Stehen Sie bitte langsam auf.«

Dann prallte der Lichtkegel einer Taschenlampe auf Fischers Gesicht.

21

»Möchten Sie eine Erklärung abgeben?«

Um Punkt zwölf betrat Dr. Veit Linhard sein Büro im vierten Stock des Polizeipräsidiums an der Ettstraße.

Seine Sekretärin hatte Polonius Fischer gebeten, auf der Ledercouch Platz zu nehmen, aber er hatte ihr erklärt, er wolle lieber stehen bleiben. »Ja, ja«, meinte sie daraufhin und verließ mit flinken, nahezu lautlosen Schritten den nach Vanille riechenden Raum.

»Setzen wir uns«, sagte Linhard, nachdem er Fischer mit verschlossener Miene die Hand gedrückt hatte. Die Akte, die er mitgebracht hatte, legte er vor sich auf den Tisch, auf dem eine Flasche Mineralwasser und drei Gläser standen. Fischer setzte sich in den Ledersessel.

»Möchten Sie was trinken?«, fragte Linhard.

»Nein.«

»Zunächst möcht ich sagen, dass ich mich freue, Sie mal wieder zu sehen. Die Umstände sind allerdings kaum erfreulich.«

Fischer hatte ein dunkelblaues Hemd und eine schwarze Hose angezogen. Nachdem die Polizisten, die der Taxifahrer alarmiert hatte, Michaela Peters und Fischer aufs Perlacher Revier gebracht und ihre Personalien aufgenommen hatten, durften sie nach Hause fahren. Fischer ließ sich von einer Streife in die Winterstraße bringen, wo sein Mitsubishi stand. In seinem Hotelzimmer legte er sich angezogen aufs Bett, steckte die Hände in die Manteltaschen und blickte zur Decke. Da hörte er es wieder, das Schweigen Gottes, und er erkannte es. Und mit einem Mal erschreckte es ihn nicht mehr. So lag er wach und still und ohne zu schlafen, bis kurz vor acht, als Anita Berggruen an die Tür klopfte und ihm mitteilte, dass er einen Termin beim Polizeipräsidenten habe.

»Die Umstände«, sagte Linhard und klopfte mit beiden Zeigefingern auf die Akte, »sind für alle Beteiligten denkbar belastend. Unabhängig davon, ob es eventuell zu einer Anzeige der Stadt wegen Störung der Totenruhe oder wegen Sachbeschädigung oder sogar wegen Vandalismus kommen mag, bin ich erschüttert nicht nur über die Art, wie Sie versucht haben, die Arbeit der Kollegen in Frage zu stellen, geradezu zu torpedieren und im Nachhinein quasi öffentlich zu kritisieren.

Sie haben sich angemaßt, einen Fall, der vor Gericht verhandelt und definitiv abgeschlossen wurde, ohne konkreten Anlass noch einmal aufzugreifen und Ermittlungen durchzuführen, zu denen Sie in keiner Weise berechtigt sind. Was Sie getan haben, ist Amtsanmaßung. Ich begreife nicht, wie ein erfahrener Kollege wie Sie derart abdriften kann.

Ich erwarte eine eindeutige Erklärung von Ihnen, zum einen. Zum anderen erwarte ich eine klare Entschuldigung gegenüber den Kollegen, die damals den Fall der verschwundenen Scarlett Peters unter schwierigsten Umständen anklagefähig ermittelt haben. Im Augenblick, Herr Fischer, findet unser Gespräch unter vier Augen statt, und ich möcht, dass wir die Dinge auf den Tisch bringen und uns am Ende drüber einig sind, dass Sie Ihre Kompetenzen maßlos überschritten haben und sich möglicherweise von einer undurchsichtigen Ausgangssituation in die Irre leiten ließen. Denken Sie, wir können zu so einem Ergebnis kommen?«

Nach einem Schweigen, das ihm leichtfiel, sagte Fischer: »Trotz der Verurteilung von Jockel Krumbholz gibt es bis heute Hinweise darauf, dass jemand anderes der Täter gewesen sein könnte.«

»Wer, Herr Fischer?«

»Jemand anderes. Jemand aus dem engen familiären Umfeld. Jockel Krumbholz wurde unter Druck gesetzt, sein Geständnis kam zustande, weil der vernehmende Kollege den jungen Mann stundenlang ins Kreuzverhör genommen und ohne Pause in eine bestimmte Richtung gedrängt hat, in die der geistig behinderte Verdächtige sich schließlich gefügt hat. Jockel Krumbholz hat aus einem einzigen Grund gestanden: Er wollte seine Ruhe, er wollte, dass Schluss ist, er war am Ende seiner körperlichen und seelischen Kräfte. Der Kollege hat ihn zermürbt.«

»Sie dürfen seinen Namen nennen«, sagte Linhard. »Ihr Kollege heißt Micha Schell. Er kannte den jungen Mann seit seiner Mitarbeit bei Ihnen in der Soko 1. Schell hielt ihn schon damals für hochgradig verdächtig, bekam aber nicht die Möglichkeit, sich ausführlich mit seiner Person, seinen Motiven, seinem Umfeld zu beschäftigen.«

»Weil ich Jockel Krumbholz nicht für schuldig hielt.«

»Und das war ein Fehler, deswegen wurden Sie ausgetauscht, das war die einzig richtige Entscheidung.«

»Auf Weisung des Innenministers«, sagte Fischer.

»Wir trafen uns regelmäßig«, sagte Linhard. »Er kannte den Fall aus den Medien und hat mir Fragen dazu gestellt. Er war, genau wie ich, unzufrieden mit dem Fortgang der Ermittlungen. Sie brachten keine neuen Ergebnisse, im Grunde brachten sie überhaupt keine Ergebnisse. Bei allem Respekt für Sie und die beteiligten Kollegen aus München und den anderen Bundesländern, die zeitweise in Ihrer Sonderkommission mitgearbeitet haben – das, was Sie ermittelten, steigerte nur den Eindruck in der Öffentlichkeit, die Polizei habe in diesem Fall nicht sorgfältig recherchiert, habe zu spät begonnen, die richtigen Spuren zu verfolgen und so weiter. Die Zeitungen berichteten jeden Tag über den Fall Scarlett

Peters, wir standen in der Kritik, nicht zu Unrecht, wie ich immer noch finde. Es musste etwas geschehen, der Innenminister hat damals nur ausgesprochen, was wir intern diskutiert haben. Und die Entscheidung gab ihm und uns recht. Es dauerte, wie Sie sich erinnern, keine Woche, bis Herr Krumbholz junior überführt war und ein umfassendes, glaubhaftes Geständnis abgelegt hatte.«

»Das Geständnis war nicht glaubhaft«, sagte Fischer. »Und er hat es zwei Tage später zurückgenommen.«

»Auf Druck der Mutter. Natürlich wurde ihm plötzlich bewusst, wie sehr er seinen Vater mit der Aussage belastet hatte. Daran hatte er nicht gedacht, er hat ganz einfach die Wahrheit erzählt. Sie kennen doch die Akten, Krumbholz junior hat sich die Tat von der Seele geredet, und dann kam seine Mutter und machte ihm klar, welche Konsequenzen sein Geständnis für die ganze Familie hat. Er bekam es mit der Angst.

Haben Sie das Gutachten gelesen? Nein, Sie waren ja zu dem Zeitpunkt nicht mehr dabei. Ich habe es gelesen. Und dieses Gutachten belegt eindeutig und objektiv und aus psychologischer Sicht absolut nachvollziehbar, dass Jockel Krumbholz das kleine Mädchen beobachtet, angesprochen, immer wieder um Verzeihung für seine sexuellen Übergriffe gebeten, sie in sein Zimmer gelockt, dort zu Boden geworfen und erstickt hat. Anschließend beichtete er seinem Vater, was er getan hatte, und der Vater kümmerte sich um die Beseitigung der Leiche. Hier ist das Gutachten.«

Er schlug die Akte auf, nahm ein etwa zwanzig Seiten dickes, mit einem Schnellhefter zusammengebundenes Dossier heraus und klappte die Akte wieder zu.

»Das ist nur die Kurzversion. Ich hab sie mitgebracht, weil ich möchte, dass Sie begreifen, warum ich so außer mir war, als ich von Ihren Eskapaden erfuhr und heut früh auch noch von den Ereignissen auf dem Friedhof. Sie sind – oder waren es zumindest – so etwas wie eine Koryphäe, die Kollegen orientieren sich bei ihren Ermittlungen an Ihren Methoden und Vernehmungen. Und weil ich zu denjenigen gehöre, die Ihre Arbeit immer noch hoch schätzen, liegt mir so viel daran, Sie von Ihren Irrtümern abzubringen. Deswegen möcht ich Ihnen kurz aus dem Gutachten von Professor Dr. Weißmann zitieren, der als einer der renommiertesten Psychiater und Psychologen Deutschlands gilt und regelmäßig für unterschiedliche Gerichtsverfahren um seine Beurteilung gebeten wird, wie Sie sicher wissen. Ich sehe, Sie hören mir zu.«

Fischer hatte die Arme auf die Sessellehnen gelegt und sog den Geruch nach Vanille ein.

Linhard begann zu blättern. Es war eine Kopie, jemand hatte einzelne Zeilen unterstrichen, Wörter eingekreist und Notizen an den Rand geschrieben.

»Professor Weißmann hat sowohl ein psychiatrisches Gutachten als auch eine aussagepsychologische Beurteilung vorgelegt. Insgesamt umfassen seine Analysen fast einhundertsechzig Seiten. Grundlagen seiner Arbeit sind natürlich die Vernehmungsprotokolle, die Videos von der Tatrekonstruktion, die gesamten vierbändigen Ermittlungsakten, dazu Krankenakten, das psychiatrische Gutachten einer Landgerichtsärztin sowie und ganz besonders seine eigenen Gespräche mit dem Tatverdächtigen.

Ich betone diese Grundlagen deswegen, weil Sie behaupten, die Vernehmungen wären einseitig geführt worden mit der Folge, dass Professor Weißmann sich dann kein objektives Bild von dem Verdächtigen hätte machen können. Kommen wir zur Aussagetüchtigkeit.

Nach der Überzeugung des Professors konnte der junge Mann klare Aussagen machen, trotz der Hirnhautentzündung, die Jockel Krumbholz im Alter von zwei Jahren erlitten hat. Die Entzündung ist praktisch ausgeheilt. Allerdings war der Junge nicht gerade klug, er ging auf die Behindertenschule, einen Beruf hat er nicht erlernt. Später arbeitete er im Restaurant seiner Eltern. Sein Intelligenzquotient liegt bei achtzig. Man hat eine Reihe von Tests durchgeführt, wobei ein Ergebnis besonders wichtig ist. Sein Gehirn, salopp gesprochen, funktioniert weitestgehend. Sie wissen, worauf ich hinauswill.«

»Ja«, sagte Fischer.

»Der junge Mann kann also auf keinen Fall als schwachsinnig gelten. Er hat lediglich eine geringe intellektuelle Begabung. Ein bedeutender Unterschied für die Bewertung seines Geständnisses und seiner Schilderung des Tathergangs. Bei der Tat war er übrigens – auch das hat der Professor nachgewiesen – nicht betrunken oder sonst wie eingeschränkt. Was nun die Glaubhaftigkeit seines Geständnisses betrifft, schreibt Weißmann, so muss man davon ausgehen, dass alles wirklich passiert ist, wie er es in seinem Geständnis ausgesagt hat. Die Wahrscheinlichkeit ist jedenfalls ziemlich hoch.«

»Ziemlich hoch ist keine hundertprozentige Sicherheit«, sagte Fischer.

»Nein. Allerdings hat der Professor auch, das kennen Sie aus anderen Gutachten, die sogenannte Nullhypothese geprüft, also ob Jockel Krumbholz möglicherweise mit seinem Geständnis gelogen hat, um sich wichtig zu machen zum Beispiel, oder ob ihm die Antworten suggeriert wurden, was Sie ja indirekt behaupten.«

»Ich behaupte es nicht indirekt.«

»Diese Bemerkung hab ich nicht gehört«, sagte Linhard. »Für Professor Weißmann hatte Jockel kein Motiv, sich selber für schuldig zu erklären. Er ist nicht gefallsüchtig, Medien interessieren ihn nicht, dazu ist sein gesamtes Interesse an den Vorgängen in der Welt viel zu gering. Auf die Frage des Professors, warum er überhaupt ein Geständnis abgelegt habe, antwortete Jockel, er habe jetzt nicht länger lügen wollen.

Und, hören Sie gut zu, Jockel Krumbholz hat den Tathergang von sich aus erzählt, ohne Einflüsterungen von außen. Keiner der Beamten und, darf ich hinzufügen, auch nicht Ihr Kollege Schell, dem das Geständnis zu verdanken war und der für seine Verdienste um die Aufklärung des Falles vom Ober- zum Hauptkommissar befördert wurde – keiner von ihnen hatte eine Vorstellung vom Ablauf der Tat. Es gab keine Leiche, es gab keinen Tatort. Wer außer dem Täter konnte also wissen, was genau geschehen ist?

Im Übrigen, schreibt der Professor, widerspricht Jockel sofort, wenn jemand versucht, ihm was einzureden, an das er sich nicht erinnern kann. Entscheidend aber sind für mich – und das Gericht hat damals eine ähnliche Wertung vorgenommen und das Gutachten vor allem wegen dieser Punkte zur Urteilsbegründung herangezogen –, entscheidend sind jene Ausführungen des Professors, in denen er darlegt, wie Jockel Krumbholz ihm gegenüber noch einmal den genauen Tatablauf wiederholt, mit allen Einzelheiten und Besonderheiten, sehr nüchtern und einfach. Diese Schilderungen, Herr Fischer, stimmen in allen wesentlichen Punkten mit dem Geständnis überein, das Jockel Krumbholz vier Monate zuvor gegenüber dem Kollegen Schell abgelegt hat. Vier Monate zuvor! Angesichts der niedrigen Intelligenz von Jockel Krumbholz sind diese Parallelen ein klarer Hinweis darauf, dass seine Aussagen, wie es hier steht, einen realen Erlebnishintergrund haben. Verstehen Sie, Herr Fischer?«

»Ja.«

»Gut. Weißmann erklärt dieses Verhalten anhand einer

Fülle von Einzelheiten und Beispielen, besonders an den Stellen, an denen Jockel Dinge erzählt, die für ihn weder eine Be- noch eine Entlastung bedeuten könnten, die für eine ausgedachte Geschichte also nicht wichtig wären und die ein wahres Geständnis nicht wahrer machen, um es in meinen Worten auszudrücken. Diese Details bezeugen Jockels visuelle Kapazitäten und Erinnerungsfähigkeiten.

Das Geständnis, das er gegenüber Weißmann machte, entspricht, so heißt es hier, in seiner logischen Konsistenz, seiner Konkretheit, seinen raum-zeitlichen Verschränkungen und den retardierenden und nicht zielführenden Erzählelementen dem früheren Geständnis. Und es zeigt ebenfalls deutlich das Motiv für seine Tat auf, nämlich seine Angst, Scarlett könne ihn verraten, weil er sie sexuell belästigt und vor ihr masturbiert hatte.

Wie gesagt, insgesamt umfasst das Gutachten fast hundertsechzig Seiten, mehr als jedes andere, das ich in meiner Laufbahn in der Hand hatte. Ich hoffe, ich konnte Sie überzeugen und wir einigen uns jetzt auf einen Modus, mit dem wir Ihr Vorgehen während der vergangenen Tage ein für alle Mal aus der Welt schaffen.«

Fischer erwiderte nichts.

»Was denken Sie?«, sagte Linhard.

Warum, dachte Fischer, hatte Eberhard Krumbholz seine Verabredung mit Mimi Oberhaus nicht eingehalten? Sonst hatte er es kaum erwarten können, in der Mittagspause Sex mit ihr zu haben.

»Herr Fischer?«

»Micha Schell hatte eine Beziehung mit Scarletts Mutter. Wussten Sie das?«

Dr. Veit Linhard stand auf, knöpfte sein fliederfarbenes Sakko zu, räusperte sich und ging vor seinem Schreibtisch auf und ab.

»Solche Bemerkungen stehen Ihnen nicht zu, Herr Fischer. Wenn Sie Beschwerde über einen Beamten einreichen wollen, gehen Sie den offiziellen Weg, schreiben Sie einen Brief, belegen Sie Ihre Vermutungen, beweisen Sie Ihre Verdächtigungen.

Ich wertschätze Ihr Engagement, ich finde es bewundernswert, dass Sie den Brief des Schülers zum Anlass genommen haben, sich noch einmal mit einem Fall zu beschäftigen, der seinerzeit für erhebliches Aufsehen und durchaus auch für manche Verstörung in der Öffentlichkeit gesorgt hat. Wir haben uns alle, besonders Ihre Kollegen in der Sonderkommission, allen voran der Kollege Koburg, jeden Tag, ich betone: jeden Tag von Neuem gefragt, ob wir etwas übersehen, ob wir die falschen Spuren verfolgen, ob wir uns im schlimmsten Fall verrannt haben. Sie wissen, das ist möglich, niemand von uns ist unfehlbar.

Ich war, wie Sie wissen, seinerzeit Vizepräsident unter Heckenstaller, er hat mir die Aufgabe übertragen, engsten Kontakt sowohl mit den Kollegen vor Ort als auch mit dem Ministerium zu halten und gegebenenfalls Anregungen und Vorschläge zu unterbreiten, falls es bei der Fahndung zu Komplikationen kommen sollte. Ich war also mit dem Fall bestens vertraut. Deswegen finde ich es beinah ehrenwert von Ihnen, dass Sie nach all den Jahren die Mühe auf sich nehmen, um vielleicht doch noch einen neuen Hinweis zu finden. Obwohl der Täter verurteilt worden ist und die Tat gestanden hat.

Selbstverständlich habe ich auch den Brief des Schülers gelesen, und was er da schreibt, klingt sehr ernsthaft. Übrigens haben wir versucht, mit dem Schüler Kontakt aufzunehmen, aber er ließ über seine Mutter ausrichten, er wolle nur mit Ihnen persönlich sprechen. Eigenwilliger Bursche.

Noch einmal: Lob und Respekt für Ihr leidenschaftliches Bemühen, aber gute Polizeiarbeit sieht anders aus. Und solche Unterstellungen, wie Sie sie vorhin geäußert haben, schmälern eher Ihr Ansehen, das Sie bei mir genießen. Ich muss Ihnen das so offen sagen, weil ich möcht, wie schon betont, dass wir diesen Raum verlassen, ohne dass unschöne Dinge zurückbleiben. Möchten Sie eine Erklärung abgeben?«

»Ich frage mich«, sagte Fischer, während er aufstand und Linhard die Hand gab, »ob ein Polizei- und Justizapparat, der so versagt, uns Ermittlern eine wahrheitsgemäße Arbeit überhaupt ermöglicht und erlaubt oder ob wir in diesem Apparat nicht vielmehr als Handlanger zum Weiterreichen von Schmieröl taugen sollen. Grüß Gott, Herr Präsident.« Er setzte seinen Stetson auf und wandte sich um.

22

»So ernst hab ich mich genommen«

»Ich brauche deine Hilfe«, sagte Fischer am Telefon.

»Du bist verrückt geworden«, sagte Liz Sinkel. »Micha rastet aus, wenn er bloß deinen Namen hört.«

»Mit ihm habe ich später auch noch zu reden.«

»Was? Warum sprichst du so leise?«

»Ich bin im Krankenhaus«, sagte Fischer. »Du musst jemanden für mich befragen.«

»Das mach ich nicht, ich will meine Arbeit nicht verlieren.«

»Du verlierst deine Arbeit nicht. Nimm Sigi mit.«

»Der will seine Arbeit auch nicht verlieren.«

»Die Befragungen sind notwendig«, sagte Fischer. »Wir sind auf dem richtigen Weg.«

»Du nicht, wir schon.«

»Hilf mir, bitte.«

»Das kann ich nicht, das darf ich nicht.«

»Das ist die letzte Chance für Jockel Krumbholz.«

»Wir kriegen alle ein Disziplinarverfahren, von Linhard persönlich unterschrieben.«

»Das müssen wir riskieren.«

»Was hast du auf dem Friedhof gemacht?«

»Hilf mir, Liz«, sagte Fischer.

Micha Schell, mit dem sie das Büro teilte, kam herein. »Danke für Ihren Rückruf«, sagte Liz in ihr Handy. »Ich meld mich wieder bei Ihnen.«

»Dienstlich?«, fragte Schell.

»Ich such eine neue Wohnung«, sagte Liz.

»Ich wusste ja, sie kann nicht schwimmen. Nur ein wenig, sie konnte sich gradeso über Wasser halten.«

Er saß auf dem weißen Kunststoffstuhl neben dem Bett, und sie hörte ihm zu. Ihr Zustand hatte sich nicht gebessert, auch nicht verschlechtert. Angeschlossen an die Infusions- und Beatmungsgeräte lag sie im weißen Bett, zugedeckt bis zum Hals. Ihre Augen waren groß und dunkel und auf Fischer gerichtet.

»Über dreißig Grad«, sagte er und unterdrückte jeden Schmerz in seiner Stimme. »Wir fuhren mit offenem Verdeck, ich sah die Schweißperlen im Dekolleté meiner Mutter. Sie trug ein gelbes Kopftuch, sonnengelb, ich eine kurze Lederhose, ganz speckig, und ein kurzärmeliges Hemd. Schau mich nicht so skeptisch an. Ich hab mich immer ein wenig geschämt in dieser Hose, aber meine Mutter war begeistert, wenn ich so rumlief. Wie ein Bub vom Land. Drunter hatte ich meine Badehose an. Am Weiher dann, in der Nähe von Unterföhring, musste ich mich jedes Mal wegdrehen, wenn meine Mutter sich umzog. Ich hab nie heimlich geschaut. Auch an dem Tag nicht. Es war der 29. August, ich war zehn.«

Er erzählte ihr zum ersten Mal davon. Er hatte daran gedacht, als er auf dem Bett im Hotelzimmer lag und nach all dem Schreien und der Gewalt und den monströsen Worten, mit denen er Michaela Peters attackiert hatte, eine Stille empfand wie in jenem lang vergangenen Sommer, in dem er für Wochen die Sprache verloren hatte.

»Sie ging so gern zum Baden, hat aber nie richtig schwimmen gelernt«, sagte er, den Hut wieder auf den Knien, den Kopf erhoben. Er wollte nicht krumm erscheinen.

»Ich habe schwimmen gelernt. Obwohl ich Angst vorm Wasser hatte, sie nicht. Sie rannte rein und tauchte unter und paddelte mit den Armen und winkte mir zu. Und winkte mir zu. Ich stand am Ufer und staunte.

An diesem Tag trug sie wieder ihren grünen Badeanzug, ein kräftiges, wundervolles Grün, mit einer roten Rose am Rücken. Den mochte ich am liebsten. Ich weiß noch, dass wir ein Schokoladeneis gegessen haben. Ihr Mund war verschmiert. Die Sonne brannte auf uns herunter. Da waren fünf oder sechs Männer, die gebadet haben. Keine Frauen, musst du wissen. Und sie schwammen alle um meine Mutter herum. Sie war sehr attraktiv.

Sie arbeitete in einem Bordell, wie du weißt. Ich habs dir erst spät erzählt. Ich habe mich nicht geschämt, es war schwer für mich, darüber zu sprechen. Vielleicht hab ich mich doch geschämt. Nein. Ich weiß es nicht. Du bist immer noch die Einzige, die weiß, dass mein Vater nicht mein leiblicher Vater ist. Ein Freier. Sie verliebten sich ineinander. Der Busfahrer, der deutsche Touristen in den Süden kutschierte.«

Er hielt inne, weil er glaubte, sie wolle ihm etwas mitteilen. Sie sah ihn nur weiter an, aus ihren dunklen Augen, die vielleicht wegen des weißen Verbands schwarz wirkten. Aber er wusste, sie waren dunkelbraun, wie glänzende Kastanien.

»Mich haben sie nicht beachtet, die Männer, wozu auch? Meine Mutter wurde gern umschwärmt. Ich hab sie auch umschwärmt. Und mein Vater. Leonhard. Meinen richtigen Vater nannte sie einen Zufallsmann, das hat sie mir anvertraut. Ich hatte einen Zufallsvater und wurde ein Zufallskind. Das hat sie zugegeben, kurz vor ihrem Tod. Und sie hat gelacht dabei und mich an ihre Brust gedrückt und festgehalten. Das hat sie oft getan: mich an sich gedrückt und minutenlang festgehalten. Keine größere Geborgenheit für ein Kind.«

Wenn er schwieg, wurden ihre Blicke für ihn zu einem Verlies.

»Und dann bin ich zu ihr hingeschwommen und hab ihre Hand genommen. Die war kalt, sie hatte eine kalte Hand. Sie war seit mindestens einer halben Stunde im Wasser, und das Wasser war kühl. Ich nahm ihre Hand und zog meine Mutter weg von den Männern. Sie kannten schon ihren Namen, den riefen sie ihr hinterher. Sie keuchte und sagte, sie dürfe sich nicht so weit vom Ufer entfernen, sonst schafft sie es nicht mehr zurück. Ich ließ sie los und schwamm weiter und winkte ihr und wollte, dass sie mir folgte. Und sie strampelte und ruderte mit den Armen und kam hinter mir her. Bis zur Mitte des Weihers. Wie tief er war, das kann ich dir nicht sagen, man konnte nicht mehr stehen.

Ihr grüner, leuchtender Badeanzug, ihre braunen, von der Sonne beschienenen Haare, ihr nasses Gesicht, ihre großen Augen.

Ich wollte, dass sie bei mir bleibt und nicht bei den Männern.

Erklär mir, warum hab ich meine Mutter gezwungen, bis in die Mitte des Sees zu schwimmen, obwohl ich genau wusste, dass sie allein nicht mehr zurückkommt? Ich war zwei oder drei Meter von ihr entfernt. Sie streckte den Arm nach mir aus. Plötzlich sah ich, wie sie sich fürchtete. Ich sah ihr Erschrecken, sie strampelte mit den Beinen. Die Männer waren irgendwo anders, zu weit weg, ich weiß nicht mehr, wo sie in diesem Moment waren. Wir waren allein, meine Mutter und ich.«

Und er dachte, er durfte das nicht erzählen, nicht jetzt, und er konnte nicht aufhören zu erzählen. »Und sie rief meinen Namen. Nur ein einziges Mal. Ihre Stimme war nicht laut. Ihre Stimme war sanft. Ihre Stimme war still, wie manchmal, wenn sie im Schlaf redete und ich neben ihr lag. Ich schaute zu ihr hin, und ich war eingefroren. Alles an mir war aus Eis. Ich sah ihren Mund, an dem die Schokolade eingetrocknet war.

Dann war sie verschwunden.

Einmal tauchte sie noch auf, dann nicht mehr. Ihr Kopf. Ihre braunen, besonnten Haare, ihr verschmierter Mund, ihre Augen. Und ich? Was hab ich getan?

Was hab ich getan, Ann-Kristin? Und niemand, der mir beistand. Und niemand, der mich untertauchte, damit ich verschwinden konnte wie meine Mutter. Und niemand. Und niemand. Und ich ein Niemand. Verzeih mir, dass ich nicht zur Stelle war in der Nacht, verzeih mir, dass ich nicht wachsam genug gewesen bin.«

Und wie von selbst kamen die vertrauten Worte über seine Lippen. »Zu dir rufe ich, Herr, mein Fels. Wende dich nicht schweigend ab von mir. Denn wolltest du schweigen, würde ich denen gleich, die längst begraben sind. Höre mein lautes Flehen, wenn ich zu dir schreie, wenn ich die Hände zu deinem Allerheiligsten erhebe. Zu dir rufe ich, Herr. Mein Fels ...«

»Du bist nicht schuldig«, sagte eine Stimme von der Tür her, und Fischer hörte sie zuerst nicht. »Du bist nicht schuld am Tod deiner Mutter.«

Er drehte sich um. Auch Ann-Kristin bewegte langsam den Kopf. Als sie sah, wer da stand, senkte sie mehrmals zur Begrüßung die Lider.

An der Tür stand Liz Sinkel. Fischer hatte sie nicht hereinkommen hören. »Sprich weiter«, sagte sie leise. »Was ist dann passiert?«

Liz' Anwesenheit erschien Fischer wie eine Tür, die sich geöffnet hatte, und durch die er gehen konnte, zurück in die andere Wirklichkeit, die alles verändert hatte, ähnlich jener, in der er gerade von einer Zeit erzählte, die wie eine Erbsünde in ihm war.

»Einer wurde aufmerksam auf uns«, sagte er, wieder an Ann-Kristin gewandt, und sie hörte ihm wieder zu. »Er schwamm, so schnell er konnte, und tauchte unter und blieb eine Ewigkeit unter Wasser. Er brachte meine Mutter an die Oberfläche und schleppte sie ans Ufer und legte sie ins Gras und beugte sich über sie und drückte seinen Mund auf ihren und massierte ihr Herz und hörte nicht mehr damit auf. Und ich war schuld.«

In sein Stillsein hinein sagte Liz, leiser als zuvor: »Du bist nicht schuld, P-F, du warst ein Kind, du hattest keine Gedanken.«

»Doch«, sagte Fischer. Sein Gesicht mit der wuchtigen Nase war schmal und bleich. »Doch, ich hatte Gedanken, ich dachte, ich bin wichtig, ich bin wichtiger als die Männer, kümmer dich um mich! Dabei hat sie sich immer um mich gekümmert, Tag für Tag und in der Nacht. Aber ich dachte: Du musst zu mir kommen, jetzt sofort, mitten im Weiher. So ernst hab ich mich genommen und nur mich gesehen, nur mich allein an diesem Sommertag. Weit und breit kein Haus, kein Telefon. Einer fuhr dann mit dem Fahrrad weg, einer der anderen Männer redete auf mich ein, sie hatten ja nichts begriffen, sie hatten doch nichts gesehen. Ich kniete neben meiner Mutter im Gras, sie hatte die Augen geschlossen, ihr grüner Badeanzug leuchtete grüner als alles Gras, und ihr Gesicht war weiß und schön.«

Sein Oberkörper schwankte vor und zurück. Seine Hände lagen ruhig im Schoß, seine Finger umklammerten die Hutkrempe, sein Atem ging schnell. Ann-Kristin schloss die Augen. Die Bettdecke bewegte sich gleichmäßig auf und ab. Ann-Kristin war eingeschlafen.

»Im Sommer fahren wir an die Nordsee«, sagte er, stand auf und stellte den Stuhl an die Wand. »Und wir werden vier Wochen dortbleiben.« Noch einmal wandte er sich zum Bett, dann, mit einem Ruck, an Liz. »Was hast du erfahren?«

Seine Stimme klang völlig verändert.

»Miriam Oberhaus, Mimi, behauptet, sie kann sich an nichts erinnern, weder an den Inhalt des Gesprächs mit dir noch an den 8. April vor sechs Jahren. Sie weiß nichts, sagt sie. Ob sie einen gewissen Robert Borkham, Ringo, kennt, bezweifelt sie. Jedenfalls ist sie zu keiner konkreten Aussage bereit. Auch die beiden Stammgäste, die zu dir gesagt haben, Micha hätte ein Verhältnis mit der Mutter des Mädchens, bestreiten ihre Aussagen. Sie bestätigen, dass du in der Kneipe warst, an mehr können sie sich nicht erinnern. Ich war mit Sigi auch noch bei Michaela Peters in der Winterstraße, es war niemand zu Hause. Eine Nachbarin sagt, Frau Peters und ihr Lebensgefährte seien vor einer Stunde mit dem roten Polo der Frau weggefahren, sie habe zufällig aus dem Fenster gesehen. In der Eckkneipe wusste niemand was Genaues. Alles bleibt beim Alten. Deine Nachforschungen waren umsonst. Aber wenn das stimmt, was Mimi dir erzählt hat, müssen wir davon ausgehen, dass Jockel Krumbholz nicht gelogen hat, als er in seinem Geständnis ausgesagt hat, sein Vater habe die Leiche weggeschafft.«

Liz und Fischer hatten den Parkplatz beim Krankenhaus erreicht.

»Michaela Peters hat ihr Verhältnis mit Schell zugegeben«, sagte Fischer.

»Das öffnet keine neuen Fenster.«

»Wo sind Michaela und Rost hingefahren?«, sagte Fischer. Er atmete tief ein und aus. Es war kalt, die Luft roch nach Schnee.

»Bist du deshalb ins Kloster gegangen?«, fragte Liz. »Weil du die Schuldgefühle nicht mehr ertragen hast?«

Fischer wankte vor Müdigkeit und hoffte, Liz würde es nicht bemerken. »Nein. Das ist nicht wahr.«

»Und jetzt?«

»Ich nehme dich mit.«

Sie war mit der U-Bahn nach Großhadern gefahren, angeblich, um eine Wohnung zu besichtigen. »Du hast dich verrannt, P-F.«

»Musst du in die Burgstraße zurück?«

»Nein.«

»Gut«, sagte Fischer und sperrte die Beifahrertür seines Wagens auf.

»Fischer«, sagte Liz. Es kam sehr selten vor, dass sie ihn mit Nachnamen anredete. »Ich bin dir hinterhergefahren, weil ich dich aufhalten muss. Weil ich verhindern will, dass Linhard dich suspendiert. Er hat schon zweimal bei uns angerufen und mit Walter gesprochen. Was war denn los?«

»Erzähle ich dir, wenn Zeit ist. Ruf bitte bei der städtischen Friedhofsverwaltung an«, sagte er und stieg ein.

»Hörst du mir nicht zu? Du bist nicht allein, du hast eine Verantwortung, besonders für Ann-Kristin.«

»Das weiß ich.«

»Dann verhalte dich danach.«

»Das tue ich.«

»Du tust das Gegenteil.«

»Steig ein, bitte.«

»Ich steig nicht ein.«

»Es ist zu spät, um draußen zu bleiben, Liz.«

»Nein.«

Er wartete. Sie stand neben dem Auto und stieß stumme Flüche aus. Wie früher auf dem Schulhof, wenn der sturschädelige Lukas sie einfach stehen gelassen hatte und wie der letzte Mohikaner allein in den Nachmittag abgezogen war.

»Alles, was du getan hast, war richtig«, schrieb er in einer Mail an Marcel Thalheim.

Sie saßen im ersten Stock eines Internetcafés am Sendlinger-Tor-Platz, Liz schaute in den abwesenden Tag hinaus.

Hinter der Trennwand neben Fischer hackte ein junger Mann auf die Tasten des Computers. »Falls du noch Kontakt mit Silke hast, sag ihr, dass sie Scarlett Peters eine besondere Stimme geschenkt hat, die ich immer noch höre.« Fischer versprach, sich wieder bei Marcel zu melden.

Anschließend rief er in der Kanzlei von Gabriel Rosen an, der Jockel Krumbholz vor Gericht verteidigt hatte. Der Anwalt sah keinen Grund, den Kommissar zu empfangen und noch einmal über den Fall zu sprechen. Auf Fischers Frage, warum er während der Vernehmungsphase seines Mandanten in Urlaub gefahren sei, erklärte Rosen, er habe seiner vierjährigen Tochter, die seit der Scheidung bei ihrer Mutter lebte, versprochen gehabt, einige Tage mit ihr am Meer zu verbringen. Im Übrigen habe ihm Soko-Leiter Koburg zugesichert, dass er und eine Kollegin vor den medizinischen Untersuchungen seines Mandanten keine neuen Vernehmungen durchführen würden. Außerdem, fügte Gabriel Rosen erwartungsgemäß hinzu, habe Jonathan Krumbholz sein Geständnis zwei Tage später gegenüber einem Psychiater widerrufen und diesen Widerruf später nie revidiert. Das Urteil des Landgerichts sei auch für ihn, Rosen, ein Schock gewesen, bedauerlicherweise habe der Bundesgerichtshof das Urteil nicht in Zweifel gezogen. Und solange die Leiche des Mädchens nicht gefunden werde …

Fischer bedankte sich für seine Zeit. Vermutlich würde Rosen sofort entweder Koburg oder Staatsanwalt Steidle von dem Telefonat in Kenntnis setzen.

Wie Liz aus dem Büro der städtischen Friedhofsverwaltung in der Damenstiftstraße erfuhr, hatte noch niemand wegen des Grabes auf dem Neuen Südfriedhof, Parzelle 301, angerufen. Die Sekretärin bestätigte, dass Michaela Peters das Grab im Vorkauf für zehn Jahre erworben und bezahlt hatte, somit gelte der Vertrag noch weitere vier Jahre. Daraufhin rief Liz in der Winterstraße an, wo der Anrufbeantworter ansprang. Im Klinikum Großhadern, so erklärte eine Schwester am Telefon, war Michaela Peters nicht zum Dienst erschienen und hatte sich auch nicht abgemeldet.

Die Sekretärin im Installationsbetrieb Meyer sagte zu Fischer am Telefon, Hanno Rost sei seit sieben Uhr morgens auf Kundendienst, sie könne ihm einen anderen Installateur empfehlen. Vor achtzehn Uhr sei Rost nicht zu erreichen. Ob sie ihm etwas ausrichten solle?

Jede halbe Stunde wählte Fischer Borkhams Nummer, ohne Erfolg. Auch im Klinikum Großhadern riefen sowohl er als auch Liz noch zweimal an, ebenso bei der städtischen Friedhofsverwaltung. Michaela Peters hatte sich bei niemandem gemeldet.

»Verrätst du mir, wo wir hinfahren?«, fragte Liz auf dem Weg vom Sendlinger Tor zu den östlichen Münchner Stadtteilen.

»Danke, dass du dich entschieden hast mitzukommen«, sagte Fischer.

»Früher wollte ich immer Maskenbildnerin werden«, sagte Liz. »Vielleicht klappt das ja noch.«

23

»Wahrheit minus Liebe, was gibt das?«

Er war beim Friseur gewesen und hatte sich die Haare stoppelkurz schneiden lassen. Sie hatten ihn beobachtet, wie er den schwarzen Porsche vor der Hecke in der Grenzstraße parkte und ins Haus ging. Sie warteten fünf Minuten, bevor sie klingelten.

Robert Borkham warf Polonius Fischer und Liz Sinkel zur Begrüßung ein Grinsen zu und ging ins Wohnzimmer, ohne ihnen einen Platz anzubieten.

»Die Mimi«, sagte er, als Fischer ihm mitteilte, was die Frau ihm in der Kneipe erzählt hatte. »Lebt die auch noch? Unfassbar. Was genau hat die behauptet?«

»Sie haben Frau Oberhaus an dem Tag angerufen, an dem Ihre Tochter verschwunden ist.«

Niemandem, nicht einmal Ann-Kristin und auch nicht Liz, würde Fischer die Wahrheit über Scarletts leiblichen Vater erzählen.

»Wer ist Frau Oberhaus?« Ungeniert zog Borkham sein dunkelblaues Hemd aus und warf es über eine Stuhllehne. Er trug ein weißes, eng anliegendes Unterhemd, unter dem sich seine Muskeln spannten.

»Miriam, Mimi«, sagte Fischer.

»Frau Oberhaus. Hat mich nie interessiert, wie die heißt. Ich hab sie damals angerufen? Aufregend. Deswegen tauchen Sie hier zu zweit auf?«

»Ja«, sagte Fischer.

»Sie haben Frau Oberhaus angerufen, weil Sie am Mittag des 8. April in Ramersdorf waren«, sagte Liz. »Bei der Vernehmung haben Sie ausgesagt, Sie wären in Augsburg gewesen. Sie haben gelogen.«

»Ich hab gelogen«, sagte Borkham. Er ließ sich auf die Couch fallen und legte seine nackten Füße auf den Tisch, neben eine Glasschale mit Kartoffelchips. »Sie nerven mich. Sie klauen mir meine Zeit, ich muss hernach zum Volleyball, und oben wartet meine Freundin schon den ganzen Tag, dass ich sie losbind. Klären wir die Sache ein für alle Mal auf.«

Nach seiner Freundin würde Fischer ihn hernach befragen. »Sie waren an jenem Tag in Ramersdorf«, sagte er. »Und Sie haben Scarlett getroffen.«

»Hab ich. Ich gestehe.« Er hob die Arme und ließ sie eine Weile oben, bevor er sie mit lässiger Gebärde fallen ließ. »Sie hat mich angerufen, wieder mal. Hat geheult am Telefon. Ich war unterwegs, ich hatte Dienst. Bin ich natürlich zurückgefahren von Augsburg, volles Rohr, ist ja klar. Hab meinen eigenen Wagen in der Zentrale geholt, weil ich mit dem Dienst-BMW nicht durch ganz München fahren wollt. Was glauben Sie denn, was passiert wär, wenn die in Augsburg das mitgekriegt hätten? Die hätten mich gefeuert, noch vor Ort. Ich hab gewartet, bis die Scarlett nach Hause gekommen ist. Hab ich sie abgepasst, und wir haben geredet.«

»In der Wohnung«, sagte Liz.

Er sah nicht sie, sondern Fischer an. »Im Auto. Halbe Stunde. Hab ihr erklärt, dass ich illegal hier bin, dass das niemand erfahren darf, sonst bin ich geliefert. Sie hat wieder geheult. Hab ich sie getröstet. Dann sagt sie, sie will in Zukunft bei mir wohnen. Sie hat mich angefleht, anders kann man das nicht nennen. Völlig unmöglich natürlich.« Er setzte sich aufrecht hin, griff in die Schale und zog die Hand zurück, ohne Chips genommen zu haben.

Wieder fielen Fischer Borkhams meerblaue Augen auf. Aber Scarlett hatte ihre Augen nicht von diesem Mann.

»Ich hab gesagt, sie soll sich beruhigen. Sie war hysterisch. Dann hat sie den Jockel auf der Straße laufen sehen und hat gesagt, sie würd jetzt zu ihrem großen Freund gehen und mit ihm Playstation spielen. Mit einem Schlag war sie wieder normal drauf. Aber Angst hat sie immer noch gehabt, vor allem vor dem Hanno, dem Freund von der Micha. Einer von hundert, würd ich schätzen. Die Scarlett hat behauptet, er hätt sie geschlagen, und ich hab zu ihr gesagt, wenn er das macht, bring ich ihn um. Sie hat gesagt, er lauert ihr auf und schaut sie komisch an. Mehr hab ich nicht aus ihr rausgekriegt. Klang nicht gut, was sie über den erzählt hat. Dann hat sie mir einen Kuss gegeben und ist raus. Ich war sauer, das Gespräch hätt ich mir sparen können. Sie hat mir zugewinkt und war weg. Zum Jockel, der sie dann umgebracht hat. Und der Vater sitzt heut straffrei in seiner Kneipe und macht Umsatz. Wissen Sie, was das ist? Ein Freibrief für Grattler ist dieses Gesetz. Die decken ihre Verbrecherkinder, und niemand darf sie zur Verantwortung ziehen. Und ich war in der Nähe und hab den Mord nicht verhindern können.«

»Und Sie haben Ihre alte Freundin Mimi angerufen«, sagte Liz.

»Wieso nicht? Das wär zeitlich noch drin gewesen. Aber sie wollt nicht. Hat sich gefürchtet vor mir. Verständlich. Sie war nie eine Professionelle, wär nur gern eine gewesen. Das ist die Geschichte. Ist die Sache jetzt erledigt?« Er erwartete eine Antwort.

Der Kommissar antwortete nicht.

»Was hat Scarlett von Hanno erzählt?«, sagte Liz. »Warum und wie hat er das Mädchen bedroht?«

»Hören Sie nicht zu?«, sagte Borkham, stand auf und schüttelte die Arme aus. »Er hat ihr aufgelauert, er hat sie eingeschüchtert. Die Scarlett ging dem im Weg um, die hat gestört. Wenn der Behinderte sie nicht umgebracht hätt, dann wär dieser Hanno fällig gewesen, den hätt ich erledigt. Und jetzt muss ich mich um die Anschi kümmern.«

»Sie haben Ihre Freundin gefesselt«, sagte Liz.

»Sie ist meine Gespielin, und ich bin ihr Gespieler. Freundin klingt viel zu intim.« Er grinste wieder und ging zur Treppe, die vom Zimmer aus in den ersten Stock führte.

»Ich möchte die Frau sehen«, sagte Fischer.

»Wirklich nicht.«

»Ich schau mir die Frau an«, sagte Liz und ging an Borkham vorbei die Treppe hinauf. Borkham machte eine abfällige Handbewegung und folgte der Kommissarin.

»Wiedersehen«, sagte Fischer.

Mit patschenden Schritten stieg Borkham die weißen Stufen hinauf.

Es fing an zu regnen.

Fischer steuerte den Mitsubishi hinunter nach Untergiesing. Das Auto gab scheppernde, misslaunige Geräusche von sich.

»Und wenn sie mal auf die Toilette musste?«, sagte er.

»Die Schnur reicht bis ins Bad«, sagte Liz. »Anschi liegt freiwillig den ganzen Tag im Bett und fühlt sich als Sklavin oder so was Ähnliches.«

Am Fuß des Giesinger Bergs standen sie im Stau.

»Ruf ihn jetzt an«, sagte Fischer.

»Das ist total gesetzeswidrig«, sagte Liz zum wiederholten Mal.

»Ich kann ihn nicht anrufen, meine Stimme erkennt er vielleicht wieder«, sagte Fischer zum wiederholten Mal.

Die Fenster beschlugen. Fischer schaltete die Klimaanlage an.

»Wir müssen die Kollegen informieren«, sagte Liz.

»Noch nicht. Erst wenn wir einen Beweis haben.«

»Wir haben noch keinen einzigen.«

»Ruf endlich an.«

Liz tippte die Nummer in ihr Handy. Im Schritttempo fuhren sie auf die Kreuzung zur Pilgersheimer Straße zu, an der Fischer nicht links abbiegen durfte.

»Hofmann«, sagte Liz ins Telefon. »Ich möcht mit Frau Peters sprechen ... Das ist schlecht, es geht um ihre Mutter, es wär sehr dringend, ein Notfall ... Sie wissen nicht, wann sie zurückkommt? In der Klinik hab ich schon angerufen, da war sie nicht ... Ich meld mich später noch mal ... ist nicht nötig, ich ruf an.«

Sie beendete das Gespräch. »Rost fragte, ob er zurückrufen soll. Fahr hier links rüber.«

Fischer blinkte, scherte aus und überquerte die Straße, umhupt in Dolby-Surround-Sound.

Sie hatten keinen Beweis, ja. Sie hatten nichts, nur die unbestätigte Aussage von Scarletts vermeintlichem Vater. Und eine verschwundene Frau. Und einen Lügner am Telefon.

Fischer hatte Liz mit hineingezogen, sie hatte sich hineinziehen lassen, und er wusste, sie dachte die ganze Zeit über dasselbe nach wie er: warum die Ermittlungen damals derart ausgefranst waren und aufgrund der unzähligen Widersprüche eigentlich ins Bodenlose hätten stürzen müssen. Und wieso dies nicht geschehen war.

Genau genommen war das Alibi von Hanno Rost nie wirklich abgeklopft worden. Erst zwei Wochen nach Scarletts Verschwinden hatte sich einer der Ermittler – nicht Micha Schell, sondern ein Kommissar aus einer anderen Abteilung – bei der Firma Meyer nach den Dienstplänen erkundigt. Demnach hatte Rost am 8. April mehrere Noteinsätze in Berg am Laim, die jedoch nicht überprüft wurden. Auf Rost fiel nie ein Verdacht, über sein schwieriges Verhältnis zu seiner Ziehtochter gaben die Protokolle nur oberflächlich Auskunft. In der zweiten Soko hatte sich niemand ernsthaft damit beschäftigt.

»Ist er das?« Liz deutete durch die Windschutzscheibe auf einen Mann in einem braunen Anorak. Er kam aus dem Hinterhof der Winterstraße 2, rückte seine Wollmütze zurecht und eilte in Richtung Gerhardstraße.

»Er könnte es sein«, sagte Fischer.

»In welchem Stock wohnen die beiden?«

»Im dritten.«

Liz kurbelte das Fenster herunter und streckte den Kopf in die Nacht. »Im dritten Stock ist alles dunkel.«

Liz gab Fischer ein Zeichen, und er hielt an. »Bleib in der Nähe«, sagte sie.

In hundert Metern Entfernung folgte Liz Sinkel dem Mann, der möglicherweise Hanno Rost war. Vor dem Parkhaus am Agilolfingerplatz blieb er stehen und kramte in seinen Taschen.

Fischer war ohne Licht gefahren. Jetzt schaltete er den Motor aus. Der Nieselregen hatte nachgelassen. In der trüben Straßenbeleuchtung sah er vorüberhuschende geduckte Gestalten, manche mit vom Wind verbogenen Schirmen. Das Wetter und die Zeit – es war 19.50 Uhr – erleichterten die Verfolgung mit dem grünen Auto erheblich.

Der Mann verschwand im Parkhaus. Fischer fuhr weiter bis in die Nähe der Ausfahrt. Liz stieg wieder ein. Sie wischte sich den Regen aus dem Gesicht und prustete dabei, was Fischer anmutig fand.

»Wenn wir uns irren, können wir als Witzfiguren in der Muppetshow auftreten«, sagte Liz. »Und ich mach uns die Masken dazu.«

»Wir irren uns nicht«, sagte Fischer.

»Woher willst du das in diesem Moment wissen?«

Fischer erwiderte nichts.

Ein Auto verließ das Parkhaus, am Steuer saß eine junge Frau.

Fischer und Liz lehnten sich zurück, den Blick weiter auf die gelbe Schranke gerichtet. Als sie sich einen Blick zuwarfen, bei dem sie sich beide ertappt fühlten, wussten sie, was in jedem von ihnen vorging.

Jeder von ihnen erhoffte das Schlimmstmögliche.

Jeder von ihnen wollte, dass der Mann, den sie beschatteten, Hanno Rost und der Mörder von Scarlett Peters und für das Verschwinden von Michaela Peters verantwortlich war und dass sie somit die Unschuld von Jockel Krumbholz beweisen könnten.

»Ein roter Polo«, sagte Liz.

»Das ist der Wagen von Michaela.«

Hinter dem Steuer saß keine Frau. Sondern Hanno Rost.

Er hatte also ihr Auto versteckt. Warum sollte Michaela Peters den Polo in einem Parkhaus abstellen, das einen halben Kilometer von ihrer Wohnung entfernt lag, wenn sie direkt vor der Haustür parken konnte?

Rost fuhr in Richtung Mittlerer Ring, auf die Candidstraße, über die Brudermühlbrücke und im Tunnel rechts ab zur Auffahrt nach Sendling.

Fischer blieb drei oder vier Autos hinter ihm, angespannt, die Hände ans Lenkrad gepresst.

An der Plinganserstraße bog Rost nach links ab und gab Gas. Der Mitsubishi hechelte hinterher. Trotz der schlechten Straßen- und Sichtverhältnisse fuhren die meisten Autofahrer dicht auf, um bei der nächstbesten Gelegenheit vorbeizuziehen.

Liz telefonierte mit Sigi Nick, der noch im Dezernat arbeitete, und forderte ihn auf, mit zwei Kollegen sofort in Richtung Pullach loszufahren, sie würde sie übers Handy dirigieren. Außerdem sollten sie ihre Waffen mitnehmen.

Sie fuhren auf der Wolfratshausener Straße nach Süden, vorbei an Höllriegelskreuth, am Forstenrieder Park entlang. Liz sprach ins Handy, meldete ihre Position, bemühte sich um Ruhe und Konzentration.

Doch ruhig waren sie beide nicht.

Kurz vor dem Baierbrunner Ortsteil Buchenhain leuchtete der rechte Blinker des Polo. Überrascht bremste Fischer ab, sah im Rückspiegel einen schnell näher kommenden Wagen und ließ ihn überholen. Außer Rost nahm niemand die Ausfahrt nach Buchenhain.

»Bleib dran«, drängte Liz.

Fischer trat zu spät auf die Kupplung, und das Getriebe grüßte mürrisch zurück.

»Er rechnet auf keinen Fall mit einem Verfolger«, sagte Liz und drückte Fischers Arm. Von dieser Berührung ging eine Ruhe aus, die ihn zuerst verwirrte und dann wie ein elektrisierender Schlag wirkte. Er wollte etwas sagen, aber es war keine Zeit dazu.

Anstatt weiter ins Dorf hineinzufahren, bremste Rost ab, schaltete die Scheinwerfer aus und nahm den asphaltierten, nur für Forstfahrzeuge freigegebenen Weg in den Park. An einer Abzweigung verschluckte die Dunkelheit das rote Fahrzeug zwischen dichtem Mischwald und Sträuchern.

Liz hatte ihren Aufenthaltsort durchgegeben. Sie legte das Handy vor die Windschutzscheibe. Wie Rost hatte auch Fischer das Licht ausgeschaltet.

»Hier ist damals nie gesucht worden«, sagte Liz.

»Nein.«

»Der Park wird bewirtschaftet, Spaziergänger, Radfahrer, Inlineskater sind hier unterwegs, und niemand hat was bemerkt.«

»Nein«, sagte Fischer.

»Wie ist das möglich?«

»Menschen verschwinden in Kellern, niemand vermisst sie, niemand sucht sie, jemand lügt und kommt damit durch.«

»Niemand wird uns beschuldigen«, sagte Liz. »Man wird von einem Justizirrtum sprechen.«

»Noch haben wir die Leiche des Mädchens nicht gefunden. Noch wäre es möglich, dass Eberhard Krumbholz seinem Sohn tatsächlich geholfen hat. Noch ist nichts bewiesen.«

Dann schwiegen sie lange.

Als im Handy eine Stimme zu hören war, schaute Fischer in den Rückspiegel. Zwei Fahrzeuge versperrten die Straße, in dem einen blinkte eine Taschenlampe. Fischer erkannte das Gesicht von Hauptkommissarin Esther Barbarov.

Vierzig Minuten lang blieb es still.

Dann tauchte der Polo aus der Finsternis auf, mit ausgeschalteten Scheinwerfern. Er fuhr schneller als vorher. Kurz bevor er die Ausfahrt erreichte, startete Fischer den Motor und schaltete das Fernlicht ein. Durch das abrupte Bremsen schlitterte der Polo auf dem nassen Asphalt und kam schräg zu Fischers Wagen zum Stehen.

Rost hatte keine Zeit zu reagieren. Sigi Nick riss die Fahrertür auf, Esther Barbarov zielte mit ihrer Waffe auf Rost. Liz rief übers Handy die Spurensucher.

Hanno Rost stand breitbeinig, mit den Händen auf dem Dach, neben dem Polo. Nick hatte den Kofferraum geöffnet und meinte, es würde Leichengeruch ausströmen.

»Drehen Sie sich um«, sagte Fischer.

Rost gehorchte. Sein Gesicht war schweißnass. Reste von

Erde klebten an seiner Jeans und seinem Anorak. Seine Schuhe waren verdreckt, seine Hände sahen sauber aus. Handschuhe und Decken lagen im Kofferraum.

»Wo ist Michaela Peters?«, fragte Fischer.

Rost wandte den Kopf ab.

»Vor sechs Jahren haben Sie die Leiche der kleinen Scarlett hierhergebracht«, sagte Fischer.

Rost stieß Luft durch die Nase, sein Atem ging heftig. Er trommelte mit den Fäusten gegen die Karosserie. »Frage mal: Was nützt mir das, wenn mir die Frau sagt, sie kriegt ein Kind von mir, aber sie geht weg? Weil sie will lieber bei der Mutter wohnen als beim Kindsvater. Was nützt mir das Kind, wenn ich die Liebe nicht dazu krieg? Da brauch ich doch die ganze Wahrheit nicht. Da hätt sie doch gescheiter gar nichts gesagt. Hätt sagen sollen: Ich trenn mich von dir, weil ich zu meiner Mutter zieh, und Ende. Bittschön, ich weiß jetzt, dass ich Vater werd. Aber ich werd keiner sein, weil das Kind ist in Weimar und wird von der Oma verhätschelt. Wahrheit minus Liebe, was gibt das? Liegt da hinten. Können wir gehen?«

»Führen Sie uns zu der Stelle, wo Sie die Leiche von Michaela Peters vergraben haben«, sagte Liz.

»Führ ich nicht. Müssen Sie schon selber führen.«

»Und dort liegen auch die Überreste von Scarletts Leiche«, sagte Liz.

Rost kratzte sich am Bauch. »Hab keine gesehen. Staub zu Staub, Erdn zu Erdn.«

Fischer sagte: »Warum haben Sie Scarlett getötet, Herr Rost?«

»Hab ich vergessen.«

Fischer wartete, dass er noch etwas sagte. Sie warteten alle, dass er noch etwas sagte.

»Ist ewig her«, sagte Rost dann. »Hat mich dumm angeredet. Hat mir die Zunge rausgestreckt. Wollt bei ihrem Vater leben. Hat mich provoziert mit ihrem Geschau. Weiß ich nicht mehr. Können wir gehen?«

»Sie haben Scarlett wegen ihres Geschaus getötet«, sagte Fischer.

»Die hat ihre eigene Mutter so angeschaut. Die Micha hat sie verprügelt deswegen, hat sich das nicht gefallen lassen. Hat das Ding ungeniert weiter so geschaut.«

»Wie haben Sie Scarlett umgebracht, Herr Rost?«

Er hob seine Hände und betrachtete sie wie angewidert.

»Sie haben Scarlett erwürgt.«

»Das geht ratzfatz bei so einem Kind. Einmal ordentlich zugedrückt, schon ists aus mit dem Schnaufen.«

Er ließ die Arme sinken und zuckte mit der Schulter.

Machen Sie sich bloß keine Sorgen um uns. Wenn wir aus dem Knast raus sind, geht das Leben weiter.

Ein Fünfjähriger hat doch normalerweise nicht so eine Stimme. Das ging schnell. Zugezogen, still.

Hat mich provoziert mit ihrem Geschau. Das geht ratzfatz.

Unpassend geschaut.

Unpassend gekreischt.

Dennis und Yilmaz und.

Was nützt mir das Kind, wenn ich die Liebe nicht dazu krieg?

Wahrheit.

Minus

Liebe.

24

»Ich hab meine Arbeit getan«

Von den sterblichen Überresten der neunjährigen Scarlett Peters war nichts geblieben. Die Wildschweine mussten die Leiche vollständig aufgefressen haben.

In der ersten Vernehmung sagte Hanno Rost, er habe das Mädchen in dessen Zimmer erwürgt, nachdem es von Jockel Krumbholz zurückgekommen war. Er habe die Leiche in eine Decke gewickelt und unbemerkt ins Auto gelegt. Nach Einbruch der Dunkelheit sei er in den Forstenrieder Park gefahren und habe die Leiche im Dickicht verscharrt. Dass Jonathan Krumbholz wegen Mordes »verknackt« werden würde, hätte er »im Leben nicht gedacht«.

Das bläulich gefärbte und aufgedunsene Gesicht der toten Michaela Peters und die punktförmigen Blutungen in ihren Augen deuteten darauf hin, dass sie erdrosselt worden war. Hanno Rost sagte, er habe sie nicht umbringen wollen. Aber als sie angefangen habe zu weinen – er sagte »rumzugreinen« –, habe er die Schnur fester zugezogen. »Nach einer Minute war die Sache erledigt.« Die Tat geschah bereits in der Nacht zum Donnerstag, deswegen habe er das Auto im Parkhaus abgestellt, weil er wusste, er würde den ganzen nächsten Tag nicht dazu kommen, die Leiche zu beseitigen. Reue empfinde er »im Moment noch nicht, ehrlich gesagt«.

Am nächsten Tag berief Dr. Linhard eine Konferenz in der Mordkommission ein. Polonius Fischer war pünktlich um zehn Uhr dort. Nach einer Nacht voller schreiendem Schweigen in seinem Hotelzimmer raste er vor Worten.

»Bist du zufrieden?«, schrie er Micha Schell an. Noch nie hatte er einen Kollegen angeschrien, noch nie einen einzigen Menschen. Außer sich selbst.

»Du bist ein großer Ermittler. Du hast bewiesen, wie einfach es ist, Aussagen auf den Kopf zu stellen und einen geistig eingeschränkten Mann um den Verstand zu bringen.«

Er schrie im Stehen, die Hände hinter dem Rücken verschränkt, mit zugeknöpftem Sakko über dem blauen Hemd und der bordeauxroten Krawatte.

»Moment mal ...«, begann Walter Gabler im anschwellenden Gemurmel seiner Kollegen.

Außer Silvester Weningstedt saßen alle Kommissare und der Polizeipräsident am langen Tisch in Weningstedts Büro, auch Valerie Roland.

»Du bist sogar befördert worden, Micha«, schrie Fischer. »Es gibt nicht viele bei der Kripo, die mit unter dreißig Hauptkommissar werden.«

»Halt die Klappe«, rief Micha. »Du hast dich in was eingemischt, was dich nichts angeht. Ich lass mich von dir nicht beleidigen. Bist du irre?«

»Du hast einem Unschuldigen ein Geständnis eingeredet, Hauptkommissar«, schrie Fischer zum Tisch hin. »Du hast wesentliche Aussagen nicht überprüft. Du hast untertänig getan, was die Staatsanwaltschaft von dir verlangt hat. Diese Staatsanwaltschaft ist ein Staatsbelobigungsorgan. Und du bist ein Staatsbelobigungsorganist. Darauf bist du stolz?«

Schell sprang auf und wollte sich auf ihn stürzen, aber Sigi Nick hielt ihn zurück. »Was bin ich? Staatsbelobigungsorganist? Was? Du Pfeifenkopf! Ich hab an das Mädchen gedacht und an niemand sonst. Staatsbelobigungsorganist! Ich hab gewusst, dass die Mutter nichts damit zu tun hat, das war von Anfang an klar, und davon hab ich mich auch nicht abbringen lassen.«

»Du hattest ein Verhältnis mit Michaela Peters«, schrie Fischer. »Du hättest ihr nie etwas angehängt.«

Schell rüttelte an der Umklammerung. Nick ließ nicht locker.

Inzwischen war Liz aufgestanden und kam auf Fischer zu.

»Ich hab dem Jockel nichts eingeredet, du selbstgefälliger Herrgott.« Schell brüllte Nick ins Ohr, und dieser zuckte zusammen. »Ich hab den reden lassen, ich hab nichts getan, was ihn zu einer Aussage gezwungen hätte. Hast du das Gutachten nicht gelesen? Natürlich nicht. Der Gutachter hat von einer hohen Wahrscheinlichkeit gesprochen, dass Jockel die Wahrheit gesagt hat.«

»Du hast zu Jockel gesagt, du bist nicht mehr sein Freund, wenn er nicht gesteht«, schrie Fischer.

»Wer behauptet, dass ich so was gesagt hab?«

»Das steht in den Protokollen.«

»Bitte setzen Sie sich beide«, sagte Dr. Linhard.

»Lass mich los«, blaffte Schell seinen Kollegen an, der ihn weiter festhielt. »Du sollst mich loslassen.«

»Beruhig dich wieder«, sagte Nick.

Schell machte einen Schritt auf Fischer zu. »Es ging um das verschwundene Mädchen, und jeder von uns wusste, dass sie aller Wahrscheinlichkeit nach nicht mehr am Leben war. Ein neunjähriges, übermütiges, springlebendiges Mädchen.«

Und deine Tochter, dachte Fischer und durfte es nicht sagen.

Er durfte es nicht sagen.

»Du hast keine Ahnung, P-F.« Schell winkte ab, wandte sich zu den anderen um, ging zum Tisch und schaute wieder zu Fischer. »Du hast keine Kinder, du bist kein Vater, du kennst solche Gefühle nicht. Was red ich überhaupt mit dir? Meine Tochter ist sieben, und wenn sie plötzlich verschwunden wär … Das kannst du dir nicht vorstellen, was dann in mir los wär. Das verstehst du alles nicht. Meine und unsere Ermittlungen waren sauber und klar und sind nicht nur durch das Gutachten bestätigt worden. Ich werf mir nichts vor, niemand wirft mir was vor.«

»Du hast aus Jockel Krumbholz einen Mörder gemacht.« Allmählich verlor Fischers Stimme an Wucht. »Ist dein Gehirn verdunstet? Hast du gut geschlafen heut Nacht? Ist dir egal, wer verurteilt wird, wenn deine Isabel verschwindet?«

»Halt meine Tochter da raus«, brüllte Schell und sprang, nachdem er sich gerade erst hingesetzt hatte, wieder von seinem Stuhl auf.

Gesa Mehling griff nach seinem Arm und ließ nicht los. »Ich will, dass du gehst. Schlaf dich aus, komm wieder zu Verstand, pass auf deine Gesundheit auf.«

»Ich will, dass du dich bei Jonathan Krumbholz entschuldigst«, sagte Fischer. »Ich will, dass du in die Isar-Amper-Klinik fährst, dich vor ihn hinstellst und dich entschuldigst.«

Bis auf drei Schritte war Liz auf ihn zugegangen, näher traute sie sich nicht.

»Träumst du?« Schell schüttelte Gesas Hand ab. »Ich hab meine Arbeit getan, ich hab ermittelt, ich hab eine Beweiskette erstellt, ich hab monatelang Tag und Nacht daran gearbeitet, das Mädchen wiederzufinden.«

Deine Tochter, dachte Fischer und durfte es nicht sagen.

Er durfte es nicht sagen.

»Und ich hab niemand manipuliert. Wenn du das Gutachten gelesen hättst, wüsstest du, dass der Jockel sich nämlich nicht manipulieren lässt, nicht mehr als jeder andere jedenfalls. Ein Depp ist der nämlich nicht. Warum er mir die Geschichte von dem Mord erzählt hat, weiß ich nicht. Das werden wir noch erfahren. Vielleicht auch nicht. Vielleicht ist er einfach überzeugt, ein Mörder zu sein. Ich bin kein Psychologe. Wir werden mit dem Gutachter sprechen, mal hören, was er zur Wendung der Geschichte zu sagen hat. Das interessiert mich auch. Aber ich geh nicht raus und entschuldige mich, bloß weil ich meine Arbeit gemacht hab. Also, erwähn nie wieder den Namen meiner Tochter in so einem Zusammenhang.«

»Bitte setzen Sie sich«, sagte Dr. Linhard erneut. »Ich muss mit Ihnen allen reden, die Zeit drängt. Bis jetzt kennt außer uns niemand die Ereignisse der letzten Nacht, das ist entscheidend für unser Vorgehen heute Nachmittag bei der Pressekonferenz.« Er sah Fischer, Schell und Liz nacheinander an. »Nehmen Sie bitte Platz.«

»Nein«, sagte Fischer. Trotz seines sauberen Hemdes, der Hose mit den Bügelfalten und des Jacketts sah er wie in den vergangenen Tagen zerknittert aus, seine Wangen schienen noch hagerer, seine Gesichtsfarbe noch wächserner geworden zu sein.

»Setz dich zu uns«, sagte Liz leise.

Eine Minute lang blieb es still im Raum.

»Du bist ein Versager«, sagte Fischer zu Schell. »Wir haben alle versagt.«

Dann ging er hinaus.

Im Treppenhaus setzte er seinen Hut auf, knöpfte den Mantel zu, umklammerte mit einer Hand das Geländer und stützte sich mit der anderen an der Wand ab.

Draußen, in der abschüssigen Gewölbegasse, lehnte er sich an die Hauswand und schloss die Augen. Er zitterte am ganzen Körper. Als er die Augen wieder öffnete, stand ein

Junge mit einer blauen Pudelmütze vor ihm und sagte: »Wieso weinst du, großer Mann?«

Ann-Kristin hielt seine Hand und schien zu lächeln.

Die zweite Besprechung im Büro des Polizeipräsidenten fand am 20. März statt. An diesem Tag zog der Frühling mit einem triumphalen Regenschauer in die Stadt ein. Das Gespräch begann um 9.30 Uhr und endete um 9.50 Uhr, wobei Polonius Fischer das Wesentliche bereits nach fünf Minuten gesagt hatte. Die restlichen fünfzehn Minuten absolvierten die beiden Männer in einer gezwungenen Form von Höflichkeit.

»Gestern Nachmittag rief der Innenminister an«, hatte Dr. Veit Linhard zu Beginn gesagt. »In der vergangenen Woche hatte ich zwei ausführliche Gespräche mit ihm. Er unterstützt meinen Wunsch. Der Kollege Weningstedt muss, wie Sie schon vermutet haben werden, wegen seiner Herzmuskelerkrankung vorzeitig aus dem Dienst ausscheiden, und ich habe Sie als seinen Nachfolger vorgeschlagen.«

Daraufhin hatte Fischer gesagt: »Ich werde mir eine Auszeit von einem Jahr nehmen und dann entscheiden, ob ich überhaupt in den Dienst zurückkehre.« Auf die folgenden ungläubigen Fragen antwortete Fischer in besonnenem Ton und verfiel am Ende in ein abruptes Schweigen, das den Präsidenten vollständig irritierte.

Es gab nichts mehr zu sagen. Obwohl die Formalitäten wegen Fischers Auszeit weitgehend ungeklärt blieben – Fischer wollte im Moment nicht weiter darüber sprechen –, hatte Linhard begriffen, dass jeder Umstimmungsversuch zwecklos war.

Der Regen störte Fischer nicht. Er ging durch ihn hindurch.

Dennis Socka und Serkan Yilmaz bestritten den Mord an Claus Socka, die Überfälle auf die Taxifahrer und die Misshandlung von Ann-Kristin Seliger. Ihre Anwälte hatten ihnen geraten, von nun an zu schweigen, und das taten sie auch.

»Hat Micha sich inzwischen bei Jockel Krumbholz entschuldigt?«, fragte Liz.

»Nein«, sagte Fischer.

»Nein.« Sie sah ihm zu, während er seinen Schreibtisch aufräumte. »Er muss sich nicht entschuldigen, er hat keinen Fehler gemacht, denk an das Gutachten.«

Fischer dachte an das Gutachten und dachte an das Wort Hexenhammer.

»Du kannst nicht einfach so ein Jahr aussteigen«, sagte Liz.

»Ich steig nicht aus, ich bin nur nicht im Dienst.«

Sie machte ihm Platz, als er drei Ordner zum Schrank trug. »Kommst du zurück?«

Er stellte die Ordner ins Regal, und sie kippten um. Er ließ sie liegen. Dann nahm er Liz' Hand und hielt sie fest. Sie standen nebeneinander. Liz kam sich vor wie verloren im Wald.

Wir sind doch keine Versager, wollte sie sagen.

Epilog

In einem weißen gestärkten Hemd und einer grünen Hose, mit gegelten Haaren, nach Rasierwasser duftend und mit einem munteren Gesichtsausdruck saß der dreißigjährige Jonathan Krumbholz im lichtdurchfluteten Besuchszimmer der Isar-Amper-Klinik im Münchner Vorort Haar. Vor ihm auf dem Tisch stand eine viereckige Pappschachtel, auf die er ab und zu mit dem Zeigefinger klopfte.

Jonathan war ein kräftiger, einhundertzwölf Kilogramm schwerer Mann mit roten Wangen und nervösen Augen. Als er hereinkam, trug er die Schachtel wie eine Trophäe vor sich her und stellte sie mit äußerster Behutsamkeit auf den Tisch. Er gab Polonius Fischer die Hand, setzte sich, tippte mit dem Finger auf die Schachtel und schaute vor sich hin. Dann stand er noch einmal auf, ging zum Fenster, das gekippt war, und machte es zu. Mit schleppenden Schritten kehrte er zum Tisch zurück und nahm wieder Platz. Auf seiner Stirn glänzten Schweißtropfen.

»Wollen Sie jetzt sprechen, Herr Krumbholz?«, sagte Fischer.

»Ja, das will ich.«

Im Büro des Leiters der Klinik wartete Luisa Krumbholz, um ihren Sohn mit nach Hause zu nehmen. Den Reportern, hatte sie erklärt, würde sie kein Interview geben, ebenso wenig wie ihr Mann und ihr Sohn, der nicht fotografiert werden durfte.

»Kennen Sie den Monk, Herr Fischer?«, sagte Jockel.

»Nein.«

»Der ist komisch, den versteh ich. Der hat die Geschichte von dem Mädchen erzählt, das einer erstickt hat. Der war das aber nicht. Aber der hat das behauptet, weil er so traurig war, dass das Mädchen nicht mehr da ist und nicht mehr zu ihm kommt. Die haben sich nämlich gestritten gehabt. Das Mädchen hat gewollt, dass ihr Freund, so ein großer Mann, der älter gewesen ist als sie, aber ganz nett und immer Computer gespielt hat mit ihr, der hätt sie mitnehmen sollen. Das wollt das Mädchen gern. Dass er mit ihr weggeht aus der Stadt woandershin, in die Welt wahrscheinlich raus.

Aber der Mann, der konnt das nicht machen, weil er in einem Sägewerk gearbeitet hat, da war der angestellt. Der wär schon gern mitgegangen. Weil er das Mädchen doch fast geliebt hat. Das Mädchen hat ihn angebettelt, und er hat gesagt, er kommt mit, und dann hat sie ihn wieder gefragt, und er hat wieder gesagt, er kommt mit, und immer wieder. Und dann wollt sie nicht mehr warten.

Sie hat gesagt, sie geht allein weg, das hat er nicht gewollt. Sie ist von ihm weggegangen und hat zu ihm gesagt, sie kommt jetzt nie mehr wieder, und da hat er sie geschlagen. Der war stark, der hat Muskeln gehabt. Er hat sie geschlagen, ins Gesicht und auf den Kopf. Schlimm schon. Sie hat geweint, und er hat sich auf sie draufgelegt, lang, und sie hat keine Luft mehr gekriegt. Sie hat ihm dann zwischen die Beine getreten, puh, das hat wehgetan. Da hat er schnaufen müssen.

Jetzt weiß ich wieder, wie er geheißen hat, Dschimmi. Der Dschimmi war das! In echt hat der anders geheißen, das fällt mir jetzt wieder ein, jetzt grad im Moment.

Die Leute haben Dschimmi zu ihm gesagt, aber geheißen hat er anders. Das fällt mir dann morgen wieder ein. Und das Mädchen ist weggelaufen und nicht wiedergekommen. Alle haben sie gesucht, auch die Mutter und der Vater und die

Freunde, aber die haben die gar nicht gemocht. Nur so getan. Haben das Mädchen geschlagen. Eingesperrt auch. Sie wollt weg. Und niemand hat sie gefunden.

Und der Dschimmi ist von der Polizei geholt worden, die haben den Dschimmi eingesperrt, und er hat gesagt, er hat dem Mädchen was getan, und das hat er ja auch. Er hat gesagt, er hat ihr den Mund und die Nase zugehalten, bis sie keine Luft mehr gekriegt hat. Hat er auch getan fast. Er wollt, dass er das war und kein anderer. Die Polizei hat gesagt, das Mädchen ist tot, und da hat der Dschimmi die Verantwortung genommen und gesagt: Ja, ich bin das gewesen, und dann war er ganz ruhig und zufrieden, und alle waren auch ruhig und zufrieden, und er hat gesagt, wie es passiert ist. Aber er hat auch gesagt, dass sein Vater das Mädchen weggebracht hat. Hat er gesagt, mein Vater hats abgschafft, das Mädchen.

Die Lisa! Die Lisa heißt die, Herr Fischer. Jetzt fällts mir wieder ein! Heut fällt mir alles wieder ganz neu ein. Gestern ist mir auch schon was Neues eingefallen. Und morgen fällt mir auch noch was ein. Die Lisa. Die Lisa ist weg gewesen, die ist in die Welt raus wahrscheinlich. Der Monk hat alles verstanden. Der hat den Dschimmi verstanden ganz. Das hab ich mir gemerkt, weil ich die Scarlett auch fast so erdrückt hab. Wie der Dschimmi. Auch fast.

Und die Scarlett wollt auch, dass ich mitkomm und auf sie aufpass, aber ich hab ja nicht wegkönnen, ich hab meinen Eltern im Gasthaus helfen müssen, und das hab ich schon gern gemacht. Ich hab den Monk nachgemacht, das hat niemand gemerkt. Sie auch nicht, Herr Fischer, das ist nicht schlimm. Die Scarlett ist ja nicht mehr da. Und ich hab gedacht, wenn sie wiederkommt, dann sag ich zu ihr, was ich alles gemacht hab in der Zwischenzeit, damit sie ihre Ruhe hat und die Zufriedenheit dazu. Ich hab das schon gut gemacht.

Dem Papa hab ich aus Versehen das angetan, dass ich gesagt hab, er hat mir geholfen, die tote Scarlett wegzutun und abzuschaffen wie der Dschimmi. Das hab ich ja dann anders wieder erklärt. Ich hab manchmal selber nicht mehr gewusst, was stimmt. Ich hab schon gedacht, vielleicht hab ich die Scarlett erwürgt und alles war so wie im Fernsehen. Die hab ich öfter gesehen, die Geschichte mit dem Monk und dem Dschimmi. Dass der Dschimmi heißt und ich das wieder weiß, ist toll. Gestern hab ich noch gedacht, das fällt mir nie wieder ein. Wissen Sie, was da in der Schachtel drin ist, Herr Fischer?«

»Nein.«

Jedes Wort hatte Fischer gehört, als hätte Jockel es doppelt ausgesprochen, und er wollte so viel zu ihm sagen. Aber was er eigentlich sagen wollte, das würde niemals in seinen Atem passen.

»Ein Schokoladenkuchen«, sagte Jockel und klopfte mit dem Zeigefinger auf den Deckel. »So einen hat meine Mama früher immer gemacht, den hat die Scarlett auch immer gegessen. Blockschokolade ist da drin und Eier und Zucker und Mehl, sonst kommt ja kein Kuchen raus. Hab ich selber gebacken, ich kann das. Und Puderzucker ist obendrauf. Den essen wir hernach, wenn wir wieder zusammen sind, die Mama und der Papa und ich. Und so ist das gewesen, stimmts, Herr Fischer?«

»Ja«, sagte er. »Ja. Ja.« Und weil er nicht still und verzweifelt sein wollte, sagte er: »Monk ist eine Figur aus dem Fernsehen, und den haben Sie sich gern angeschaut.«

»Den Monk, ja. Der ist komisch, den versteh ich. Mit der Scarlett hab ich aber nicht oft ferngeschaut. Wir haben meistens Playstation gespielt. Obwohl die Graphik schon Scheiße gewesen ist. Entschuldigung, ist das schlimm, dass ich das gesagt hab? Ist das schlimm, Herr Fischer?«

»Nein«, sagte Fischer. »Das ist überhaupt nicht schlimm.«

»Vielleicht kommt die Scarlett ja heut«, sagte Jockel. »Weil ich extrig den Schokoladenkuchen gemacht hab.«

»Aber ich habe Ihnen doch gesagt, dass die Scarlett nicht mehr lebt«, sagte Fischer.

Jockel klopfte mit dem Finger auf die Schachtel und lächelte. »Weiß ich schon, jemand ist schuld an ihrem Totsein für immer und ewig. Ich deck trotzdem für die Scarlett den Tisch mit, da ist genug Kuchen da, der langt locker für uns alle.«

Sie stand neben dem Rollstuhl.

»Schau, wie ich schon alleine stehen kann«, sagte Ann-Kristin.

»Und gehen kannst du auch«, sagte Fischer an der Tür.

»Nein.«

»Doch«, sagte er. »Komm zu mir. Komm.«

»Nein.«

»Komm.«

Sie schaute ihn lange an. Dann machte sie den ersten Schritt.

Ring them bells, for the time that flies
For the child that cries
When innocence dies.

Bob Dylan, *Ring Them Bells*

Friedrich Ani
im Paul Zsolnay Verlag

Hinter blinden Fenstern
Roman, 2007
320 Seiten

Polonius Fischer, Hauptkommissar bei der Münchner Mordkommission, vor seinem zweiten Fall. Mit ihm stellt Friedrich Ani die Frage, die auf dem Grund jedes Verbrechens liegt: nach Gut und Böse, Vergebung und Rache.

»Ani ist der Philosoph unter den deutschen Krimi-Autoren.«
Der Spiegel

»Mit *Hinter blinden Fenstern* zeigt Ani all seine Stärken als Krimi-Autor: Er weiß, was eine Geschichte spannend macht und welche Mischung aus Handlung und Reflexion einem Roman Suchtpotenzial einhauchen.« *Münchner Merkur*

Idylle der Hyänen
Roman, 2006
352 Seiten

Eine Tiefgarage, ein Kellerabteil, ein alter Schrank. Eine unbekleidete tote Frau unter einer Kunststoffplane im Scheinwerferlicht. Wer hat die Frau umgebracht? In seinem ersten Fall begibt sich Polonius Fischer, der ehemalige Mönch, in die Abgründe des Bösen.

»Polonius Fischer ist eine imposante Erscheinung … Mit dieser neuen Gestalt ist Ani eine sehr vielschichtige und viel versprechende Figur gelungen, die *Idylle der Hyänen* zu einem seiner besten Kriminalromane überhaupt macht. So facettenreich, mit so vielen verschiedenen Klangfarben hat Ani selten geschrieben.« *Süddeutsche Zeitung*

»Ani reißt uns mit seinem unverwechselbaren Sound hinein ins Glühende, und schon lange vor dem Schluss will man mehr philosophische Kriminalromane nach Anis Art. Polonius und die *zwölf Apostel* des Münchner Kommissariats 111 sind noch lange nicht am Ende.« *Die Zeit*